U0667915

我的 1000个孩子

MY 1000 CHILDREN
THE STORY OF MUM PAM

——帕姆妈妈的故事

帕姆·柯普 & 艾米·莫洛伊 著

谢泽畅 译

天津出版传媒集团

天津人民出版社

谨以此书，献给被我们抛弃在阿提刚果姆·科普村的那个男孩。

目 录

我们这种人的生活状态——拥有一幢漂亮的房子和得体的衣服，几个有教养的孩子，还有一个深爱你的丈夫。我努力地用这个标准打造着自己的形象，我所能做到的最重要、最有意义的事就是当一个好妻子、好母亲。

我渴望得到尽情悲伤的权利，也希望其他人能让我远离真实的生活。如果说世上还有什么事能让人完全陷入一种自怨自艾的状态而无法自拔，那一定是失去自己的孩子。

在这个随时可能被摩托车撞死的城市里，他们被称为"地球之尘"。她小小身躯紧贴住我的心脏，有一种陌生的情感悄悄占据了缺失已久的地方……

如果我们对他说"不"，那将极有可能意味着他所有的少儿时光，都将在那所孤儿院里度过，没有良好的教育，没法吃饱肚子，永远也不知道世上还有人全心全意地爱着他。

CONTENTS

目 录

序

Peface

那是2006年10月下旬的一天，当时我正坐在纽约一家希尔顿酒店房间的床上，从这间房间可以俯瞰到整个时代广场。之前我的丈夫兰迪和我临时起意，决定前来纽约与朋友们一起观看《妈妈咪呀》①。这个周末真是开心，整天不是长长的饭局就是慵懒的小睡，只有那部恼人的百老汇演出曲目让我一直无法释怀。星期天早上，兰迪外出散步了。我把正在读的一本书放在腿上，看着奶油在我的咖啡里像火山喷发出的乌云一样层层叠叠地翻滚着。我喝着咖啡，周遭一片寂静。要知道屋子里还有两个8岁的孩子，如此安静且不受打扰的时刻显得尤为难得。可是好景不长，兰迪手里拿着一份《纽约时报》，冲进门来，一下子打破了这份宁静。

"快把书放下，"他说，"你一定得看看这个。"我从他手里接过报纸，看到了头版的那张图片——那是一个瘦小的非洲男孩，站在一间看上去就像是土坯房的阴影下。他穿着一件大人的T恤，上面印着一个小美人鱼。T恤太大了，就像把他整个儿吞没了一样。领口已经很旧了，而且扯得很大，几乎都垂到了他的肚脐处，让人一眼就看到他胸口突兀的肋骨和皮肤上的疤痕。T恤的下摆基本已经贴在地上，所以他就像穿着一件裙子。但真正摄人心魄的，是他那一对眸子里幽灵般的眼神。

---

① 英国剧作家凯瑟琳·约翰逊根据瑞典ABBA歌舞团的歌曲改编的名剧，自1998年推出以来，在全世界巡回演出，风靡全球。2008年甚至被改编成好莱坞同名电影。

我一字不漏地把整篇文章都读了一遍。看完之后，我从床上站起身，走到窗前。时代广场上或橘黄或粉红的霓虹灯投射过来，映照在窗户上，空中飘着轻柔的小雨，我身处几十层楼之上，看着脚下成千上万的人们撑着暗色的雨伞漫无目的地来来往往。

照片中的男孩叫马克·科瓦德沃，是个只有六岁的幼奴。他住在西非的加纳，父母将他卖给了沃尔特湖畔的一个渔夫，沃尔特湖则是这个国家最大的湖泊。在那里，他和成百上千像他这样的男孩一起，被迫一天工作十四个小时，一周七天每天干活。他的每一天都从清晨五点左右开始，那个被他称作"主人"的家伙用从附近一棵树上折下的树枝把他抽醒。睡觉时只能用一条薄床单取暖的他，接下来得赤着脚，在黑暗中跋涉来到湖边的水里，爬上一只独木舟，与其他奴隶一起划着桨，驶向前一天晚上已经撒好的渔网。船上那些比他大的奴隶孩子为了干活更加便利，身上常脱得一丝不挂，他们一个猛子扎下水，就能捞获网中之鱼。而马克则拿着一个浅浅的烹饪容器从四处漏水的独木舟里，一次次地把漏进来的湖水舀出去。他这么做，不仅因为这是他的工作，如果做不好或者不愿意干就会挨打，而且也是出于担心害怕。因为从没有人教过他如何游泳，如果船沉了，他的结果就会像很多他所见过的其他孩子一样——沉到漆黑的水里，被渔网缠住，再也无法浮上水面。

马克的"主人"每年会付给他的父母大约二十美元，作为马克的工作报酬。加上马克，这对父母已经卖掉了五个孩子。其中有两个也在这个村子工作：十一岁的哥哥科菲与他一道捕鱼，九岁的姐姐哈格尔则是做家仆，帮助主人看孩子，清洗打上来的鱼，以便拿到市场上卖。马克上次见到妈妈的时候，她骗他说正准备带他去看爸爸。事实上，他被带到了这个渔村，看到了自己未来几年的"新家"——一间仅六平方英尺的黑暗窝棚，只有一个很小的窗户。而且，除了他，还有另外四个男孩也住在这里。

我把这份报纸放进了随身携带的包里，兰迪和我都得准备出发了。我们要收拾好行装，在楼下与我们的朋友会合，共进早餐后结账离店。但此时此刻，我却很难平复自己的心情。这顿早餐，我几乎吃不下任何东西。用吸管在酸奶瓶里画着圈，我无法控制自己，一直都在想着马克。我的两个最小的孩子，范和塔图姆，都比马克大不了多少，一想到若是他们也过着这样的生活……简直无法想象。我问周围的人，是否知道加纳到底在什么地方，结果没有人能给出正确的答案。

那天晚上，兰迪和我回到家，把范和塔图姆哄上床后，我把那篇报道又读了一遍。那张照片的摄影师若奥·席尔瓦，在拍摄中着实抓住了某些不同寻常的东西。不仅只是马克所处环境的各个细节，也不只是那件印着小美人鱼的T恤，以及他那瘦小枯干的身躯，而是他眼神中的疑问，就像在说："既然你们已经知道了我，还有我被迫所做的苦役，那么你们该怎么办？难道只是转身走开？"

我把报纸放在一边，走到楼下的书房，那里堆得满是玩具和换洗衣物。我登陆互联网，因为我对非洲一无所知。加纳到底在哪里？我看着一幅非洲大陆的地图，想象着什么人费力地向我讲解着这个国家所处地理位置的情景：

"它位于多哥西面。"

"是吗，多哥在哪儿？"

"就在贝宁旁边。"

"贝宁又在哪儿？"

"布基纳法索的南边。"

"世界上还有叫布基纳法索的国家？"

加纳真正的地理位置，应该这样描述：加纳位于非洲西部凸起的那个部分，如果你把这片大陆看作一个没有双腿、没有头颅、只有一条胳膊的人体躯干，加纳就处在这条胳膊的腋下。至少那天晚上，临近午夜时分，这就是加纳在我脑海中留下的印象。

论面积，这个国家和俄勒冈州差不多大小，与很多西非国家相比，加纳还是比较富足的。占地近三千平方英里的沃尔特湖，是世界上面积最大的人工湖泊之一，修建于1965年，当时的目的是利用水力发电。我还研究了这个国家的城市分布，找到了马克父母所居住的阿保齐，还试着估计了一下从那里到沃尔特湖之间的距离。接着，我开始了解加纳拐卖儿童的情况。

根据联合国的数据，全世界每年有将近一百二十万名儿童被卖做奴隶，其中非洲儿童占六分之一。据估计，在加纳，每四个儿童中，就有一个孩子被卖为奴，他们中的大部分从事渔业工作。与马克一样，卖给渔民的儿童被迫在严酷危险的条件下每天长时间工作，根本没有受教育的机会。其实很多现在的渔民，当年也都是幼奴出身，同样饱尝现在这帮孩子们的艰辛——整天累得直不起腰、没头没脸的毒打以及困扰一生的恐惧感。有报道说，贩卖孩子的父母们普遍相信，这样做是他们的孩子今后获得更好生活的最佳途径，因此尽管他们同样为孩子们所受的折磨感到非常痛心，但没有渔民们所付的钱，他们自己都活不下去。反过来，如果没有这些儿童们的帮助，渔民们的生活也无以为继。虽然像马克这样年幼的孩子并不是理想的渔业工人——他们太小，无法承担更加繁重的工作，而且不会游泳，胆子很小——但与更年长的孩子们相比，他们的价格更加便宜，因此也就成了渔民们购买幼奴的首选。

仅仅是一年前的2005年12月，加纳政府颁布了《禁止人口贩卖法》，将贩卖人口的行为定义为非法。但是由于该国政府缺乏执行法律的有效能力，人们普遍认为这一法令根本不具有法律效力。事实上，在该法颁布之后的一年里，没有一名涉嫌贩卖人口的违法分子被捕入狱。

我回到床上，马克的形象依然在我脑中挥之不去。我想，已经有千千万万的读者看到了这篇报道，一定会有人挺身而出，向他伸出援手。在我一生当中，确实出现过这样的时刻——我会很轻易地告诉自己，并不一定要做这样的热心人。不，总得别的什么人去勇敢地承担责任，比如那些富人，比如那些饱读诗书的人，还有那些不用看地图就知道加纳在什么地方的人。毕竟，我不过是个有着四个孩子的44岁母亲，一个从未上过大学，只是在密苏里州尼欧肖当过发型师的家庭主妇。给予马克·科瓦德沃这样远在天边的陌生孩子以帮助？简直是天方夜谭！

但九周之后，我登上了一架飞往加纳的班机。

然而，这是一次耗时七年、让我倾尽所有，却换来无尽勇气的旅程。

CHAPTER 01
尼欧肖·我的生活

年幼时，从来不曾想到会有人告诉我，有朝一日我会置身西非拯救幼奴。或者我会让两百多个从前在街头流离失所的越南孩子成为我的照顾对象；又或者长途跋涉奔赴遥远的丛林寻找一个无腿的残疾婴儿，而他的父母曾试图用安乐死终结他的生命；再或者前往柬埔寨金边的某家妓院拜访一名雏妓。成年后的大部分时间里，"旅行"对我来说，无非就是开车去"目标"购物中心或者看望父母而已，他们的家依然还是我在尼欧肖镇上长大的那所房子，仅有区区5分钟车程。

刚刚抵达加纳的时候，我立刻就爱上了它。这是个美丽的国度，人们热情好客，而对于辛勤劳动的观念，更是推崇备至。然而最让我吃惊的，则是"我更好地了解了我自己"的意识，这是我从未想过的。我尤其喜欢的一个习俗——无论何时，两个陌生人第一次见面，总会分享两件事情：我来自哪里，我的使命是什么。而这本书记录着与我结缘的很多人，尤其是那些孩子们的故事，正是他们帮助我走出如同死亡般黑暗的抑郁。按照加纳的习俗，在正式讲述他们的故事之前，我觉得应该略微介绍一下我自己。

我的外祖父，嗜酒如命，每天都在铁路线上上晚班，这意味着他白天都在睡觉。母亲和四个兄弟姐妹从来都不带小朋友回家玩耍，往往整个下午，他们都得在家踮着脚走路，以免把他吵醒，否则他一旦发怒，就很可能演化成一场毒打，有时对象甚至是他的妻子。不过外祖母却用她的爱心和善良弥补了父爱的真空。

我的父母在缅因州的班戈相识，那是我母亲长大的地方，而我父亲是在那里驻扎的飞机技师。母亲高中毕业后没几个月，他们就结婚了。

母亲二十五岁的时候，已经有了五个不到五岁的孩子：除了我之外，还有谢莉尔、拉尔夫、吉姆和我的双胞胎妹妹塔姆（没错，我们是货真价实的双胞胎帕姆和塔姆）。直到我自己为人母之后，才诧异地发现母亲为什么总能让每件事都变得如此容易。每天，父亲外出工作，母亲则为我们做好早餐，用那辆棕色的普利茅斯牌汽车装着我们开赴杂货店，或者镇上的游泳池，又或者是理发店。在那里，我们胡乱翻着图画书，偷听着从隔壁房间传来的只言片语，一个女理发师正在把母亲浓密的黑发剪成时下最流行的款式。随着我们渐渐长大，我们家成了周围孩子们聚会的场所，母亲总是让他们感到宾至如归。也许，她当时正在努力营造一种自己孩提时代期盼已久的氛围。

这是我所知道的世界上最安全的地方。来自美国中西部的父亲，有着强烈的家庭责任感和吃苦耐劳的工作热情，母亲则有着东北部美国人特有的勇气和幽默感，这些都让我和兄弟姐妹们耳濡目染，受用匪浅。

高中二年级时，我刚满十六岁，遇到了这辈子第一个，也是最后一个男朋友。兰迪·柯普比我大一岁，是那种男孩子都想与其拉帮结伙，女孩子都想与之约会恋爱的家伙。第一次见到他的时候，他正与我最好的朋友朗达·克鲁姆布利斯恋爱。不知怎么，有一天晚上我居然和他们一起约好看电影。当时我坐在他们后面，因为我想给他们一点私人空间，但结果几乎没法看到屏幕，因为看电影的雅兴总是被他俩不断的接吻打断。一开始，我并没有把他们之间的恋情太当回事。但渐渐地，在他们分手之后，我开始注意到这个男孩子。我会留心他开着那辆橘黄色的吉普车去学校，也会在周六晚上看着他沿着小溪一路开车，而我和朋友们也会在那里聚会，一边喝着布恩农场的酒，一边抽烟。与人相处，他显得非常平易近人，自然随和，这一点让我非常欣赏。

整个高中二年级，我们上课的教室离得很近，每当看到他走过来的时候，我就小心翼翼地出现在走廊上。我会走在他前面，仅有几步之遥，期盼着他在后面会对我有所想法。这招很灵，几周之后，他提出要和我约会。第一次兰迪邀请我去他家吃饭并和他父母见面的时候，我完全乱了方寸。柯普一家在当地颇有名望——他父亲是当地唯一一份报纸的老板。所以虽然我对自己的出身也很得意，并且也很为自己的家庭骄傲，但在这里，我并不确定我们两家是否门当户对。当时，我只是个不修边幅的小女孩，口齿伶俐，玩起运动来和一个男孩子无异。我敢肯定他们会想，上个周末兰迪母亲汽车前座下面发现的那个空酒瓶，一定和这个小丫头脱不了干系。那天晚上，当兰迪的车行驶在那条蜿蜒逶迤的车道，直奔他家那所绿草如茵、修剪整齐的大房子时，我只得横下一条心了。餐桌上，我努力地和大伙儿聊天，假装自己非常清楚该怎么吃他妈妈做的干酪，尽管事实上我从来都没见过那样的东西（难道就是用木签穿上肉和奶酪）。整个晚上，兰迪和我都非常不自然地相互使着眼色。吃完晚饭，当他父母将我送出家门时，我顿时感到一种前所未有的轻松，因为这次我没有搞砸。

如果说干酪还不够让我感到后怕的话，那么不妨想象一下，几个月后当兰迪邀请我与他家人一起去教堂时，我会有怎样的感觉。他们全家都是当地忠实的基督徒。而相反，我的家人却从来不去教堂——在密苏里西南部，这就和在家里不穿衣服，或者准备加入马戏团一样无礼。但既然我和兰迪的恋爱关系已经越来越正式，对于他父母来说，我是否更像一个教徒，是一件很重要的事。我同意了。第一次去做礼拜的那个周日，我穿上了妹妹衣橱里能找到的最漂亮的裙子，穿过一扇扇硕大的木门，走进了他们的世界。这是一座很大的教堂，大约能容纳五百人，那天一半的位子都坐满了。坐在兰迪身边，我带着勉强挤出的笑容环顾四周，和其他人点头示意，就好像我这一辈子每个周日都一直在做着现在这些事一样。我的笑容在传达着这样的意思：我来到这里，不仅仅是因为我的男朋友在这里做礼拜，而是因为，我本身就属于这里。

当然，我知道这不是实情。所以当牧师布道，周围所有的人都在无比虔诚地祈祷时，我感到每个人都知道，我并不是他们中的一员，也不是一个圣洁纯良、敬畏上帝的人。不，我只不过是个十六岁的小女孩罢了。之所以出现在这里，只不过是因为她无可救药地爱上了她的男朋友而已。

不管怎样，我还是成功地赢得了所有人的心。就在兰迪大学四年级开学前的那个夏天，我们结婚了，举行婚礼的地方就在他父母房子前的院子里。当时我只有二十岁，刚刚从美容学院毕业，而且早就认定自己不是大学生的料。尽管我一直认为自己还算聪明（其实根本不是那么回事），父母也不可能供得起我的大学学费，所以我就干脆把高中时代的一个嗜好变成了自己谋生的手段：为朋友们修剪头发，做成费拉·福赛特①标志性的复式飞机头的发式，而当拉夫水质感烫发渐渐流行的时候，我会用塑料袋柔和地将他们热得发烫的头皮包裹起来。

我们的婚礼非常美妙，尽管用今天的标准来看或许显得有些寒酸。当时我们都濒于破产，但每一个我们认识的亲友都不遗余力地予以资助。兰迪的哥哥麦克，当时刚刚成为一名牧师，宣布我们结为夫妇，而我姐姐谢莉尔的新婚丈夫马克，则用小号吹起了亨利·曼奇尼②的名曲。我们还从镇上的休闲中心借来了椅子，所以当我挽着父亲的胳膊，沿着那条车道向前走时，所能看到的就是一排排椅背上用黑色记号笔歪歪斜斜地写着的"尼欧肖休闲中心"这几个字。随后，我们在游泳池边喝潘趣酒（用水、果汁、香料及葡萄酒或其他酒类勾兑成的冷热饮料）、吃蛋糕。美容学校的朋友们成了婚礼上的服务员，我为她们挑选了镶着黑边的白色围裙，看上去小巧精致，使她们看上去像是高档餐厅的女招待。不过实际上，她们的打扮更像钢管舞女郎。我喜欢婚礼那天的一切。

---

① 上世纪美国著名性感女演员，凭借《查理的天使》一片迅速走红，其飞扬随性的金色鬈发在上世纪70～80年代早期为数百万美国年轻女性所争相模仿。
② 美国著名作曲家，电影《蒂凡尼的早餐》主题曲《月亮河》就是他的经典代表作之一。

　　很快，我们在尼欧肖的一所小房子里定居了下来。因为兰迪依然还在大学读书，所以我们的生活除了爱情，几乎一无所有。结婚两年后，我们的儿子詹特森降生了。怀孕的感觉让我很是惬意，因为不管怎样，我可以吃任何想吃的东西，而且想吃多少就吃多少。不过分娩的过程则是极其痛苦，几乎要了我和孩子两个人的命。最后关头，医生紧急采用剖宫产，将他从我的身体里取出时，詹特森的情况显然很不正常：他的皮肤呈蓝色，呼吸困难。当医生和护士正采取措施维持他的生命时，兰迪听到其中一个人小声嘀咕了一句："从症状上看，这孩子用药过量了。"如果我们没有亲耳听到这句话，一切都会好些，因为我相信无论是谁，在这样的时刻都会和我拥有同样的想法，那就是像个疯婆子一样拼命嘶吼。但当时我全部的注意力都集中在胳膊以下撕心裂肺的疼痛上，直到房间陷入一片漆黑。当我醒来时（当时医生并不知道我到底怎么了，但是我的血压急速上升），兰迪正站在我身边，眼中充满惊慌失措的神色。詹特森进入了重症监护室，依然无法自主呼吸。护士用轮椅将我推进他的病房，看到他正躺在医院白色的摇篮里，浑身缠着大大小小的管子，我感到心都碎了。那天晚上，我们不得不让他独自在那里接受治疗观察，兰迪和我把几乎一口没吃的食物放在一边，开始讨论詹特森的养育问题：不管怎样，哪怕他脑部损伤或是有其他任何身体上的缺陷，我们都会把他带回家，照顾他，刻骨铭心地爱护他。

　　不过一切渐渐好转起来了，至少当时确实如此。十一天后，詹特森痊愈了，除了有一点哮喘之外，他就是一个健康活泼、朝气蓬勃、讨人喜爱的孩子。能成为他的母亲，给我带来了无尽的喜悦。我的两个姐妹也都在差不多的时间生孩子，外甥达里尔斯和外甥女格里甘，都是像詹特森一样剖宫产生下来的。母亲刚刚把我们中的一个接回家，就马不停蹄地再次赶往医院接下一个。每天我们都聚在一起，要么游泳，要么逛公园，要么在后院里烧火做饭。詹特森、达里尔斯和格里甘有大把大把的时间在一起玩耍，就像同胞兄弟姐妹一样。

我们用了很长时间才做好迎接第二个孩子的准备。由于詹特森出生时，我们身体上出现了一些问题，医生并不建议我们再次生产，那样太过危险。因此兰迪和我就开始讨论领养一个孩子的话题。不过这个想法给我们带来多大的兴奋度，就带来同样多的恐惧感。兰迪的小妹布兰达，就是他父母领养过来的。两岁之前，她一直遭受着十分恶毒的虐待，这也给她日后的生活造成了很大的负面影响，尽管柯普一家收留她之后，对她倾注了无与伦比的爱心。这种状况会给整个家庭带来怎样的困难，兰迪再清楚不过了。

而我也一直被自己内心的疑问所困扰：你能像爱你的亲生孩子那样去爱一个别人的孩子吗？我会不会更加偏爱詹特森，从而完全毁了她的未来？或许某个社工随随便便地给我们挑一个孩子说："OK，她归你们了，祝你好运！"一想到这个情景，我就感到极其紧张。

就这个问题，我们讨论了很长时间，最后我们意识到一件一直都很清楚的事：维系一个家庭的关键，绝不仅仅只是依靠血缘和基因。1987年，詹特森三岁大的时候，我们向圣路易斯的一家孤儿领养机构提交了书面材料。

每一个曾经领养过孩子的人都知道这是多么富有挑战性的一件事，光签署书面材料的过程都显得无休无止。冗长的面试迫使你不得不思考，你不仅作为父母，更作为一个普通人，到底肩负着怎样的职责。我们是否可以接受一个不同种族通婚生下的孩子？能否接受一个身体上有缺陷的孩子？我知道，说一千道一万，我就是想要一个刚刚出生的女孩子，而我们也是这样申请的。但在那个时候，我为这个想法感到一丝负罪感，就好像我在拿着一本商品目录，特别订制了一个孩子一样。

我喜欢整洁的床单、白色的餐盘，还有一个刚刚出生的女孩儿。一旦拥有这些，你就会觉得它们看上去竟然如此迷人。

接下来，唯一能做的事除了等待，就是等待了。最后，一年刚过的光景，那家孤儿领养中心给我们来信了。那是一个周四的晚上十点，那个社工打电话来说，我们的小女孩，出生仅有八周，正在等着我们哪！我们得在第二天早晨驱车五个小时赶往圣路易斯。我一边把我们的衣服和詹特森的玩具丢进一个硕大的粗呢口袋，一边和家人和朋友打电话通报这个好消息，一打就是几个小时。那天早上，兰迪给我们认识的每家每户派发雪茄之后回到家，我们就一起出发迎接我们的女儿。

她的生母当时仍在军队服役，二十一岁时就和一个刚刚认识几个月的男子发生关系怀了孕。分手后，她怀疑自己微薄的服役津贴是否足以抚养这个孩子。其实她自己也成长于一个单亲家庭，但她希望自己的女儿能够在一个父母双全、稳定温馨的家庭里长大。我们坐在等候室里，詹特森在我们膝下玩着他的图画书，这时社工把她抱了进来。真是个袖珍玲珑的小家伙，乌黑笔直的头发像刺猬一样。她身上穿着一件连体的天鹅绒针织套衫，安静地四下张望，如此可爱，如此圣洁……

直到他们将她递到我的手中。

我一接过她，克里斯塔·玛丽·柯普就明白无误地宣告了此后多年我们彼此间是何种关系：在我俩中间，她永远都是发号施令的那一方。她开始撕心裂肺地大喊大叫，我几乎不敢相信这个孩子居然有如此大的肺活量。我抱着她在屋子里走来走去，来来回回地摇着她，对着她的耳朵轻柔地唱着歌，但她就是停不住。我看了看兰迪，"难道你不觉得他们抱错了孩子？"我小声嘀咕道。

带着她走出那幢建筑，我们感觉怪极了。我不敢相信他们就这样允许我们把这个宝贝带回家，照料她，直到永远。那天晚上，在酒店房间里，詹特森就守候在克里斯塔身旁，直到她安然入睡。他直勾勾地盯着她，时不时地抚摸着她的脑袋，对我们说："她的头发很蓬松，有点儿扎手。"

当兰迪和我坐在床边看着这两个孩子彼此熟悉对方的过程，我真的为这个上天赐予的礼物而惊叹不已，而且我也知道，他俩也和我们有着同样的感觉：这个宝贝非常完美，注定就是我们家庭中的一员。

在我的孩子尚且年幼的那些年，如果我们能成为朋友的话，我一定能让你相信，我就是那种拥有一切、别无所求的人。你很清楚我们这种人的生活状态——拥有一幢漂亮的房子和得体的衣服，几个有教养的孩子，还有一个深爱你的丈夫。我努力地用这个标准打造着自己的形象，也许正是因为我一直接受着这样的教育：我所能做到的最重要、最有意义的事就是当一个好妻子、好母亲。在我的少女时代，从未梦想着成为一名医生、老师或是宇航员。相反，我的梦想就是嫁做人妇，相夫教子。这并不是说，我不是自觉自愿地有着这些想法。事实上，这就是我的人生目标，没有出息，胸无大志，但我就是喜欢当母亲的感觉。兰迪是《尼欧肖每日新闻》的发行人，而这也让我能在詹特森和克里斯塔还没有长大的时候待在家里，安心做我的家庭主妇。我发现这两个孩子不但可爱有趣，而且举止文雅。他们上学之后，我和妹妹塔姆在镇上开了一家名叫"一剪之间"的小发廊，我每周在那里工作几天，挣点额外的零花钱。而每过一年，我的婚姻都会更加美满。即便我和兰迪在一起度过了十一年的时间，但只要我们不是相互讨厌的时候，都久久地沉浸在彼此浓浓的爱意当中。

1995年，兰迪接受了来自阿肯色州法耶特维尔一家出版公司提供的职位，一想到这辈子即将第一次搬出尼欧肖，我禁不住兴奋异常。对于兰迪来说，这个工作可谓在事业上向前迈了一大步，我们也有财力购买了一所新房子和一辆新车。我花了好几周时间，装点新家，给孩子们找到最好的学校，让所有人安顿下来。我们很快就交上了新朋友，一到周末，就去徒步旅行，或者一起去看橄榄球赛。我们也进入了一家新的教堂，每次步行去做礼拜，克里斯塔的头发上就扎上蝴蝶结，詹特森则穿上笔挺的衬衣和清爽的牛仔裤。我看到，每个人都在用我期盼的眼神注视着我们：完美的基督徒夫妇，如此美满的一家，如此纯良的人们。事实上，每次当我们和亲友们聚会的时候，我都能看出，他们非常赞赏我们拥有的一切，他们甚至有些妒忌。

我必须说，贤妻良母的角色，自己做得棒极了。在我家的屋子里，没有任何东西是胡乱摆放的，我的发型和妆容总是做到最好。不仅如此，我从不对任何人说"不"。我总是不遗余力地让大家都感到满意，而这种劲头足以感染整个村子。因为我不会冒险让任何人不喜欢我，绝不！

即使我的孩子们，也成了我这种习惯的模仿者。他们运动、学习都要超人一等。对我来说，他们必须广受欢迎。假期是非常"痛苦"的，圣诞时节，为了让我们拥有整个街区装饰得最漂亮的家，我哪怕累得半死也在所不惜。不过我从未想过在万圣节的时候到商店里买什么套装，要知道我是"超级妈咪"，"超级妈咪"才不会做那样的事。相反，我会整晚整晚熬夜，把万圣节套装设计得无比精巧。那些年在学校里，想不拿到"最佳服饰奖"都难。有一年，为了参加詹特森学校里的万圣节晚会，我从朋友那里借了一套向日葵的套装，穿在了克里斯塔的身上。这件套装让她彻底着了迷，她甚至忘记了上别人家敲门索要糖果，一门心思想尽早赶到晚会现场大出风头。但是在最后时刻，当我在给她的两颊涂抹腮红时，我突然觉得我能让她穿得更漂亮。在意识到这一点之前，我正在车库里剪电线，准备把她的头发扎成长袜子皮皮①的样式。毫无疑问，这是个更可爱的造型。她呆呆地站在那里，失望地看着我剥去了她身上的黄色背心，给她穿上一件根本不合身的红格子无袖连衣裙，为了以防万一，我还让她套上清仓打折时抢购的时髦条纹紧身裤。

但是当克里斯塔和我最终走进南方小学的教室时，每个人都对她无比可爱的装扮赞不绝口。我却没有像想象中那么感到骄傲，唯一的感觉就是筋疲力尽。没错，我做到了，但这并不足以让我感到快乐。相反，我宁愿把时间花在别处，狠狠地将陷我于如此劳累之中的家伙骂个狗血淋头。

多年以来，这种疲惫感基本都是留在我的内心深处。有时，我会感到心底有一个令人讨厌的小小声音跳将出来，不断提醒我，除了为外面的世界所做的一切，在我的生活中依然缺少着某个重要的部分。当然，这并不

---

① 瑞典"童话外婆"林格伦笔下的经典卡通人物，满头红发，小辫子翘向两边，脸上布满雀斑，大嘴巴，牙齿整齐洁白。

是什么物质化的东西，因为显然我已经拥有很多。相比之下，更像是我自己陷入了一种迷失。尽管看上去生活安定，轻松快乐，但我对于这个世界来说却没有多少价值。事实上，如今的我和当年十六岁时坐在兰迪家的教堂装模作样做礼拜时没有任何区别。但现在，我这个曾经的假教徒是不是真的皈依基督已经不再重要，我真正在乎的是我的人生价值。

我没有在意那个小小的声音，而是选择相信，要实现发自心底，真正有意义的自我价值，远不止是让那些看似重要的"假如"变成现实。假如我能够减掉十磅体重，假如我的发型能有亮点，又假如我能得到一辆克莱斯勒"城乡"小型货车，我或许会感觉很好。但是即便我实现了这些期盼已久的心愿，还会有很多尚未得到的所谓"必需品"，让我仍然感到没有满足。

每当周围万籁俱寂、没有打扰的时候，我都能感到这种发自内心的声音在发出最大声的呼喊，所以我总是让自己身边热闹起来。开车的时候我会开着广播，做饭的时候开着电视。独自一人的时候，我会打电话给朋友聊天，或者跑去购物中心，看看有没有什么新货。有一阵子，我迷上了重新装饰家居，我告诉自己真正想要的就是更多的装饰品：色彩斑斓的玻璃瓶，又矮又胖的大蜡烛台，接着就是相框或油画，每隔一个月就给一个房间的墙壁换个新色彩。我家里有个笑话：这是个独一无二的屋子，因为你可能在一间蓝色卧室入睡，醒来却发现墙壁变成了黄色。最后，就是枕头了，我觉得我花在搜寻枕头上的时间，甚至超过某些人挑逗老公的时间，而这一切渐渐让兰迪有些发疯。一天晚上，他发现连在沙发上找个坐下的地方都很困难。

"帕姆，"他把我最喜欢的几个枕头扔在地板上说，"我怎么觉得我们家的大枕头生出了小枕头，请你别再买了，没人需要这么多枕头。"

我当然知道他是对的，但依然没有在意内心的呼喊，它一直在告诉我，无论是这些枕头、蜡烛，还是那些珠光宝气的相框都无法填补我内心的空缺，也许我追寻的目标是完全错误的。相反，我说服自己，这就是追求生命含义的必经之路。我真的想，如果日子过得不够"舒适"，你根本无法拥有真正有意义的生活。

而就在这时，我开始像很多在精神与感情陷入危机的人一样，到邦诺书店①的自助区寻找心灵的指南。这里的过道成了我全新的教堂，我相信这些书架上一定能有我要追寻的答案。我静下心来，用心读着能找到的每一种书籍——《混乱中成事》、《在准备中》、《如何得到你想要的生活》等等。我也会把书买回家，逐字逐句地读。然后我会放下书本，尽管已经学会了用一百种全新的方式表达"强大"一词的含义，但是我的内心仍旧空空如也，除了觉得自己置身一座高墙的一端无法翻越之外，再无其他感受。

1998年，对于困扰已久不满足于现状的情绪，最终还是被迫将其化解于一次迪斯尼乐园的游玩过程中。之前我看过一则广告片，凯茜·李·吉福德②一边从一艘嘉年华邮轮的滑梯上滑下，一边唱着"看看我们多开心"，我觉得这就是我所要寻找的答案——我需要一次旅行，看看这个世界，就像吉福德那样。接着我们就出发了。一开始，我和兰迪在一艘加勒比邮轮上度过了几天假期——那是真正的二人世界。随后，我们和詹特森、克里斯塔与兰迪哥哥麦克一家在奥兰多会合，在迪斯尼乐园里疯了一个星期——这是真正的家庭式度假，花起钱来一点儿也不心疼。在"魔幻王国"里，我们住进一家波利尼西亚风格的度假酒店，挑了一间十分漂亮的房间，整个乐园，我们玩了个底朝天。

我曾确信这就是我一生中最快乐的时光，但事实上，这不是。冥冥之中，我总是觉得还缺了点什么——这种感觉太强烈，也延续了太长时间。我们挥霍掉的金钱让我备感压力，但是让我更加苦恼的是，这个假期并没有让我找到期望中的那种满足感。难道我就是这样欲壑难填？

---

① 美国最大的连锁书店。
② 吉福德是美国著名脱口秀女主持、歌手和演员，1984年首次出现在嘉年华邮轮公司的电视广告片中，那也是首部在电视台播出的邮轮广告片。

奇怪的是，这次假期我最开心的时候居然是返程的路上。当时，由于佛罗里达州刮起风暴，我们在机场滞留了好几个小时。在大门口坐下的时候，我发现一位妇女，独自带着患有唐氏综合症的女儿出行。她看上去累坏了，我走上前去，自我介绍了一番。她告诉我，自己患上了流感，而且看上去已经实在无法支持了。我很清楚这种感觉——病到一定程度，只要能和孩子们一起躺下，打个瞌睡都能顶好几个小时的睡眠。我主动提出，她可以在周围走动走动或去买杯咖啡，大可放心地把名叫"洛甘"的女儿交给我来照顾。知道自己能得到片刻休息，让她看上去几乎有些感激涕零，我觉得她甚至有可能扑过来与我舌吻。三秒钟后，她就在椅子上沉沉地睡了过去。

洛甘很好动，我们只得把四周的椅子围成一个圆圈，不让她跑出去。她爬到我们腿上，拥抱我们，亲吻我们。詹特森和克里斯塔乐不可支，都觉得从来没见过如此好玩的小孩子。麦克和他的妻子戴安娜曾经有个叫"梅甘"的女儿，生下来的时候，身体和心理上就出现了很多问题。但她是个很棒的孩子，给我们的生活带来过很多欢乐。尽管她活得很短，仅仅十岁（也就是迪斯尼乐园之旅的前一年）就离开了人世，她却用自己的力量撕掉了很多其他人贴在其身上的标签——残疾、怪异、不幸，给我的孩子们树立了榜样，为他们带来了庇佑。一个漂亮活泼的小女孩，这就是这对夫妇深爱她的根本原因。因此，洛甘的与众不同并没有让他们感到害怕，她甚至勾起了我们对于梅甘的回忆——同样一头金色的鬈发，还有胖胖的小身躯。那一天，就在机场，詹特森扔着纸飞机，洛甘跑着去捡回来，几个小时都不得消停。每一次拿着纸飞机回来，詹特森和克里斯塔都会为她欢呼鼓掌，而她则像完成了一件惊天动地的大事一样兴奋。周围的乘客看着我们，眼神中或是怜悯，或是不解，有些人甚至挪到了别的等候区，因为我们实在是太吵了。但我们并不在意，当广播最终通知我们登机的那一刻，每个人都感到非常难过，却不得不和洛甘说再见。

在这个"完美"假期的所有记忆中，这一幕总是最牢固地印刻在我的脑海里。回到家中没几天，信用卡账单不期而至，也让我看到了此次旅行我们到底花了多少钱。但是我知道这一切都是值得的，因为我们和洛甘一起度过了快乐的几个小时。

假期之后，又过了几个月，兰迪和我像往常一样，一起去詹特森的学校看了一场橄榄球比赛。我们带上零食，穿上背心，坐在看台上，为他们的球队加油。在那个周末举行的比赛刚刚开始第一节，我就注意到正走向看台的一对四十开外的夫妇。丈夫背着一个亚裔宝宝，用背带束在他的背上。我知道自己很想去见见这对夫妇，所以他们坐下之后我就走了过去，介绍了自己。他们分别叫马尔文·哈尔兰和卡罗尔·哈尔兰，这个女婴只有八个月大，名叫凯莉，刚从越南领养过来。

我心想，这真是有趣的两口子。

"太神奇了，"我说，凯莉却在玩弄我的手指，"到底是什么原因驱使你们去领养一个外国婴儿呢？"

卡罗尔告诉我，领养一个孩子是他们夫妇二人长久以来一直想做的事，在生育了六个孩子之后，他们知道，领养孩子的时候到了。她还告诉我，在访问了越南的好几个孤儿院并且遇到凯莉之后，他们还决定做更多事情。卡罗尔解释说，他们委托的孤儿领养机构很难缠，整个过程又太过昂贵，对于很多家庭来说实在负担不起。回国之后，他们开始筹措资金，在越南修建孤儿院，并非为了赚钱，而是为了帮助那里的孤儿找到充满爱心的领养家庭。

他们的善举将我深深打动，我越是想起这对夫妇，就越是妒忌他们。现在来看，承认这一点有些困难，但确是实情。瞧瞧吧，他们的生活多么富有意义，他们的人生多么目标明确、充满自信，相比之下，只能让我自惭形秽、怅然若失。我在想，怎样才能成为一个像卡罗尔那样高尚的女人？她的周末都在为孤儿筹集善款，而我却躲在当地书店阅读有关心理治疗的书籍，还幻想从电视广告中找到指点人生的建议；我的生活似乎整天围着换洗衣物和枕头，而她却在做更有意义的慈善事业，这差距太大了，我痛恨这种感觉！也许，这就是上天的旨意吧，上帝决定了某些人注定活得十分充实，正如他选择了哪些人注定智慧超群一样。很不幸，我没有得到他的青睐，这两样统统没有。

几周后，戴安娜王妃香消玉殒。当时我是在法耶特维尔的"目标"购物中心看到这则爆炸性新闻的，而她却从未养成购物的习惯。当然，我从来没有亲眼见过她，但是从那以后我疯也似的探究着她的死因，迷恋着她的故事。电视上的新闻节目，每晚都在反复回放着她生前的点点滴滴，我也粗浅略微地了解何谓真正的高尚人生。作为女人，她一度感到心灵破碎，被人遗弃，却在自己的人生之外找到了更有意义的事业。我看过她的新闻短片，记录着她在柬埔寨看望被地雷炸伤的受害者的画面：戴安娜坐在腿被炸断的伤者身边，亲手为伤者包扎胳膊上的伤口。我想知道，这究竟是她的自发行动，还是受到了上帝的指派，就像他选择了卡罗尔一样？那时候，我根本不知道柬埔寨在什么地方，也不知道为什么那里还有地雷。

特雷莎修女①几天之后也去世了，她的辞世更加重了我的疑惑。没有什么能够告诉我，与这个伟大女人终身致力的事业相比，整天担心自己的头发什么颜色，是多么浅薄鄙陋的一件事。

在阿肯色州度过三年时光之后，兰迪接受了一份新工作，也让我们全家重新回到了尼欧肖。回到家乡让我很高兴，也许在那里我会更加快乐。而且，孩子们都很兴奋，因为他们会和祖父母和儿时的伙伴住得更近。詹特森迫不及待地要和他的老朋友们一起开始二年级的学习生活了，此外，他还可以回来和格里甘、达里尔斯再度团聚。而克里斯塔也可以回到曾经的舞蹈教室继续上课了。兰迪的新职位带来了更高的薪水，我们也得以买下四十公顷的土地，还有从未拥有过的超大超漂亮的房子。我们回到尼欧

---

① 1910年出生于前南斯拉夫的斯科普里。17岁时成为天主教修女，后在印度传教。她一生关爱穷人，1979年获诺贝尔和平奖；1997年逝世，享年87岁。她生前在世界范围内建立了一个庞大的慈善机构网，赢得了国际社会的广泛尊敬。

肖并安顿下来几周后的一天晚上，我捧着一杯咖啡坐在后院里，打量着我们的家，我很喜欢它。和兰迪刚刚结婚的时候，我从来都不敢相信我们有朝一日能住上这样的房子。那时候，他一周只能挣300美元，我靠给别人剪头发补贴家用。这些足以度日，但我总想拥有更多财富。我一直期盼着拥有眼前的一切：宽敞明亮的开放式起居室，宽大的乡村厨房铺着地砖，还有大片的土地。

现在梦想成真了，难道我还是拒绝满足吗？那天晚上，我就这么坐在那里，觉得是时候承认，不应该再去奢求更多了——我的婚姻，我的家庭，我的两个健康可爱的孩子。但是除了这些，我应该努力在更加高尚的事业中寻找人生的意义。也许我生活中的一切并非无可挑剔，也许这就是上帝把我创造出来后，他希望赋予我的一切。假如我不接受，可能就会从此将他激怒。

好吧，在那个时候，这件事给我带来的全部压力，现在回想起来，让我根本无法看到如今我所相信的一切。问题并不在于这种质疑是否会激怒上帝，而在于这是一种上帝是否存在的质疑。那个声音，那种直觉，那种内心深处不时传来的冲击，都告诉我，我需要的不止这些。这并不意味着我很自私，不懂得感恩，而是说我最终开始注意到这个声音给予我的启示。好吧，它在说，是时候了，我们面对现实，去想想你人生最重要的意义到底是什么。

当然，几个月之后，我才真正懂得这句话的深意，因为在一个医院病房的肃杀惨白之中，我经历了心灵的支离破碎，被彻底击垮，却被迫鼓起勇气。就在那一天，詹特森永远地离开了我们。

CHAPTER 02
法耶特维尔·詹特森死了

我无法用过去式叙述这段经历。如果我这么做，那就意味着此时此刻与悲剧发生那一天相距太过遥远。当然，毕竟一晃已经九年了，多么不可思议的一段时光，但一切仿佛就在眼前，一天也不曾过去，我也根本不用在脑海中反复回忆就能历历在目。也许我并不能常常想起当时所有的细节——比如接到姐姐谢莉尔的电话，比如医院等候室里刺鼻的消毒剂味道，还有医生告诉我们詹特森已经死亡后兰迪与我四目相对时的感受——但是我每天每夜都在想着我有多么地爱他。而每次想起他，我的灵魂早已不在此时此地，而是回到了九年前，一直不曾离开。

"我就在这儿。"轻轻地我对他说。

我把身体向他靠了靠，头枕在他的胸口，摸着他的脸庞，感觉着这个十五岁少年脸颊上尚未长硬的胡须。我奢望着，他的胸口能够动起来，他的肺部能再度充满气息，但除了令人窒息的寂静，我什么也感觉不到。一阵突如其来的疲倦袭来，我深深地陷入一股痛苦不堪的欲望之中，希望要改变正在发生的一切。

正在发生的一切？我已经想不起来了，此时的我什么都感觉不到，连时间都变得模糊起来。大概下午一点的时候，谢莉尔打电话到我的发廊。"快过来，"她说，"詹特森出事了。"

我马上离开发廊，冲进隔壁兰迪的办公室。我们一起开车直奔谢莉尔家，路上我把她在电话里说的一切原原本本地转述给兰迪。那天的橄榄球训练之后，詹特森和达里尔斯准备锄草，但天下起雨来，他们就一起去谢莉尔家看电影。

他并没有哮喘，也不是打球时摔断了腿，也不是不顾下雨硬要锄草，结果从锄草机上摔了下来。谢莉尔压根儿都没说是不是他的心脏出了问题，他的心脏一点儿毛病都没有。她只是说我们得抓紧时间，到底出了什么事她也没提，除了这些，她什么都没说。

我们赶到的时候并没有在外面看到他，我从心底里也没这么指望过。但是却抱着一丝丝的希望，而紧接着就是无穷无尽的失望。我的姐夫马克告诉我，医务人员正在屋里对詹特森进行治疗。而我在听他说这番话的时候，车道上停着的救护车也让我渐渐意识到了什么。我准备冲进房里，但马克伸手拉住了我的胳膊，告诉我尽量不要打扰医生治疗。我看到我父亲也来了，他就住在谢莉尔隔壁，此时正站在草坪上。我还看到了达里尔斯，还有谢莉尔的长子达拉斯，每个人看上去都很害怕。接着，詹特森被一些我从未见过的人用一副担架抬出了房门。我试图靠近他，我想看看他的眼睛，但再次被人挡了回来，只能站在白色的篱栅里面，距离这么近，我看见他无法自主呼吸，我感到心里猛地一沉，知道大事不好了。他们把他抬进救护车，载着他直奔医院。

现在开车的变成了谢莉尔，救护车在我们前面引路，但是我看不到，因为不敢看。谢莉尔又把事情的来龙去脉原原本本地告诉我一遍。他们一早就开始了橄榄球训练，接着，他们吃了早餐，一起看电影。她自己走进房间，对詹特森说了些什么，但他没有回应，动都没动一下。她试着把他摇醒，但没有用。

"求求你，上帝，千万别让他死啊。"

我们留在等候室里，这里给人的感觉就是阴冷和陌生。我看到其他人也来了：我的父母，好朋友沃伦，还有我的三个姐妹和弟弟拉尔夫。兰迪在外面一片惨白的大厅里，来来回回徒劳地踱着步。我认识的人陆陆续续地走进来，每个人都问我发生了什么事。答案是我的儿子在另外一个病房里，生命垂危，而我束手无策，帮不了他。周围的噪音很大，最后我只听到自己大吼一声："都别说了，开始祈祷吧。"

我们教堂的牧师也来了。他握着我的手，我低下头，闭上双眼。周遭一片寂静，我的内心在死命挣扎。"主啊，求求你，让他活下去吧。如果你一定要让他遭受苦难，可以让他大脑残疾，只要把他活着的躯体还给我，我就心满意足了。我会照顾他，千万别让他死掉啊。"

医生走进等候室，他说他有个坏消息，詹特森的心脏出了问题。接着他告诉我们，詹特森已经死了。

我看着兰迪，他正站在离我几英尺远的屋子另一头。我立刻就知道：我的丈夫已经不是从前的他了。脚下的地板似乎陷了进去，我的头脑中，似乎像连珠炮一样爆发出一百万个念头——接下来的日子怎么过？没有宝贝儿子，我怎么活得下去？就像癌症袭来，或者中了毒一样，头晕目眩的感觉贯穿了我的全身，我想自己大概要死了，就在这里，就在这个陌生的地方。

但是一个念头控制了我，我的思绪又恢复了清醒。詹特森依然离我很近，他需要我。我提出要见见他，然后用最快的速度跑过那一段笼罩在日光灯下的过道。

"我就在这儿。"轻轻地我对他说。他躺在冰冷的抢救台上，无遮无挡。他刚刚经受了多么残酷的抢救过程啊，而我竟然不能在他身边告诉他，一切都会好起来的。我的半边脸颊贴着他的皮肤，想要把他整个儿盖住，但正是这时我才知道他真的已经离我而去了。另一个医生走了进来，詹特森的嘴里还有几根管子，他就这样拔了出来。我儿子的胸口颤抖了几下，一种奇怪的声音从他的嗓子里冒了出来。哦，上帝，他还活着。所有肆虐在他身体里的病魔都被释放了出来。我当时并不清楚，那只是我的一厢情愿，但我居然为此对上帝充满了感激。我想，真是个残忍的玩笑，或是怎样的一种施舍，他竟然还活着？我等待着他再做一次呼吸，但是我感觉到有人扶住了我的背，还听到了某个人在向我道歉，他很遗憾云云。另一个人正在责备他，说他应该早点把这些管子拿掉，接着又说了一次：他已经死了。

这时候，我父亲来到了我旁边，他的脸涨得通红，眼睛又红又肿。他跪倒在我身边，用无比痛苦而又虚弱的声音和我说话，我几乎认不出他了。

"我们已经尽力了，帕姆，我们已经用最快的速度来到他身边，也为了救他尽了全力。"

他恳求我相信他，我从他的眼神中也看到了恐惧。我说，你们当然尽了全力。我紧紧抱住了他，担忧几乎将我吞噬——这个我所认识的人当中最勇敢无畏、最坚忍克己、最和蔼可亲的汉子，就快要被悲痛彻底击垮了。你们当然尽了全力。我的姐姐、姐夫，都对我的儿子进行了心脏复苏术①，试图让他恢复自主呼吸。我完全可以想象得到，在医务人员到达之前的那段时间里，詹特森身边的人经历了多么恐怖和紧张的一幕。幸运的是，他当时身处如此舒适熟悉的环境当中，与爱的人们在一起，为了挽救他，每个人都宁愿付出自己的生命。

按着另外一个人走进这个房间，询问我们愿不愿意捐献詹特森的器官。他说，詹特森的亡故让他们很遗憾，但捐还是不捐，需要我们马上做出决定。我不知道，也根本不在乎了。好吧，我说，拿走你们需要的东西吧。接着兰迪就和这个人讨论更多细节去了。他说，我们直到现在都搞不清詹特森确切的死亡原因，因此唯一肯定能够捐献出来的器官就是他的眼角膜。兰迪对他说，那就拿走他的眼角膜吧。

大家都靠在四周的墙壁上，我已经认不清大多数人的面孔了，但是我确信他们都是亲朋好友。

没有人知道接下来该怎么办，所以兰迪发话，承担了他生命当中未来

---

① 当呼吸终止及心跳停顿时，合并使用人工呼吸及心外按摩来进行急救的一种技术。

几周（如果不是几年的话）所要承担的角色：那就是整个家庭的领袖，这一点很重要。他滔滔不绝地谈起，能与詹特森一起度过这十五年光景对于我们来说已然多么幸运，他刚刚出生的那一天我们多么害怕很快就会失去他。我的丈夫还回忆起那一天他是如何祈求上帝不要带走儿子，因此我们也都有机会了解了这个出色的男孩。

我们离开了医院，当时正是六月，却感到异常寒冷，我的血液似乎要冻起来了。我们被带上停车场的一辆汽车，我却四处寻找克里斯塔。在那个时刻，我需要我唯一还活着的孩子在我身边。在车上，我俯下身，把头枕在她的腿上。

接着我们坐车回家了，尽管在那里，我再也无法感觉到家的温馨。

当天晚上，屋子里到处都是人，车道上和草坪上停满了汽车。我躲在卧室里，房门紧闭，尽可能不去感受周遭的一切，告诉自己这很可能是幻觉。如果我闭上双眼，凝神冥想，我似乎能够让一切回归到从前的状态，回归到我们希望的正轨上来。我们一家四口，坐下来准备共进晚餐。克里斯塔在向大家显摆着自己的"杰作"：她在冰箱里的冰激凌上写上了自己的名字，这样詹特森就不会一股脑儿全吃了。而反过来，詹特森也在拿这事嘲笑她。兰迪在后院里烤牛排，一手拿着钳子，另一只手则攥着一份报纸。吃饭的时候，詹特森和我们讲述橄榄球训练中发生的趣事以及和达里尔斯一起看的那部电影。他说，后来他们开着一辆四轮电动车，爬上了屋子后面的小山。接着兰迪又和他聊起了周末去钓鱼的话题。在我刷洗餐具的时候，克里斯塔和詹特森已经准备做功课了，而我们又免不了争执几句，争论的话题是，到底应该花多少时间才能做完功课。

这又提醒了我，我与詹特森最后一番对话也是一次争执。出事前一天晚上，他把棒球手套落在了屋外，天下起雨来，棒球手套也就这样湿透了。第二天早上，也就是詹特森死亡前的几个小时吧，我打电话到达里尔斯家，对他说，对于自己的东西怎么如此不负责任？詹特森还是一如既往一副满不在乎的口气，他对我说了什么来着？

"别担心，妈妈，我还会另外再弄到一只。"

"另外一只——垒左手手套？"我问道，对他的话非常怀疑。在挂电话前我是否和他说过"我爱你"？我无法想象自己对他倾注了多少爱，也无法相信我怀胎十月，一朝分娩，用我的身体养育了大半年的孩子，就这么撒手人寰了。

我的躯体感觉有些异样，就好像我再也无法支配它。事实上，它就像慢慢地飘浮起来，飞到了外面，与我的意识断绝了联系。大家都站在我的床边，妹妹塔姆按摩着我的双脚，但是我根本没有在意。我很乐意他们来到这里，也想感谢他们，可就是说不出话来。我试着把床单紧紧地盖在头顶，但双手就像灌了铅一样抬不起来。

我的好朋友特雷西·豪斯，自高中以来一直都是最亲密的伙伴。她已经执掌了大局，就像个看门人一样站在我的卧室外面，只允许那些她所知道的我最想见的人进入。此后的好几天，她都在那儿保护着我。来宾进进出出，我听到他们的低声耳语。每个人都在一遍又一遍地询问，到底发生了什么，而事情的细节也在被周而复始地重复着，就像一出悲剧，被不断倒带，循环上演。

兰迪走了进来，躺在我身边。真不敢相信这样的事会发生在我们身上。我们张开双臂，紧紧地抱在一起，我们的心脏也在相互碰撞着。我们想说些什么，但不知道如何开口，所以只是挑选了一些安慰的话给彼此打气。我们知道，言语终归只是言语，不具有任何说服力。我仍然对时间没有任何概念。姐姐吉姆劝我们睡一会，好让自己镇定下来。我们很听话地照办了，因为我们根本不知道还有什么别的事情好做，睡觉是再好不过的选择。后来，也许几分钟，也许几个小时后，我再也撑不住了，昏昏沉沉地睡了过去。

我希望永远不要醒来，凌晨四点的时候，我还是睁开了双眼，但是依然在睡梦与清醒那模糊的界限之间徘徊不定。曾有片刻，我失去了记忆。

突然而至的虚弱和痛苦，让我不得不思考造成这一切的原因。我的回忆随后恢复了正常，而这也让我在接下来的几个月中，不断地从梦中惊醒。一个又一个早晨，我不得不一次又一次地意识到，詹特森已经离我而去了。

兰迪正睡在旁边，所以我起床时尽量小心翼翼，因为我不敢吵醒他。克里斯塔躺在角落里的一张扶手椅上睡着了，她的双腿搁在一个小桌子上，朝天跷着。我站在那里，看了一会儿她睡觉的样子。这个年轻的女孩，实在太漂亮了。我为她做的还远远不够，自从回家之后，还没怎么和她说过话。我想把她抱在手里，揽在怀中，但是我没有。不是因为我不想，而是发现了告诉她我有多么爱她的全新方式。如果失去她也会让我感到同样的恐惧，那和杀了我没有什么区别，如果我还活着的话。

我顺着过道走到起居室，屋子里安静得有些怪异。我父母在楼上睡觉，沃伦睡在长沙发上，兰迪和克里斯塔也在家里，但依然觉得空空如也。走到厨房里的时候，沃伦醒了，看到我站在那儿，不知所措。他走过来，用双臂紧紧把我搂住，然后带着我回到长沙发上，给我盖上毯子。兰迪还在上大学的时候，沃伦就认识我们了，他同样也非常喜爱詹特森。他在这里让我感到几分欣慰。

"你感觉怎么样？"

"我不知道怎么回事。"我说，接着把这一天发生的一切一五一十地告诉了他。沃伦其实知道这一切，大多数场景，他都是亲历者。我慢慢地谈到詹特森的心脏，但需要费力地找合适的词汇。

如果不把这个问题大声地说给某个人听，我怎么才能相信这个现实居然如此真切？但这就是血淋淋的现实，没有人能给出确切的答案。

第二天，十五岁的儿子死了之后还没过多长时间，我就得把他的所有后事操办起来。挑选一口棺材，筹办一场葬礼。短短两天之前，詹特森还在和我说自己已经为接下来的赛季选好了一根球棒，兰迪和我也在讨论是不是应该送给他一辆皮卡车，作为十六岁的生日礼物。然而现在，我们讨论的则是在哪里为他做祷告，在哪里将他下葬，在他的墓碑上写上怎样的墓志铭，为他选择哪一曲哀乐。

我强打精神，收拾起破碎的躯壳，一一应对着这些疑问。因为，这是现在我作为一个母亲应尽的责任。但我还是做不到，无法挑选悼词，或者考虑下葬时应该给他穿上什么衣服，更不想和别人谈论在他的葬礼上播放什么哀乐比较合适。我心里想的是詹特森能走进家门，把他的书包一下子扔在客厅地板上；想的是摸着他腮帮上干燥的皮肤，还有他双臂环抱着我腰间的感觉；想的是听他用极其懒散的语气说"我爱你，妈妈"。

与我深切的期待对比的是，当我走下楼，看到台球桌上铺满了詹特森的照片。痛心的感觉再度涌上心头，我曾以为自己已经悲伤到了极点，但眼前的一切又把我的心撕得粉碎。

有关葬礼，我唯一的要求就是希望它要成为詹特森生命中的一曲美丽的赞歌。我建议拒收鲜花，血淋淋的现实面前，怎能奢谈"美丽"二字？取而代之的是让来宾们捐款，为他组建一个纪念基金。因为与其花钱购买几百朵最终要被扔掉的蜀葵，还不如以他的名义成立一个基金会，让人时时想起他的音容笑貌。

葬礼定于两天之后举行，这意味着那天早晨醒来之后，我不能像往常那样径直走向起居室，在斜纹布沙发上一坐就是几个小时。相反，我必须在大脑一片混沌之中沐浴更衣，做好头发。我要穿的衣服是一条黑色裙子。那是我在T.J.麦克斯商场里特意挑选的，当时心想如果有朝一日需要参加谁的葬礼，这件衣服真是太合适不过了。但是做梦也没想到，我居然是穿着它参加詹特森的葬礼！我看到兰迪正在厨房里，站在炉子前，手里拿着一个量杯。他看着我，眼里噙满了泪水。

"我想做点燕麦粥，"他说，"我知道我和詹特森两个人吃该做多少，四杯水和两杯燕麦片，现在只有我一个人，我真的不知道该怎么做，各减一半？不，他总是比我吃得多。"他的身体在悲痛中不住地颤抖。

我用手擦着他的眼泪，用我的双唇对准了他的嘴，希望能让他平静下来，分担一下他的痛苦。如果我能独自扛下这一切，我甘愿一肩承担。

"他真的走了吗，"兰迪说，"没有他，我怎么能活得下去？"

我想，失去了詹特森，我们根本无以为继。我们的朋友丹尼，开着车来接我们去教堂。我一动都没动，因为我根本不想去。最终我还是站了起来，最后一次走进盥洗室。镜子里，我仿佛看到了一张老女人的脸，足足一百岁！如此伤感的面孔，我从未亲眼见过，有那么一刻，我甚至不敢相信镜子里的人就是我。这完完全全是另外一个人，一个即将参加她儿子葬礼的人。我看着她，而她让我感到如此恐惧。

我们置身葬礼现场，就流程而言，每一个环节都很完美。现场有近一千名宾客，沿着四面墙壁站着，教堂后面的地方也被大家挤得满满当当。詹特森的每一个朋友都来了，而且带着他们的父母。他所在高中棒球队的小伙子们坐在一起，他们穿上了统一的队服，还把詹特森的号码——16号——印在了袖子上。那一天，詹特森穿的也是他的棒球队服。来自阿肯色州的里根·格伦，是詹特森的少年牧师。他讲述了詹特森生前的故事，还有他对广播名人R.D.梅瑟的喜爱，要知道那可是个经常给别人打电话搞恶作剧的家伙，所以他的发言也让大家露出了难得的笑容。兰迪的哥哥麦克则回忆了詹特森如何让他的生活充满感动。我尽力听着，大家都在如此深情地谈论着我的儿子，而我也生怕错过了这个聆听的机会。但要做到这一点很难，我的眼睛无时无刻不在盯着那个擦得锃亮的木头盒子，那里面躺着我的儿子。不知什么时候，达里尔斯和格里甘站起来发言，他们讲到了多么喜爱詹特森，多么享受与他一起长大的时光。接着詹特森的好朋友布伦特站了出来，准备用鼓演奏一曲，就像之前别人交代他的那样。我相信，这一定会是一首轻柔婉转、抚慰人心的曲子。但是布伦特贡献的却是一曲疯狂张扬的鼓独奏，兰迪和我四目相对，都笑了。

我小声说："我不敢确定是否曾经听到过这样的曲子。"

"我也不确定这里是否有人听过这样的曲子。"他握着我的手，同样小声地回答。但是詹特森如果还活着，一定会很喜欢。

随着仪式渐渐接近尾声，兰迪站起身，和我一起走到前排。他居然有足够的力气开口说话，尽管我就站在他身边，但一句话也听不进去。悲伤充盈着我的大脑，制造着巨大的噪音，而其他所有事物，都已经陷入一片沉默。

十天之后，兰迪重新回公司上班，而我已经决定彻底告别美发行业。一想到自己站在那里，装模作样地根据顾客的肤色，为她选择不同色度的金发样式，内心的罪恶感就足以让我开枪自杀。我再也不会像从前那样浑浑噩噩地过日子了，绝不！当我把这些想法告诉塔姆，她完全能够理解。"那么你打算做些什么？"她问道。"我不知道，"我说，"也一点儿都不在乎。"

那个时候，我所做的只是傻傻地坐在扶手椅上，或者厨房餐桌上，一坐就是几个小时，日复一日都是如此，费尽气力冲了一杯咖啡，却根本难以下咽。所有的食物都是如此难吃，我甚至记不起上一次吃饭是什么时候。在黑暗中我艰难地吞咽着咖啡，思绪却在大家带给我的几本充满悲情的书籍当中游走，时而爱抚我们的宠物狗杜鲁门，它几乎从不离身，时而一遍又一遍地意识到我的生活居然令人难以置信的愚蠢和无聊。

有时候，我受够了自己枯坐两个小时无所事事，一动都不动。每每遇到这种情况，我要么打开玻璃移门，光着脚走进室外的池塘，要么带着杜鲁门沿着长长的乡间小路，一直走到铁路的轨道，为的就是证明自己依然还活在这个世界上。我尝试过一次又一次，但不是每一次都能得到肯定的答案。

詹特森葬礼后第二周的星期五，兰迪下班回家，提醒我这个周末将迎来美国独立日。他提议我们应该做点什么庆祝一下。我知道确实应该庆祝，哪怕是为了克里斯塔，但我一点心情都没有。独立日一直都是詹特森最喜欢的假日，他会提前两周准备好焰火，把它们堆成一座座小山，小心翼翼地决定着该用怎样的顺序依次燃放。母亲打电话过来，邀请我们去她家吃饭，我却告诉她会尽量过去，但是过了那个下午，我都不确定自己是不是还有勇气活下去，又怎能知道是否会不会去吃一顿汉堡包和通心粉色拉，会不会和什么人正常交谈？但是我不能拒绝她的好意，所以我们还是去了。我想，我所要做的就是在没有詹特森的日子里，继续活下去。

在我母亲家里，我听到大家有说有笑，但具体说笑些什么一点儿也引不起我的注意。若是不想彻底崩溃，唯一的办法就是屏蔽一切。两个小时之后，我再也熬不住了。我知道自己需要回家，那里才是安全的地方。于是我对兰迪耳语道："我要离开这里，马上！"

回家的路上，我提出在墓地稍作停留。当我们把车开上通往詹特森坟墓的那条弯弯曲曲、布满乱石的小路时，我看到很多人都挤在墓碑周围。当中有叔叔切斯特和婶婶乔伊斯，还有他们的两个女儿凯瑞和凯莉，她们的丈夫道格和布莱恩以及孩子们：亚历克斯、玛丽亚、布莱斯和麦肯齐。

看到他们我真的很高兴，我默默地祷告，祈求上帝保佑他们。詹特森或许已经远离我们，但这依然是属于他的节日。

太阳照着茱萸树，在地上投下了一片阴影，而我和兰迪也与树下的大人们站到了一起。克里斯塔则一路小跑和其他孩子们玩了起来。他们燃放了焰火，这是对詹特森的纪念，简单而又甜蜜。眼前的这一幕幕恰到好处地提醒我，克里斯塔还只是个十一岁的孩子，尽管詹特森死后她的言行举止完全蜕变成了一个大人，甚至是那些连我都无能为力的事情，她居然都能处理得非常得当。

坐在坟前，几周以来我第一次感到一种心境的平和。我知道，他已经无法感觉到我的存在，但我一点一点地将身子靠近墓碑，就好像这样做能一步一步地靠近他的身体一样。我轻轻地向他许了一个愿，我一定会为他立一个更醒目的墓碑。当时只是简单地挑了块大理石，刻上了他的名字，还有他出生和死亡的日期，有些太草率了。

几周后，我接到兰迪哥哥麦克的一个电话。每年的这个时候，我们全家都会一起赶往佛罗里达州彭萨科拉度假，兰迪的父母在那里拥有一所公寓。麦克想知道我们是否还准备在七月底再度前往那里。换做过去，我几平每年都会十分期待这段假期。我不知道该怎么办，也不敢想象没有詹特森参加的情况下，这次旅行会是怎样。但兰迪和我都觉得，我们的家已经被黑暗笼罩了很久，这是摆脱的好机会，实在难以抗拒。

然而当我刚刚到达那里，打开公寓的房门，我就开始质疑这个旅行的决定。我的头脑当中一直都在不停地想，这一次詹特森没有和我们一起来。我真是太愚蠢了，怎么能相信所有的沉重和悲伤都能被抛诸脑后？当克里斯塔把自己的行李箱放进她以前和詹特森同住的房间时，我问兰迪："我们能像以前那样度假吗？"我还像从前那样走上那一片海滩，詹特森曾在那里撒下渔网，静候几个小时，还有那条他曾经潜过水的海岸线？

"我不知道，"兰迪说，眼神中充满无助，"至少我们还是应该试一试。"

那天晚上，为了证明自己还是正常人，自詹特森死后我们第一次出去吃饭。餐厅里，女主人热情地和我们打招呼，她是个漂亮的女孩，比詹特森大不了多少。

"三位？"她高高兴兴地问，随手拿来菜单。"不……"我刚准备说"四位"，这些年来我一直都是这么说，直到我意识到这个回答如今已经过时了。

"是的，"我勉勉强强地说，"三位。"

吃饭的时候，我食不甘味，所有的东西都是如此怪异，如此陌生，只能听到坐在餐馆角落的那张桌子那几个人疯疯癫癫的笑声。到底有什么事让他们笑得如此放荡不羁？盘子里的色拉，我拨来拨去，却难以下咽，脑子里想象着自己走到这些人面前大吼大叫的情景："詹特森都已经死了，你们怎么能这么开心？"这种愤怒渐渐演变成一种更加奇怪的感觉：偏执。我无法劝服自己摆脱这种感觉，尽管我知道这很疯狂，但就是觉得这里的每个人都在用奇怪的目光看着我们，用冷漠的语气和我们说话。难道他们什么都知道了？难道他们清楚我们就是那个失去了一个儿子的家庭？兰迪和克里斯塔刚刚吃完最后一口，我就招手示意埋单，忙不迭地逃离了那家餐馆。

几天之后，也就是7月17日的早晨，我很晚才起床，却发现兰迪和克里斯塔坐在起居室里，一边吃着燕麦粥，一边看CNN新闻。播音员当时正在播报前一晚小约翰·F·肯尼迪和妻子卡洛琳·贝塞特、妻姐劳伦所乘坐的飞机在玛莎葡萄园海滩附近失踪①。我一屁股坐在靠背椅上，眼睛一刻不停地盯着屏幕。我母亲过去常说，詹特森长得就像是个小肯尼迪，特别是去教堂之前我给他穿上过膝的长筒袜和短衣短裤的时候更是如此。兰迪说这身打扮有点傻乎乎的，但我觉得很可爱。

接下来的几天时间里，我动不动就在电视机前，一坐就是几个小时。有关当局令人失望地宣布放弃搜寻时，我从椅子上站了起来，一直走到海滩边。高高地坐在一个小沙丘上，我用拖鞋划出一块小地盘，开始放声大哭。多少天来，我从来没有这么痛快地哭过。我一直想痛哭一场，但是没有眼泪，不过现在止都止不住。

一直有人来来往往，他们看到我独自一人坐在那里，抱着双膝，不由自主地颤抖着。但这些我全然不顾，刚才听到一段罗斯·肯尼迪②的采访，她所说的一段话已经让我完全沉浸其中——"我的一生充满伤感和欢乐，我只在乎欢乐，而这就是我活到现在的原因。"我想，风抽打在我的脸上，沙子刺痛着我的皮肤，也许我也可以能像她那样，只在乎那些人生的欢乐。

事实上，这也许就是唯一的答案。我努力地回忆着那些开心的事。然而回忆这些欢乐的时刻却会如此痛苦，想起贝塞特一家的遭遇，顷刻间就显得不值一提。那一天，他们失去了两个女儿，一定和我一样悲伤，我无法想象他们的家庭正在经历着怎样的阵痛。尽管明知不可能，但我还是希望在那个时候能为他们做点什么。我开始想象，如果我和他们身处一室会

① 1999年，美国前总统约翰·肯尼迪唯一幸存的儿子小肯尼迪飞机失事，连同妻子和妻姐一起坠机而亡。
② 美国前总统约翰·肯尼迪的母亲。

发生什么——谈论各自的孩子，谈论最终人们所铭记的将是他们的一生，而不是他们的死亡。我突然觉得，在这个世界上，除了贝塞特和肯尼迪家族，恐怕没有人能更加理解我当时的感觉了：我的心情无比沉重，我的躯体无比陌生。

接下来的几天，当我走在沙滩上时，我都会在脑海中追寻着小肯尼迪一家飞机失事的最新进展。很快，出事第四天了。

后来，兰迪在游泳池边找到了我，克里斯塔正在游泳，而我还在读那些悲情书籍。"我突然有个想法，"他说着，递给我一瓶"胡椒博士"无糖可乐，"我觉得小肯尼迪或许就和詹特森在一起。这是不是很疯狂？你觉得小肯尼迪会不会喜欢打桌球？我打赌如果他喜欢的话，他们一定能成为好朋友，一起打桌球。"

这个想法让我发笑，但是我却表示同意。那天晚上，我在床上给詹特森写了一封信，自他死后，我几乎每天晚上都会这样做。信中我建议他，不妨去找小肯尼迪交朋友。

大多数的夜晚，当孩子们都上床睡觉之后，我会和麦克、戴安娜一起坐在靠近海滩的门廊上，谈论着我们的孩子。他们的女儿梅甘去世至今已经五年了，但是我能够感觉得到，他们内心的痛楚依然撕心裂肺，一如她离开人世的那个刺骨的11月早晨。从那以后，我很有些对不起他们，因为我没有时常谈起她，虽然我非常喜爱这个小女孩，也无时无刻不记挂起她，但是我总是害怕提到她的名字，似乎如果这样做的话，就等同于提醒他们，女儿已经离他们而去一样。直到现在我才明白，这种想法是多么可笑。我回想起梅甘死后的第一个圣诞节，所有人都回到了现实生活当中，煞费苦心地考虑着该送孩子们什么礼物，为他们做什么甜点，家里怎样布置才会完美无缺。那一年，麦克和戴安娜从得克萨斯赶来和我们一同庆祝圣诞。当我听到戴安娜在地下室独自哭泣的时候，我试着去体会她内心的痛苦，却没有成功，我根本无法做到。

一天晚上，兰迪和我正在黑暗中发呆，麦克发话了："听我说，你们应该明白一件事，你们的心情将会比想象中的更加伤感，你们的生活也将更加艰难，但是你们的人生也将更加丰富充实。如果没有经历这一切，你们绝不会有这样前所未有的感受，也不会有这样刻骨铭心的人生领悟。这本身是件糟糕透顶的事，但一段难以置信的新生活也将随之而来。"我试着用心体会这番话的含义，但是无法想象自己该怎么相信其真实性。没有詹特森，我的人生怎么可能更加丰富？我已经严重质疑自己是否还能重新快乐起来，何谈享受更充实的人生？我唯一肯定的是，坐在这里，耳朵里传来了大海的声音，我所谓的人生价值和意义都已经随风而逝。从现在开始，我只能在无尽的悲痛中苟延残喘，让那些日常琐事消耗我的生命，直至终老。

几天后，我们回家了，当车驶上门前的车道，首先进入眼帘的就是我们在前院里种的那棵树已经被毁掉了——那是詹特森的树，是兰迪的朋友吉因·豪尔送给他的礼物。我们饲养在牧场里的奶牛弄坏了围栏，把那棵小树踩死了。看着它倒在那里，被连根拔起，我的精神崩溃了。一股怒火蹿了上来，不止是针对这些奶牛，更指向上帝。"难道我们做了什么亵渎你的事情？难道你连这么一棵小树都不能为我庇佑？难道你要夺走一切我所珍视的东西？"

屋子里鸦雀无声，前几个星期时不时前来帮我们洗洗餐具，送几盘饭菜的亲友们的生活都已经恢复了正轨，我也很高兴不再看到他们。我只想带着悲伤独处一段时间，在这个属于我这个一家之主的地方，重新找到自己的角色，而不是在别人关注的目光下过日子。

每天早上，我总是看着兰迪为步入"真实世界"做着准备，穿上笔挺刻板的衬衫，戴上镶着钻石的领带，却不得不逼着自己抗拒内心涌动的罪恶感。当然，他比我更愿意坐在餐桌前，随手翻阅着那些悲情故事，泡上几壶咖啡，却永远都喝不下去。但是他不能，因为他得回去工作，养家糊口。更让我感到沮丧的是，我越来越担忧自己能否迈过这道坎，因为我的躯体就像被差不多抽干了一样，无论我如何努力，大脑就是无法像从前一样正常运转。我想象着有朝一日，一觉醒来时已经病入膏肓，要么已经死去，要么被丢弃在一个四周密闭的房间。那些悲情故事里提供的建议，我也曾尝试过，比如昂首挺胸、直面痛苦，但我越是这样做，越是开始怀疑这是否值得。

感觉最糟糕的那些日子，我会下楼走进詹特森的房间，躺在他的床上，把自己裹在那张还没有洗过的床单里。有时候，我会穿上他的脏T恤，不管哪一件，只要留有他身上的味道就可以。我还会把他的毯子裹在身上，试着弄清他到底身在何方。

在天堂？到达天堂的那一刻发生了什么？他与上帝的第一次交谈又是怎样？在我的脑海中，不时浮现出各种各样的情景版本，来来回回，周而复始。

我想知道他是不是还会和其他同龄的孩子一起外出，我想知道他是否还会犯过敏。各种各样的想法有时让我发疯，有时又让我感到安详。我会听乔伊斯·梅耶尔[1]和贝茨·摩尔[2]的录音带，他俩都是我喜欢的神学专家；我也会把书架上每一本马克斯·卢卡多[3]的书都通读一遍，试着用"我儿子已经解脱了"的幻觉慰藉自己的灵魂。但我为什么会感到如此凄楚？如果天堂就如同书中描绘的那般美妙，难道我不应该为詹特森的离世而热烈庆祝吗？他难道不是已经彻底告别痛苦了吗？现在他终于解脱了，这个世界再也不会对他说"不"，他喜欢的女孩也不会再让他心碎，什么叫"聪明"，什么叫"有价值"，他再也犯不着为达到这些我们设定的合格标准而劳心费力了。这不就是《圣经》给予我的启示吗？

这些问题几乎让我发疯。同时，我也在竭尽全力地尽到一个家庭妇女

---

[1] 美国著名基督教作家和演说家，其电视和广播节目在200个国家用25种语言进行播出，关于基督教精神的著作也多达70余本。
[2] 美国著名福音布道者、作家和教师，她所创立的"生存的证据"修道院，已经成为全世界妇女接受福音基督理论熏陶的圣地之一。
[3] 最畅销的基督教作家之一，其50部著作共售出6500万本。

的职责——那就是像个正常的成年人一样打理好家里的琐事，细心购物，好好做饭。随着克里斯塔新学期的开始，这些事变得更加繁琐。我不得不例行公事般地购买新衣和五颜六色的笔记本。从前，我很喜欢一年当中的这个时候——孩子们迫不及待地要去上学，当然，我也因此有了更多的空闲时间。但是随着日子一天天过去，没完没了的新学期广告也开始不厌其烦地播出，我的恐惧感也与日俱增，超出了我能够承受的限度。有时候，当我经过克里斯塔的房间，看到锃亮的粉色书包挂在门上，或者一双全新的网球鞋微微从她的床下"探出脑袋"，我都会感到有些吃惊。我想，这些就是我的职责所在吧。

不管用什么方式，我都得尽到贤妻良母的责任。

我已经完全丧失了时间的概念，从白天到黑夜，从几个星期的渐渐消逝，到几个月时间的日益远离，唯一让我对此有所感知的方式就是观察别人对于詹特森的态度。一开始，他们会越来越少地提到他，再到后来，越来越不希望听到有关詹特森的话题。这并不意味着他们已经不再思念詹特森，这一点我敢肯定，而是因为他们希望我们能够从伤痛中走出来。或许，如果不再谈起他，我的日子就会好过一点。

当意识到这些的时候，我尽力保持着冷静，但后来我渐渐痴迷于阅读那些其他宗教信仰中对于死亡态度的书籍。我读得越多，越发现美国基督教传统中的观念是多么不近人情。按照他们的教义，对待詹特森，正确的态度应该是：好吧，他已经死了，已经入土为安了，我带来了一份金枪鱼砂锅，你也该重新构建你的生活，开始像个正常人一样过日子。我们不会再讨论你的儿子，因为这只会带来更多痛苦。

我渴望得到尽情悲伤的权利，也希望其他人能让我远离真实的生活。无论怎样，如果说世上还有什么事能让人完全陷入一种自怨自艾的状态而无法自拔，那一定是失去自己的孩子。对于任何人来说，这都会带来无穷无尽的恐惧，而这样的事就发生在我身上。因此，如果我当时需要的就是躲在城市贫民窟里的一家低级旅馆，偷偷摸摸地吸食海洛因，是否每个人都能充分理解我的心情？事实上，我发现大家要么建议我找份工作，或者多出去散散心，再或者，每天都洗个澡，我不知道还有多少让我发疯的点子。如今，我渐渐明白，他们其实是鼓励我振作起来，不要在伤感和无助中渐渐沉沦。然而在那个时候，我并不清楚这些，我只是看到在大家的眼神当中，我似乎已经被现实击溃，伤得体无完肤，而且我对于早日回到正常生活的抗拒感，也让他们感到非常失望。这让我越发愤怒，事实上，怒火渐渐冲昏了我的头脑，总是有着掐死某人的冲动，我的大部分时间都在与这种冲动对抗着。

每次母亲打电话给我，询问我的心情如何时，我都感觉到，要担当好自己的角色，完成自己应尽的责任是多么困难的一件事。我想告诉她："我的心情如何？我感觉自己的身体已经被掏空了，五脏六腑都暴露在空气中，被撕扯着，折磨着。我的心，已经被撕成了一百万个小碎片，流进了我的血管，遍体鳞伤，又奇痒无比。"

但是我并没有这么说，我知道她有多么爱我，如果她看到我伤心欲绝的样子，会给她带来怎样的痛苦。因此，我违心地对她说："妈妈，我很好，今天天气不错，我刚刚洗完衣服，收拾完屋子，现在准备出去散散步。"

挂上电话，我就会下楼走进詹特森的房间，躺在他的床上，流着眼泪直至昏睡过去。

这种谎言我已经习以为常了，尽管我觉得与其说这是谎言，还不如说这是带着注脚的大实话。有时候，我不得不去乔恩药店买药，或是在杂货店里买点别的。密苏里的小镇生活就是这样，我总是不可避免地会遇到某个熟人。怪异的神情会流露在他们的脸上，逼着我意识到自己总得和他们寒暄几句，免得他们以为我的心已经彻底死去。

他们会问："噢，嗨，帕姆，你好吗？"

"我很好，谢谢，你呢？"（"我很难受，如果不是厕纸用完了，我才不会出门呢。"）

"我也很好，家里人都还好吧？"

"他们也都很好。"（"其实我十一岁的女儿克里斯塔，还在劝我们上床睡觉，自己做饭，我怀疑她已经疲惫不堪了。"）

"你看上去气色不错。"

"谢谢。"（"我看上去就像在镇上公园的野餐桌上住了整整两个月一样。"）

"好的，我要迟到了，见到你真高兴。"

"好的，我也是。"（"看到我你可真不幸，因为这会提醒你一件你永远也不愿意考虑的事情：你的孩子也可能随时会死。"）

就算是克里斯塔也往往让我心烦意乱。有时候我发现她会在电话上和朋友聊天时笑得很开心。还有一次，她邀请我去看一场电影，是有关一位即将死于癌症的妇女的故事，我忍不住了，我想对她咆哮："我怎么觉得你一点儿也不觉得伤心！"但我不断提醒自己，她还只是个十一岁的孩子，而且，从很多方面来讲，她所面对的不仅仅是兄长的离去，更是父母的"死亡"。我们已经不再是从前的我们，即便对她，我也没有什么更多的东西可以付出。事实上，她现在成了一家之主，自从葬礼之后就一直如此。她会告诉我牛奶已经喝光了。当我们借着安眠药的药力沉沉睡去时，她每天晚上都会检查房门是否已经锁好。我想伸开双臂拥抱她，却无法做到。一部分原因在于我仍然害怕会失去她，另一部分原因是我无法面对她企盼的眼神，仿佛在说："爸爸妈妈，我还活着，为了我，你们也好好活下去吧。"

就是在这样的时刻，我就会积聚全身气力，像罗斯·肯尼迪一样，只关注人生中的欢乐。其实的确有很多开心的事情值得关注。比如每次我去给詹特森扫墓，都能看到我们留在坟前的瓶子里塞满了大家写给他的留言。我会把它们取出来，放进一个带锁的包里。有时候，我还会先看一下。这其中有很多留言的字条都是格里甘写的，詹特森生前总是把她当作亲姐姐，而远非一位表亲。

"嗨，詹特森，你知道吗，我今天第一次自个儿开车过来看你啦！"

"詹特森，我感到压力很大，就只好过来和你一起坐坐，我知道你肯定能懂我的心思。"

"就是想过来看看，很快地告诉你我今天特别想你。"

还有一封信，写信人是一位名叫艾米·伯德森的女孩。看着那张带着分隔线、用红、黄、绿色爪印装饰的打印纸，我发现这就是詹特森献出初吻的女孩，那是发生在他们六年级时候的事。"记得那个时候我们有着一模一样的牛仔裤，还约好在同一天穿上它们吗？太好玩了，我真的很想你。"

还有一些字条是一个叫科迪·邓肯的男孩子留下的，詹特森生前曾和他一起打过棒球。"非常感谢你教会了我如何做一个好二垒，还有你对击球的讲解和演示。记得我第一次在比赛中击出安打时的情景吗？这都要归功于你。感谢你为我所做的一切，我永远也不会忘记。今年我会加入尼欧肖棒球队，再次争取得到一垒手的位置。如果我成功了，一定会像你那样全力以赴。大块头，我不会让你失望的，我爱你。"后来，科迪再次来到詹特森的坟前，这一次他把球队那一年赢得的联赛冠军金牌留了下来。一片小小的黄色贴纸，用厚厚的黑色胶带粘在那块金牌上，贴纸上打印着这样一句话："我们赢了，我想让你也拥有这份荣誉。"

看着这些字条，我意识到其实自己对儿子的了解竟然如此缺乏，我从来没有想到他居然这么快就从一个蹒跚学步的孩童成长为一个响当当的小男子汉。我曾想过，如果詹特森不是英年早逝，我们就能看到他会交上什么样的女朋友，迎娶什么样的妻子，生下什么样的孩子。但我决定尽可能快地将这些胡思乱想抛诸脑后，然后回家也给他写一封信，留在我的日记中。有一天，我回家时收到一封信，来自詹特森捐献角膜的慈善机构。他们写这封信的目的是告诉我，他的角膜移植手术非常成功。"亲爱的，我为你自豪，"那天晚上我这样写道："我希望得到你的角膜的人们，能像你一样看到世间所有美好的事物。"

记得还有一次我也被深深感动了，当时兰迪手里拿着一叠纸对我说："瞧瞧这一叠单据吧。""太棒了！"我不假思索地说。对于我这位什么事情都打理得井井有条的丈夫来说，整理数据其实算不上什么大不了的事。如果我让他将我的头发细细地梳理分类的话，都不在话下。但是当我第一眼看到那些单据，我就不由得为自己开的玩笑而自责。在詹特森的葬礼上，我们以他的名义创立了一个基金会，而在这张表单上，记录着每一位捐款人的信息。这张表长达七页，打印的字体也很小。我认出了很多人的名字，但也有一些我闻所未闻的人。我还看到兰迪不可思议地记录下了詹特森去世几天甚至几周时间里我们收到的礼物：送给克里斯塔的电影光碟、泰诺感冒药、清洁剂、冰块，甚至还有为杜鲁门准备的饼干。我可记不清我们收到过这么多五花八门的东西，而它们背后所代表着的深情厚谊也让我不禁为之动容。

"我刚才接到蒂娜的一个电话，"兰迪说，蒂娜是管理基金会捐赠工作的一个朋友，"猜猜我们的基金会总共筹集到了多少钱？"

"我不知道，"我说，"2000美元？"

"不，"兰迪回答，"是25000美元。"

我呆呆地盯着手里的那张表单，又看了看我的丈夫，一副难以置信的表情。兰迪接过表单，把我抱进怀中。"大家都深爱着他，"他抚着我的头发轻轻地说，"我们要让他感到骄傲。"

让他感到骄傲。

之后几周的时间里，这个念头一直在我脑海中萦绕。现在，我将承担起一生中从未有过的重任——以他的名义好好支配这笔钱——尽管我还没有任何计划。我的第一个主意是为这里的高中女子足球队购买一套新队服，詹特森的很多朋友都在队中踢球。但是当我打电话给球队教练讨论此事时，他告诉我说他们已经筹到了这笔款子。接着我致电公园管理处，提议修建一个新的运动场，但似乎这也不存在什么紧迫的需要。难道这两件事都不足以体现詹特森的价值吗？

我明白自己必须选择一件对我来说真正有意义的事情，但是我考虑得越多，就越会想到这些年来自己正是因为"碌碌无为"而饱受困扰。我不得不想，在詹特森死前，我到底是个什么样的人，却最终意识到我渐渐开始憎恨曾经的自己。没错，我也知道自己期望更多——我热切地渴望着更高层次的生活目标，而不仅仅是穿上合适的衣服，开上体面的小货车——但是我找不到正确的方向。正因如此，我不仅辜负了自己，而且也更加令人失望地辜负了我的孩子们。詹特森生前，我是否给予了他任何真正有价值的东西？他和克里斯特穿着最时髦的衣服，有着最新潮的玩具，他们甚至拥有自己的高尔夫电动车，在我们家的大草坪上开来开去。但是在詹特森成长的岁月里，他是否曾经想过改变世界？如果两个孩子都希望未来像我一样胸无大志，又当如何？我做过什么真正有意义的事情吗？我的视野从未超越自己，以及我的家庭。我坐在那里，看着新闻里播报着全球各地发生着无数悲惨事件，却无动于衷。我承认，那时候我的想法是，这些与我何干？我甚至认为，永远也轮不到我来插手去管这些，所以对我没有任何影响。但如今，我依然还能这样无动于衷吗？

回头想想我为自己打造的生活，再展望一下我决心追寻的人生价值，看到的一切都是浮光掠影。我一直让孩子们做着我观念中所谓重要的事，尽管我自己憎恨亲力亲为。多少个夜晚，在辅导詹特森做功课的时候，我总是感到很郁闷，因为不管我怎么努力地让他专心拼写，但他心里想的，不是出去骑自行车，就是在第二天早晨上学之前看《安迪·格里菲斯》①。生活对他来说是很简单的，但是却被我们搞复杂了，所以他总是望着我们叹气。有一天，他第十次把手伸向零食柜时嘟囔了一句："有什么大不了的啊？真希望大家都能轻松一点啊。"

---

① 上世纪CBS电视台著名电视秀节目。

他这种漫不经心的态度时常让我恼火，因为我担忧，自己在不经意间没有教会他珍视那些我认为重要的东西。但是坐在厨房的桌子前，我极其渴望能回到那些曾经的日子，重新感受他享受自我的那份快乐。为什么我总是不能理解他？为什么我不能参透他的心思，认识到为了学习成绩或者会彻底毁了他？为什么我不能带着他和克里斯塔多一点外出旅游，教导他们，同时也告诉自己，这个世界远不仅仅只是我们这个密苏里州的小镇而已。

也许我再也无法为他们俩做到这些，对于现在的我来说，有一件事已经再清楚不过了：我需要为克里斯塔，还有为我自己完成这些。从很多方面来讲，我内心的悲痛也在开始让我觉醒，再一次让我意识到生命中真正重要的东西。现在，我不能再浪费这次机会了，我必须去探寻别的什么……更多有价值的事物。在我的厨房，这个我亲手打造的如同蚕茧般让人伤心的地方，我很安全，但是对于振作起来回到正常生活中的我来说，这种安全感又能怎样？如今，现实已经夺走了我曾经认为是生命中不可或缺的一切，那么我的人生之路又将走向何方？难道还是像从前那样和姐妹们流连于商铺之中，或是依然沉迷于那些无关紧要的事情？我是否应该在那些讲述自我调解之法的书籍或是光怪陆离的装修方案中找到简单的解脱之法？但我知道这些都不是我想要的。

问题在于，从哪里重新开始，我一点头绪都没有，而且一想到远离我一手营造的这种熟悉的生活，的确有些望而却步。不，也许这种熟悉感并不意味着给我带来了最好的生活，但是这一切，毕竟都是熟悉的。相比较另一种选择——盲目闯进一种未知的生活，哪怕这种熟悉感毫无益处，但至少不会让我感到害怕。

更重要的是，我有何德何能，还能要求更多？

这就是我现在的生活，不断地被质疑和悔恨所折磨，让我回到现实生活的努力变得更加艰难，但我确实努力过。在明显需要打扫房间的时候，我还是会拿起扫帚和抹布。有时候，我会自己去杂货店，而不是打电话给兰迪，让他在回家的路上捎带一个披萨。有一天，从学校接克里斯塔回家的路上，我决定把车开进一家沃尔玛超市，把下一周要买的东西统统采购齐备。但一到那儿，内心一股恐惧油然而生，我知道自己连这点事都做不了。所以，我把车开上一条禁停车道，从副驾驶前的小柜子里拿出一个旧信封和笔，列出了所有要买的东西，接着转向克里斯塔，"你帮我做吧，"我说，当我意识到自己真的准备让十一岁的女儿去替我购物时，眼泪滑落在纸上，"今天我无法面对这些。"

克里斯塔一言不发，她没有说："哦，真的吗，妈妈？你做不了，但你觉得我行吗？"只是接过那张单子，打开车门，渐渐离去。

几分钟后，一位警察走到我的小货车边。我依然还在痛哭不止，害怕自己今后可能连去沃尔玛购物这样简单的事都做不到，更害怕今后的生活除了无尽的质疑和悲伤，将从此空空如也。但这些似乎和他毫无关联。他用肥硕的、毛茸茸的指关节敲了敲我的车窗，"你得离开这里，女士，这里不准停车。"

当时我所能做的就是瞪着他，泪水模糊了我的视线，看见的是这位警察的六个重影。"你在拿我开玩笑吧？"我坐在这里泣不成声，你能想到对我说的唯一一句话，就是我得把车挪开？我觉得自己差点就要摇下窗户，把他痛扁一顿。"你这个蠢货，"我似乎听到自己的内心在高声咒骂着，"我的儿子死了！难道我坐在这里，等一下我十一岁的女儿都不行？她正在里面采购全家人一周的生活用品。难道你不知道我们现在的情形是多么无助，最不想听到的就是有人告诉我，我现在正在非法停车？"

不知怎的，我还是挪动了汽车，换了个地方等候克里斯塔，但是我一回到家就直接冲进自己的卧室，把房门紧紧反锁。愤怒与绝望填满了我的胸臆，如此强大，如此势不可挡，感觉就像五脏六腑都被撕扯得七零八落。"为什么会发生这一切？詹特森现在在哪儿？为什么把他从我身边夺走？"尽管距离詹特森告别人世已经四个月了，但这些糟糕透顶的情绪依旧如同事发当日一般让我喘不过气来。

坐在金色的高背椅上，我要做的并不是与上帝交谈。

不，我开始向他咆哮。

"我再也无法忍受了，这种日子再也过不下去了。我不配做克里斯塔的妈妈，在她眼中，我就像是个疯子。在这无边的悲伤之中，我根本没法活出人生的意义。求求你，把我也带走吧，或者至少告诉我：你到底想让我怎样？"

我立即得到了回答。

"你到底想让我怎样？"

这个声音，宽厚而又清楚，与其说来自天籁，还不如说发自我的内心。我只用了差不多千分之一秒的时间就给出了答案："求求你，赐予我些许安宁吧。"

而这个愿望真的成为了现实。所有的怒气与伤感都消失了，我的抽泣也变成了哽咽。这种感觉非常清晰，就好像我可以实实在在地感到那种恐惧感在刺激着我的每一个细胞，直至身体的每一个部分。我深深地吸了口气，就如同这是我生命中的第一次呼吸，卸下了千斤重担，彻底解脱了，甚至还感觉到……一丝快乐。

这时，有那么一刻，我还是有些害怕。我怎么能感到安详和快乐呢？詹特森已经离我而去，我根本无权拥有这样的感觉。除了完完全全、彻头彻尾的痛楚，我难道不是再也无权享受其他感情了吗？

但是愤怒与绝望已经渐渐远去，有那么几分钟，我坐在椅子上，让全身心都平静下来。这种平静，我并不想有过多怀疑，因为我担心它会像到来时那样轻易地离我而去。所以我站了起来，走下楼去，开始做晚饭。不管我做的是什么，但这个法子很奏效，因为这种安宁的感觉一整天都在陪伴着我。兰迪下班回家一进门，就感到了什么地方不对劲。

"你今天感觉好些了吗？"他问道。

"是的，今天感觉不错。"我说。

接下来的几周，我开始自娱自乐，或者说和上帝做点小游戏。我会想应该清理一下詹特森的房间了，或者应该去公园里看看和他年纪相仿的某个孩子打棒球。但是这时候我也会感到那种恐惧感又在渐渐升腾，痛苦的感觉又会渐渐冲昏我的头脑。每当这些感觉冒头的时候，我就会直接向上帝求助，回到我总能找到他的那些熟悉的地方，周遭安安静静的地方。坐在詹特森生前种的那棵树下的板凳上，或者后院的门廊上，又或者是那张金色的高背椅上，让周围宁静下来，接着向上帝祈祷："求求你，赐予我片刻安宁吧！"

这个法子屡试不爽。

在无计可施的时候，我每次都会向上帝求助。

直截了当，没有任何恐惧。

"我到底应该怎么办？你在哪儿？在那里吗，就像我一直以为的那样，身处重重云端？你在聆听我的倾诉吗？"

"帕姆，我就在这儿，我就坐在台阶上，在你身边，我的心情如此沉重，我也绝不会抛弃你。"

就是这样，没有气势磅礴的宣告，没有充满魔幻色彩的回答，最绝妙的是，他也从来不会像其他所有人那样迫不及待地给予我毫无用处的建议。他从来不会告诉我，我需要更多时间走出困境，或者应该多多外出散心，还有梳梳头发，重新找份活干。

他只是告诉我："我的心情如此沉重，我也绝不会抛弃你。你可以做你需要做的事，而我就在你身边。"如果我感觉很累需要睡觉，他就会说"那么就去睡吧，帕姆"；如果这个周日我不想回父母家吃饭，尽管克里斯塔也会因此为看不到兄弟姐妹而感到失望，他也会说"好吧，那么那天下午就让别人带着她去个好玩的地方吧"。

其实我与上帝此前并非没有这样的倾心交谈。我当然和他谈过话，对于大多数人来说，如果有一个词可以用来描述我的为人，那就是"虔诚"。我和兰迪结婚之后，我加入了他父母所在的教堂。尽管我从未真正摆脱当年十六岁时装模作样属于那里的感觉，但我一直尽力融入大家的这个圈子。这么多年来，我从未缺席过一次礼拜，这意味着不仅要付出周日早上的时间，连周三和周六的晚上也要如此。我教授《圣经》课程，而且严格遵守着我们教堂所宣扬的各种保守教规，比如每次去做礼拜时都会穿着正统的教会服装，比如绝不饮酒，我甚至为自己最常用的口头禅找到了替代的表达法。好吧，尽管为了宗教信仰，我已经付出这么多努力，但直到这时我才开始明白，其实上帝是谁，我连最模糊的概念都没有。我想到曾经有个正准备同丈夫离婚的朋友对我说，有一天她突然醒来，意识到在过去长达九年的时间里，一直与她同床同枕的居然是一个陌生人！对于上帝，我如今也有了同样的感觉。我所知道的上帝并不会像这样"看望"我，也不会用这样悲天悯人、善解人意的情怀与我聊天。他的声音（不管你称之为什么）发自于我的内心，但他的形象却并非如此。不，他其实就在那儿，云端上有属于他的一个宝座。当我知道他就是上帝的时候，他的爱普降众生。这么多年来，我从未完全相信他正在庇佑着我。他太忙碌了，连拿一只眼睛看看我的时间都没有，更不消说是不是确信我没有让他失望，或是找到一条理由以便有朝一日直接将我打入十八层地狱。

然而越是投入这种无声的对话，我越是意识到，也许他并不是我想象中的那样令人恐惧、独断专行、动不动对人施以惩罚。也许，事实上，我最终找到的，就是我许久以来一直苦苦追寻的东西：感恩。

或者，这就是一种精神病。

不管怎样，这一次我绝不会放手，特别是即将面对冬天的到来。它就像是在一个黑漆漆的停车场里偷偷摸摸尾随着我的跟踪者，让我越来越期待冬天的到来。不仅仅是因为即将迎来感恩节和圣诞节，而且詹特森的生日也在日益临近。如果不是詹特森出事，大家都在热切期盼着今年的到来，因为"三个火枪手"——詹特森、达里尔斯和格里甘——都将年满十六岁。这样一个里程碑式的时刻，大家一定会为他们准备一个无比豪华的庆典。我知道不可能让大家放弃原先的计划，但我也知道自己再也没有能力操办这次庆典了。

我只希望每个人都能理解我，让我单独一个人。也许，我应该给家里三个人烤一个蛋糕，也许这一天之后，我无论如何都应该鼓起勇气，把詹特森的房间打扫干净，收拾好他最喜欢的T恤，开始缝制我一直想为他做的纪念被子。

也许吧。

几周后，我坐在詹特森的墓碑旁，考虑着用来纪念他的基金，突然有了个新点子。我想到了住在法耶特维尔的朋友卡罗尔和马尔文·哈尔兰，我们一直都与他们保持着密切的联系，我也经常打电话给他们询问他们在越南的工作情况。卡罗尔曾经和我提过一些在筹集资金方面的困难。她经常给教会团体和志愿者组织作讲演，以表明她需要为那些遇到的孤儿找到温暖的家园。尽管看上去，大家常常都为这些故事所感动，但往往并不能转化成实实在在的捐款。对于那些从未被领养过的孩子们而言，我知道这意味着他们将在一种不受关爱、被人遗弃的环境中长大——而这些情感，我当然感同身受。

十一月初，兰迪和我一起驱车前往法耶特维尔，在一家我们最喜欢的墨西哥餐馆与哈尔兰一家共进午餐，同时也讨论一下我们已经做出的决定：我们想把这笔詹特森的钱捐出来，以资助他们在越南的事业。这个想法让他们非常感动，但是在接受我们的这份好意前，卡罗尔一边吃着墨西哥煎玉米卷，一边看着我。

"你知道，"她说，"感恩节期间，我会去越南，你们和克里斯塔想不想和我们一同启程？亲眼看看这笔钱是不是用在了刀刃上？我不知道你们是不是有兴趣，但是为什么不试试呢？"

越南，除了有关战争的那些陈年旧事，我对这个国度一无所知，如此遥远，如此陌生，就像在地球的最遥不可及的角落，远离尼欧肖，远离密苏里，远离感恩节大餐、生日庆典和家庭期待……

我毫不犹豫地接受了她的邀请。

CHAPTER 03
藩朗·领养计划

亲爱的詹特森：

今天我来到你的墓前向你道别。在动身之前，我一直是个疯狂的女人。你的坟地长满了野草，我已经准备要好好教训一下这里的管理员了。我打电话投诉，朝接线员扯着嗓子狠狠地发了一通牢骚，我告诉她，对于一个伤透了心的母亲来说，看到你的坟墓周围无人照料，这根本无法接受。她告诉我说，负责除草的人精神不太正常，一直没来上班，还一个劲儿道歉。我是个笨蛋，而且一发怒就控制不住。很高兴能离开这个国家一段时间。我非常想念你！

爱你的妈妈
1999年11月20日

距离感恩节还有三天，我们于清晨七点左右抵达香港。飞了三十个小时，转了四架飞机，现在终于到了，被扔在地球另一端一个繁忙机场杂乱无章的喧嚣之中。我已经精疲力竭了，但奇怪的是，与五个月前詹特森死去的时候相比，我感到头脑更加清醒，身体更是充满活力。在登上最终飞往胡志明市的航班前，我们还要再无所事事地度过几个小时。当卡罗尔、兰迪和克里斯塔在四周散步时，我则留在原地看行李。这座机场就像个小联合国，通知乘客登机的广播里，我听到一架架飞机即将飞往我闻所未闻的地方。此时，包括我在内，身边只有少数几个白种人，这在我一生当中还是头一回。打那以后，我渐渐相信，每个人一辈子所要做的事情当中，都应该有做"少数民族"的经历，哪怕只是在机场度过短短几分钟。白从那天到香港之后，我多次感受这种经历，而每一次似乎都能让我有所转变，也帮助我更加明白，如果各个人种间不接受彼此的差别，拒绝相互了解，反而将其视为沟通的壁垒，这会是多么荒唐的一件事。不知为何，当我在那里费力地一边睁着眼睛不让自己睡着，一边看着附近一家商店里人来人往购买一包一包的饼干和鱿鱼片的时候，一个和我差不多年纪的亚洲妇女朝我走了过来，还冲我打招呼。"你是不是在等去胡志明市的航班？"她用英语问道，口音夹杂着一种我辨认不清的轻柔。

"是的。"我说。

"我不想打扰你，但我有点好奇，忍不住要过来问问你：为什么要去越南呢？"

我告诉了她此行的原因，之后她说自己在越南出生，每次往返于这个国家，都对那些出入越南的美国人颇感兴趣。她的名字叫梅朗，个子不高，长得很漂亮，有着一头波浪般的乌黑秀发，笑容甜美可人。"我嫁了个美国人，现在住在图尔萨。"她说。

"你不是在开玩笑吧？"我说，在我身旁的地板上留出了给她坐下的位置，"我住在密苏里，离你只有差不多一小时车程。"之后一个小时，我和梅朗坐在一起，分享着M&M巧克力糖，谈论着胡志明市最佳的游览胜地，还有偏北方向的藩朗，卡罗尔所供职的孤儿院就坐落在那里。当我们的航班发出最后的登机通知时，我们相互拥抱，彼此惜别。

我曾经读到过一句名言，至今依然非常喜爱：所谓巧合，不过是上帝没有署名时创造的一段小小奇迹。而当我沿着那架硕大的波音777客机的过道走向自己的座位，发现冥冥之中我就被安排坐在梅朗的旁边时，我再次感受到了这句话的含义。我当然不知道这样的座位安排意味着什么，最终却改变了我的一生。

三个小时的飞行中，我们从彻头彻尾的陌生人变成了无话不谈的好朋友，当飞机上的每个人都在安静地阅读八卦杂志时，我们却亲密无间地分享着各自生活中的所有细节。换作以往坐飞机，像我们两个这样吵吵闹闹的家伙，必定会把我自己惹毛。我早在机场就把梅朗介绍给兰迪和克里斯塔，而她也曾问道克里斯塔是不是我们唯一的孩子。我有几个孩子？这是詹特森死后我第一次面对这样的问题。我告诉她我曾经是两个孩子的母亲，但是儿子刚刚去世。当我把事情的前因后果向她倾囊而出时，她也在用手握着我的胳膊，以示安慰。

她的故事同样让我感动。她生长在距离胡志明市二十英里以外的边和，有九个兄弟姐妹。1965年8月第一次越战爆发的时候，她只有十一岁。三年后，战火烧到了她的家乡。在这场被称为"春节攻势"的战役中，北越军队在全国范围内发动了一系列的突袭，其中包括针对边和空军基地的进攻，那里距离梅朗的家仅仅只有几英里。随后的几个月，她和家人常常断粮，在瞄准基地的火箭弹和迫击炮的爆炸声中入睡。高中毕业后，梅朗在越南政府找到了一份打字员的工作，用微薄的工资补贴家用。1974年，她因工作出差前往岘港。在一家酒店餐厅吃午饭时，一位高大英俊的美国男子走过来和她打招呼，这让她吃惊不小。他叫爱德华，供职于一家为国防部提供服务的美国公司，就住在这家酒店。后来他们再次在这里见面时，爱德华邀请她共进晚餐。此后几个月时间里，他们鸿雁传情。渐渐地，梅朗去岘港出差的次数越来越频繁。每次回到这里，他们都会共享美食。

九个月后，梅朗答应了爱德华的求婚——但是，当我们的飞机翱翔在南中国海的上空时，她承认，这并非因为她也同样爱他。"我家很穷，我知道如果和他结婚，将使我逃离贫困和战火，这是资助家庭的最好机会。"他们婚后几周，梅朗搬进了爱德华在岘港的小公寓，胡志明市被北越军队所占领，这意味着战争以越南共产党人的胜利而告终。西方人蜂拥着逃离这个国家。在爱德华所在公司的帮助下，他们夫妇乘坐一架货机逃往菲律宾，并最终回到马里兰，与爱德华的母亲住在了一起。"我遇到了个好丈夫，"她说，"但是为了逃离战争，我什么事情都肯做。"

尽管她后来成了美国公民，但她的心依然留在越南。她每年都会花上几个月的时间，以志愿者的身份为胡志明市一家帮助街头流浪儿寻找住处的组织工作。在那里，有几千个孩子被迫沿街乞讨，睡在市场或公园里，勉强活命。当飞机落地，我们互换电话号码，再次惜别，她告诉我，他们甚至给这些孩子们起了一个越南语里的绰号：地球之尘。这个描述让我为之一震，我很清楚这对于这些孩子们来说意味着什么。

胡志明市这个城市名字的来历，长久以来一直众说纷纭，未有定论，但如果你问我的话，我会说它意味着"你随时可能被摩托车撞死的城市"。出租车停在市中心我们下榻的酒店前，我们刚刚迈出车门，立刻就置身于一片乱象之中。骑摩托车的人横冲直闯，哪怕是在人行横道上也是如此。马路上只有少数几个停车标志，红绿灯就更少了，即便这样也少有遵守其交通指示的行人和车辆。实际上，在这里开车，好像不成文的风气就是："瞧，既然你能听到我在按喇叭，那么如果我撞死你，那就是你自己的问题了。"在行李两次掉落在地上之后，我们开始了在这座城市的探索之旅——不仅要克服长时间飞行带来的不良反应以及十三个小时的时差，还得把克里斯塔从毫无减速迹象的自行车行进路线上拉开。其中有一辆的骑车人是个叼着根香烟的男子，坐在后面的是他十岁的儿子和妻子，她的一只手还抱着一个新生儿，放在她的一条大腿上。

到处都能闻到弥漫着的机动车尾气，大多数人都戴着棉布口罩遮住口鼻，以阻挡柴油烟尘，却在我的嘴唇上留下了苦涩的味道。尽管天气炎热，但这里的妇女都穿着长裤、长袖衬衫和夹克，很多人还戴着长长的尼龙手套，一直延伸到肩膀之上。还有些人则把浴巾裹在脸上和头上，用一块维可劳（一种尼龙刺粘搭链）固定在脑袋后面，此外还戴着又大又黑的太阳镜。我后来才知道，妇女们的这副装束就是为了防止太阳直射皮肤，因为在越南，皮肤黑则意味着不漂亮。当然，我当时只穿着紧身短背心和短裤，正好借着这里的太阳把皮肤晒出古铜色来。

我们艰难地向滨城市场前进着，那是一个覆盖了整个城市街区的大型集市。就算在那里稍稍闲逛都是我未曾体验过的经历。一群光着膀子的男人，穿着瘦小的裤子和破烂的拖鞋，蹲在街角，围成一个圆圈，吃着五花八门的食物，有的端着蒸碗吃着面条，有的手里捧着个椰子，用吸管吮吸椰汁。人行横道上用石块堆起了简易炉灶，借着微弱的火焰，女人们就着一锅油炸着一只只整鸡。每个人似乎都很惬意，都能感受到家庭的温暖，就好像他们并非身处一条城市大路旁炎热的人行横道，而是围坐在一个长达十个街区的巨型餐桌前享受美食。

走进市场，两边店铺林立，兜售着所有你可能想买的商品，当然也有很多你绝不会买的东西。外面车辆的嘈杂声在这里则被数百人嗓音的回荡声所取代：人们的说话声不绝于耳，商贩们大叫着招呼我们，带着我们走进那些小小的店铺。小孩子们（其中不少只有四五岁）用力拽着我的裤脚，举着一包包用锡纸包装的东西，说："要口香糖吗，女士？买点口香糖吧？"

铺子里就像一个桑拿房，我们一走进去，就差点被地上的血水滑了个跟头。两个女人正蹲在白色的瓷砖上剥蛇皮，血流得她俩周围到处都是。隔着她们不远，几个年轻的女孩穿着紧身牛仔裤，坐在塑料货篓上，叫卖着售价五美元的假冒路易·威登和古驰手袋，态度貌似热情，实际上神情却有些呆滞。这里有糖果、玩具、水果和我说不出名字的蔬菜，还有一排排的香料以及用很大的塑料瓶装着的草药。整个铺子里都能闻到一股泥土的味道，我仿佛置身于地表以下数英里的洞穴，一个想象中的童话世界。在这里，你还能看到烟熏猪头、装满油炸昆虫的碗、用系在天花板上的绳子挂着的干鱼。我甚至还希望有人吆喝一声："瞧，这就是软心快乐彩球糖[1]的制作配方。"

---

[1] 雀巢旗下威利·旺卡糖果公司的一款糖果产品。

　　因为早已无欲无求，所以我根本就不指望自己马上就能对越南这个国家产生好感。胡志明市拥有一种神奇的力量，似乎很快就能把那些过去五个月一直在厨房里擦擦洗洗的人分辨出来，抓住他们的肩膀，于无形之中发出一项挑战：来吧，在这里尽管灰心丧气，尽管无精打采吧。坦白说，在筹备此次越南之行的过程中，我不止一次地感到恐慌：我们这是要去哪儿？（每次当我在和家人或朋友的谈话中提及这次感恩节计划，每个人都会感到无比震惊，说："你打算去哪儿？"）在打点行装通知克里斯塔所在的学校，我们准备带她离开两周的时候，我忍不住扪心自问，这样的决定是不是有些太过冲动草率。但此时此刻，我会冲进那家铺子，买下一些我们需要的东西，让自己明白我们不但确确实实来到了这里，完好无缺地回去，而且我还在忧伤中颇为奇怪地感受到了一种并不熟悉的心情，那就是兴奋。我知道，曾经如此绝望的我，本应为此感到高兴，但是我已经变得有些习惯性哀伤，因此哪怕片刻的兴奋也会让我很有几分罪恶感，就好像自己没有履行悲痛的责任一样。

　　不过最初在越南的好几个下午，我觉得也许是时候让自己感受些许快乐，而且还应该想方设法好好享受享受，比如在雷克斯酒店屋顶咖啡厅畅饮新鲜菠萝汁。在战争时期，那里是美国军官和记者的流连之地；比如在清晨漫步于背包客小巷杂乱无章的霓虹灯之中，那里网吧遍布，来自澳大利亚的青年游客为数众多；再比如我们酒店里提供的一美元洗衣服务，还会很贴心地将我的内衣熨好叠齐。在这样一个神秘多姿、新鲜奇妙的地方，这一切都让我备感轻松，而詹特森去世的缺憾也不再那么强烈。有时候，我甚至允许自己相信，他并没有死，只是不在我们身边而已。等我们回家之后，他会等着我们，急切地盼望着我们向他讲述这次旅行中的点点滴滴。

　　我知道这不过是在自欺欺人罢了，但至少有那么一段时间，我选择了暂时忘却。毕竟，这里才是我的童话世界。

其实用不着很多时间，你就会发现越南是个充满矛盾的国家，有着信奉共产主义的政府，却实行着资本主义的经济制度。如今的越南政府采用一党专政（这意味着该国领导人不用为诸如选举之类的民主制度而操心），异端政见和示威游行都被严令禁止。但在1986年，越南共产党实施了一项被称之为"Doi Moi"（越南语，意为"新变革"）的资本主义改革计划。其内容包括摒弃高度集中的计划经济，在自由市场原则的基础上建立经济体制，并对外国投资和贸易实行对外开放。结果是，几乎每一个越南人，包括孩子，都学会了如何去挣美元。在胡志明市狭窄拥挤、落叶满地的街道上，我们每走一步，都会有人问我们要不要坐他们的摩托车，或者那种前轮上方安装了一个座位的三轮车。事实上，你必须养成漠视他人的习惯，否则你就会持续不断地遭到小贩的骚扰：有端着盘子叫卖香烟和打火机的十几岁孩子，有肩上扛着硬纸盒贩卖椰子和几串香蕉的男子，还有一些怀孕的妇女，背着厚厚一摞盗版光碟与影印旅游手册，几乎不堪重负。似乎所有的东西都是拿来卖的，而且由于过去十年里旅游业的蓬勃发展，美元已经同当地的越南盾一样，成了广泛接受的通用货币。有一次，我正四处寻找一台电话，准备打给我的父母，告诉他们我们还活着，一个男人掏出他的手机，主动送到我跟前，"每分钟四美元，"他说，"如果喜欢的话，你可以用一整天，我们可以谈个合适的价格。"

但是和任何一个资本主义经济体制一样，经济改革的负面影响是造就了上层阶级、中产阶级和赤贫阶级。与那些不遗余力地将贫穷掩盖起来的美国城市有所不同，在胡志明市，穷人根本无处藏身。比如，背包客小巷里有很多面向游客们的酒店和舒服的咖啡厅，看上去，哪怕放到纽约，档次也都不低。但是每当我转过一条小巷，都能看到从未见过的赤贫景象——很多家庭，几代人住在一个拥挤不堪的单间公寓里；丑陋不堪的男人们睡在垫子上，越南战争在他们很多人身上都留下了累累伤痕；孩子们沿街乞讨着钱或食物，身体上要么伤口结痂，要么患有其他皮肤病。

看着这些孩子让我心里尤其难受，而他们又是这样为数众多。几个六七岁大小的孩子，常常手牵手在路上拦住我们，伸出肮脏的小手讨钱，扭曲的面部熟练地挤出一副痛苦的表情。有一天晚上，我们正坐在一家室外咖啡厅吃饭，一个名叫香香的九岁女孩走近我们的餐桌，想卖给我们口香糖。她的牙齿长得横七竖八，穿着一件足有她身体两倍大小的衬衫。她说，自己曾上过学，但多年来在背包客小巷工作的经历让她常常有和游客说话的机会，也就这样学会了说英语。每天下午，她都会带着装有口香糖和糖果的盒子，一个人来到这里，尽管她的家离这儿只有半小时的路程，但是如果不能挣到一万越南盾（还不到一美元），就不能回家。通常到了午夜两点，才会有喝得酩酊大醉的游客最终买下两包芝克莱特牌口香糖。第二天，起床之后，她得帮着妈妈照看比自己小的弟弟妹妹，然后再出门工作。兰迪给了她一美元，买了包口香糖，把那张皱皱的钞票塞到她的短裤口袋里。她把头靠在我的肩膀上，脸上拼凑出一丝呆板的笑容，"行行好，阿姨，"她说，"再给我点钱买个汉堡吧。"

我想起了梅朗曾经和我讲过像香香这样孩子的经历。他们中的很多人，尤其是女孩，特别容易成为人贩子的目标，被卖到胡志明市的妓院，更普遍的结果是被卖到邻国柬埔寨。因为越南人的皮肤要比柬埔寨人白皙一些，对于去那里度假的目的就是和一个女孩上床的西方人来说，相对而言能获得更高的价钱。看着和克里斯塔差不了多少的香香，这样的现实让我感到一阵恶心。

几天后，我们离开胡志明市，向北飞往芽庄。那座被南中国海如同绿松石般清澈的海水所环抱的城市，自然风光美不胜收。越战期间，很多美国士兵都在这里休养度假。当飞机抵达那座小型机场，我们看到跑道周围的地面上有很多人拿着镰刀割草，那里沟渠纵横，在战争期间里面曾一度部署着防空武器。我们打了辆出租车直奔酒店，一路上看到一群一群的清洁工，拿着用树枝和电线制成的扫帚，把沿途的垃圾扫进路边的排水沟里。

第二天早上醒来，美国已经是感恩节了，克里斯塔和卡罗尔还没起床。我和兰迪悄悄地溜出酒店，到海滩上散散步。路灯杆子上挂着的大喇叭声嘶力竭地播放着当地电台的嘈杂音乐，对于这趟旅行来说，可以算得上是最完美的背景乐了。清晨五点，海滩上却到处是人——有集体晨练的，也有一家人围坐在编织毯上，吃着煮透的鸡蛋和米饭。我和兰迪坐在沙子上，旁边有一个看上去差不多有百岁的老人正在打太极拳。他一声不吭，聚精会神地完成着这一古老武术中一个个节奏缓慢但充满韵律的动作，就好像在用慢动作与一个幻影般的幽灵彼此搏斗。太阳刚刚跃出地平线，音乐就戛然而止，大家收拾着自己的东西，回到城里，开始了新的工作日。他们消失得如此迅速，就好像根本没有来过这里一样。

吃过早餐，我们都钻进了一辆小货车，开始向藩朗进发。卡罗尔所供职的孤儿院就在那里，路上需要两个小时。当我们在越南中部崎岖颠簸的道路上艰难前行，我们的司机却在严格地坚持着"我在按喇叭"的越南式驾驶风格，每隔几秒就要用鸣笛驱赶路上骑着自行车的孩子、开着小型摩托车的大人还有顶部坐着很多人的牛车。为了屏蔽刺耳的喇叭声和嘈杂的谈笑声，我把头抵在车窗上，看着外面那些来来往往的小山村。

我无法相信这里的生活条件竟然如此艰苦。每隔几英里，我们就会经过各种各样破破烂烂的房子，一个个用茅草堆成的屋顶，用铁棒、竹棍或砖头支撑着，沿着斜坡而建，淹没在一片绿油油的稻田之中。大部分越南人都信仰佛教，这里的寺庙设计精巧，结构复杂，斜斜的屋顶上铺着明亮别致的瓦片。那里还有大片大片的火龙果树，就像一株株长着满头发髻、矮墩墩的棕榈树。司机放慢了车速，给我们指出那些排列得整整齐齐的橡胶树，树干上留着深深的切口，就像盘桓曲折的楼梯，让液体橡胶流到树下放置的塑料桶里。

稻田里到处都是工人，而我也注意到里面有很多妇女，她们就这样站在齐膝深的沼泽里挥舞着锋利的大锄头。很多人费力地保持着身体的平衡，背上还背着个孩子，仅仅用一根绳子固定着。我想知道，这些妇女当中有多少人曾经失去过一个孩子？也许，很多人都有和我一样的经历，因为在这些农庄里，医疗条件奇缺。卡罗尔曾说，当地人在医院里生孩子差不多只要花五十美元，但即便如此，还是有很多家庭没钱支付。但在这里，哪怕失去一个孩子，也不意味着当母亲的就能停止劳作。她不可能蜷缩在某个角落，写写日记，看看如何化解悲伤的书籍。因为一天不干活就等同于一天没有饭吃。这和我的遭遇形成了多么巨大的反差啊！当初在我的发廊，我甚至连一周工作一天都没有办法保证。

距离藩朗还有几英里，我们进入了一片充满古老和神秘色彩的茂密丛林。当我们沿着一条铺满厚厚棕榈树叶和树枝的泥灰马路继续前行时，我摇下车窗玻璃，深深地吸了一口泥土的气息，想到了我的叔叔菲尔，他也曾参加过越南战争。那时候我还只有八岁，而他这段"旅程"中发生的故事，一想起来就让我深深着迷——他和朋友们一起睡在室外，从树上摘下椰子喝椰汁，时不时还要当心毒蛇咬伤。当他回到家中，他让我把他的行李箱翻了个底朝天，我一心想着，能有这样一次历险，他该是多么幸运啊！我还记得从他的皮夹子里翻出了一张发黄的女人照片，那是我见过世上最美的女人：浓密的黑发，异国特色的五官，还有一张无所畏惧的笑脸。照片的反面，菲尔叔叔写上了她的名字"金"。他看到我盯着那张照片，告诉我说这曾是他的女友。我问他为什么没有把她带回美国，与我们生活在一起时，他窃笑一声，只是和屋里的其他叔叔伯伯说了句："她不是那种你可以带回家的女孩。"我当时当然不明白他是什么意思，就像我无法理解菲尔叔叔何以在越南经受了那么多磨难，并最终活着回来一样。看着车窗外的那些丛林，我忍不住又要想象他曾经体验过的那种恐惧的感觉。

我们及时抵达藩朗，赶上在那里吃感恩节大餐。我们选了一家小餐厅，但里面的灯光却很明亮。整个馆子里只有一份菜单，我们不得不等上二十分钟才能看到它。桌布是橘黄色和粉红色的，上面满是污点。这里没有餐巾，而是给了我们一卷卫生纸。但这是一顿完美的感恩节大餐，有面条、蒸菜和一大盘春卷。上甜点的时候，我多年来第一次没有敞开牛仔裤的纽扣大吃特吃。兰迪提议，我们挨个儿说在这一天里大家最该感谢的是什么。他自己先起头，说我们能够团聚在一起，共同感受这样全新的文化，让他非常开心。克里斯塔说，她最终掌握了用筷子吃东西的时候不让食物落在裙子上，这是她最需要感谢的事。卡罗尔说她很感激我们，因为我们愿意来到这里，亲眼看看这里是不是詹特森基金的最佳归宿。轮到我的时候，我根本不知道该怎么说。在家里，每个人都在期待着家庭大聚餐，几个小时之后，我的母亲就会早早起床开始准备火鸡，清理屋子。远离那里，对我来说是如此解脱，每当我想到要回家的时候，恐惧感就会再度油然而生，因为悲伤正在那儿等待着我，但是能短暂地逃离那里，我就感到非常感激，这种感觉是用言语所无法解释的。

因为渐渐融入了当地文化，我越来越享受这次旅行，迫不及待地期待着第二天前往那所孤儿院，看看卡罗尔和马尔文常常念叨的那些孩子们。那天早上，卡罗尔和负责领养事务的政府官员预约了一次会面，而兰迪、克里斯塔和我则在酒店外等着她，一边等一边看着街道对面酒吧里一群男孩子打台球。

"如果詹特森在，那里就是他的天下了。"兰迪笑着说。其实我心里也是这么想的，头脑中仿佛看到他与那些男孩子站在一起，穿着标准的蓝白校服，一起打台球。都是叛逆期的男孩！卡罗尔回来的时候，她告诉我们，那些政府官员邀请我们与他们共进午餐。尽管她已经尽力为我们筹办着一切——比如告诉我们拒绝越南人的食物和饮料都被视为粗鲁行为，盛情相邀之下如果拒不出席，那就无异于抽他们的耳光——但我依然不确定会有何事发生。

主持会议的钟先生，是该省人道主义事务部的主管。他身材很高，却骨瘦如柴，一嘴乱糟糟的黄牙，嘴里紧紧地叼着一根点燃的香烟。卡罗尔告诉我们，每当镇上有政务的时候，他就会出来发号施令。如果有人不按照他的心意办事，那么他就会把事情搞砸。会议一开始，他指挥一个年轻人端进来一盘啤酒，挨个儿给我们每个人的大玻璃杯斟满，连克里斯塔也不例外。在给她换了杯可乐之后，我们在一张摆满蛋花汤、虾肉、牛排和葡萄的餐桌前坐下，祝酒随即开始。钟站起身来，猛吸了一口香烟，然后大声地用越南语说了些什么。翻译是个身材矮小、尖嘴猴腮的男人，他对着卡罗尔翻译道："为了我们亲密的关系，我要干了这杯酒。"钟先生搂着卡罗尔的胳膊，杯中啤酒一饮而尽。然后他看了看兰迪和我，"为了我们亲密的关系，这杯酒我要喝下一半。"

"那么另一半呢？"当钟又喝完一杯时，兰迪小声嘀咕道。祝酒就像这样进行了一段时间，我们竭尽全力往自己的胃里塞下尽可能多的啤酒。除了钟，没有人喜欢这样的仪式，但是兰迪明白，拒绝这样的祝酒，对于这个为卡罗尔孤儿领养工作提供帮助的男人来说，就是莫大的不敬。因此为了我们，他挺身而出，几乎钟怎么敬，他就怎么喝。一杯是为了克里斯塔，另一杯是为了一个妻子正准备做手术的男人。似乎钟正在考验我们，尤其是考验兰迪。

当兰迪苦不堪言地盯着另一个年轻人又给他斟满一杯时，我悄悄对他说："你可不能输给他。"

他也小声回答："我肯定要醉倒在这里了。"

"我知道，"我说，"但你这么做，都是为了那些孩子。"

吃完这顿饭，我们跟着步履蹒跚的钟，在阳光和炙热之中步行回到酒店。我以为他会在酒店大堂和我们道别，但他却一直跟着我们上楼，走进卡罗尔的房间，一屁股坐在床上，通过翻译告诉我们，接下来，每一个从卡罗尔的孤儿院里被领养走的孩子，他将收费五十美元。"作为回报，"他笑着说，"我以个人名义担保你们将顺利地完成领养计划。"

下午两点左右，我们终于来到了这座孤儿院。它坐落在一所寺庙后面岩石遍布的车道尽头，外面烧着香，一群年纪较大的男孩子们赤着脚，站在一个灰土庭院里，来来回回地踢着一个气瘪了的足球。卡罗尔带我们四处转了一下，到处都是孩子。她和马尔文正竭尽全力地让这些孩子们过上最好的生活，这里也被认为是全越南条件最好的孤儿院。尽管这里的出资人是马尔文和卡罗尔，但当地政府却雇佣和管理着这里的工作人员，并为孤儿院的日常运营制定了规章。孩子们在这里都能得到基本的日常照顾——食品、衣物和免疫保健服务——但是居然有这么多孩子住在这里的现实确实让人伤心。他们中有不少是被没有养育能力的父母抛弃，或是被那些意外怀孕却没有结婚的妇女所遗弃。

最让我感到震撼的是那些新生儿，大多数还在襁褓中熟睡。他们身上盖着毯子，下面垫着编织成的席子，睡觉的地方，要么是板条木床，要么是锈迹斑斑的粉色金属婴儿床。我在这一排排的小床中间来回走着，抱起几个孩子，接着又把他们放下。我并不知道他们的名字，出生多久，但我就是想抱抱每一个孩子，因为他们如此孤单。当然，周围也有不少管理人员，但是很明显，这些孩子根本得不到丝毫母爱。刚刚经历了丧子之痛的我，很难想象会有人狠心抛弃自己的孩子。我尽力让自己不要忘记，极端的贫困非常有可能让父母不得不做出这样的决定，内心却为他们感到罪恶和悲哀，贫困这个理由是根本无法让内心平复的。

在一排小床的尽头，我无意中看到一个正在号啕大哭的小女孩，顶多也就两个月大。她体型瘦小，看上去很痛苦，我觉得自己的耳鼓膜都要被她撕心裂肺的哭声震破了。也许她是因为饿了，但是当我把她抱起来的时候却感觉她的分量很沉。我怀疑在她的泪水背后有着更加不为人所知的凄楚：那是一种被人遗弃的悲伤，而从今以后，她就要自己照顾自己，未来渺茫，充满绝望。

我看着她，心里只想着：哦，我的上帝，我非常清楚你的感受。我把她的小小身躯放在胸前，用我的胳膊抱着她，让她的身体紧紧贴住我的心脏。这些小小的动作，让我重新感受到了缺失已久的东西，自从詹特森去世的那个早上，我一直都未曾感受的东西，那就是——怜悯。

在过去五个月的时间里，我的悲伤和愤懑让我坚信，这个世界上不可能还有人比我更加痛心。但是当我抱着这个年幼婴儿的时候，我意识到我们的遭遇是如此相似。也许，只是也许，我并不是世界上唯一一个被痛苦所摧残的人。我同情她的遭遇，怜悯她也怜悯我自己，这种心情如此强烈，甚至让我的内心感到温暖，也温暖着怀里的孩子，尽管她还在大哭不止。

"别担心，"我轻轻地对她说，"你这么伤心，我绝不会离开你。"

我抱着她来来回回地走动着，想把她哄睡着，但这时，我恍然大悟。此时此刻，这里不就是我的归宿吗？在这里，我感到自己的人生将会变得更加完整，更有方向，这些难道不就是多年来我苦苦追寻的东西吗？我曾经以为，自己可以在加勒比海游轮上，或者那次迪斯尼乐园的游玩当中，又或者在我无数次的购物之旅中找到这些东西，但我从未想到，没有化妆的自己穿着被汗水浸透的T恤，身处越南这样一间屋子里，只是在哄着一个哭泣的孩子睡觉，就找到了这种感觉。我想到了那笔以詹特森的名义募集的钱。帮助这个孩子其实花费不多，但纪念詹特森的基金却能改变这些孩子的人生轨迹，不管是帮助他们找到充满爱心的家庭，还是在这里为他们提供必需的帮助。

随着怀里的孩子停止啼哭，渐渐睡着，我听到兰迪在叫我的名字。"你早该来这里了。"他说，脸上一副再奇怪不过的表情。我把孩子重新放在毯子上，跟他走到隔壁的一间屋子，里面有个小男孩独自坐在草席上。我沉浸在自己的思绪中，不停地构思着如何才能把詹特森的基金用来改变这些孩子的命运。当我第一眼看到那个小男孩，他就改变了我们的生活。

他的名字叫荣天，生母没有能力把他抚养成人。她已经有三个孩子，目前与她的父母一起住在盛富县。盛富县是越南中部一个贫困的农村地区，他们都是养鸡的农民。当她发现自己和最后一个男友怀上荣天的时候，父母拒绝再为她抚养第四个孩子。所以就在荣天出生后的几个月——也就是我遇见他的五个月前——把他送到这个孤儿院，再也没有回来。

"妈妈，"我听到克里斯塔在身边说，"你不觉得这个宝宝很棒吗？"他真的很漂亮——身材娇小，皮肤很柔软，面颊很大，大腿肉墩墩的。越南人都很矮小，但他却是这个国家仅有的胖娃娃。他坐在那张草席上，整个屋子只有他一个人，身上穿着一件厚厚的蓝色涤纶套装，还有一双白色的针织绒线袜，尽管屋子里足足有华氏一百度（合摄氏37.8度）。他坐得笔直，手里拿着个茶杯，就好像他已经备好了松圆饼和一壶新茶，耐心地等待着客人的到来。我仿佛听到他对我说："今天我要会见客人，尽管我不知道他是谁。"

我把他抱起来，立刻就爱上了他，简直无法解释。到这个时候，我已经见到了至少五十个孩子，只多不少。当然，每个孩子都很有趣，但荣天……我无法描述，他身上就是有种与众不同的特质。当他躺在我的怀里，头枕着我的胳膊，我抬起头，看见兰迪和克里斯塔正看着我。我忍不住哭了，但这一次流下的不是我早已习惯的悲伤之泪，而是带着无尽希望的激动之泪。我抱着他走来走去，走到外面，顺着一个楼梯井走到庭院里，接下来的一整天，我一刻都没有把他放下。

在孤儿院剩下的那段时间里，我们根本离不开他。每天早上，兰迪、克里斯塔和我都会争先恐后地给他喂奶或者摇着他睡觉，为了抢在别人前头，我们会用胳膊肘阻挡其他人，所以三个人的肋骨上都出现了一些淤伤。我敢说，我们一家就像不成体统的兄弟姐妹，为了电视遥控器抢来抢去。

"轮到我了。"兰迪说，他正被我拽着。"很不幸，"我说，"我是第一个到的。"

接着克里斯塔也冒了出来："你们为什么缠着他不放？是我发现他的。"

其实即便没有轮到我，也有很多工作可以做。很明显，像我们这样的游客往往都会更加关注那些婴儿，因此孤儿院里比较大的孩子们似乎也已习惯了被忽略的感受。当我开始试图接近他们的时候，很多孩子却在尽可能地表现出趾高气扬、毫不在乎的态度。不过我没用多长时间就将他们一一击破了。第一天的傍晚时分，那些十几岁的孩子就已经和我打成一片了，让我给他们拍照，还要给他们的朋友们拍照。我去当地的杂货店买了把剪刀，到了晚上，这些孩子就会排着队等着我给他们理发。克里斯塔通常都会坐在角落里的凳子上，周围都是蹒跚学步的孩子们。她会教他们说英文单词，同时也学一些越南语词汇。在美国的时候，卡罗尔募集了一些大家捐赠的彩色图画本和游戏玩具，孩子们都很喜欢。他们会四散坐在大房间的瓷砖地板上，周围都是小床和双层床，一画就是几个小时。我在一个大概十岁的小男孩旁边坐下，让他给我看看他的"作品"：画面上，两个大人正牵着一个小孩。

越南有句古老的俗语，意思是"人需要先学会吃饭，才能学会说话"。一想到越南的美食，这句话就让我产生很多共鸣。詹特森死后的几个月，我至少瘦了十五磅（顺便说一句，我曾经相信减肥能帮我解决很多问题，事实上根本没有）。就在启程的前一天，我们在我父母的家里吃饭，并向他们道别。我胃口很差，依旧只是吃了几小口就再也咽不下去了。但是在越南，我总是急不可待地想要吃饭。每天早上，我都要找个新餐馆尝尝当地的特色鸡肉面汤。除了辣辣的鸡汤，里面还有宽宽的米面，此外我还会把两个酸橙的汁都挤出来放进汤里，然后再撒上一把厚厚的薄荷。到了晚上，每次吃饭前，我都会用传统方法吃几个春卷：用生菜叶包着春卷，加上几块黄瓜，蘸着冲鼻的生姜酱下肚。接着我们会让整个餐桌都堆满蒸菜和米饭，有时候还有一整条当天钓到的鲜鱼。

每到吃饭，或是不在孤儿院的任何时候，我们谈论的话题只有荣天。遇见他后的第二个晚上，兰迪第一个说出了大家的心里话："这个孩子是我们的了。"

我很清楚他这番话的含义。其实要和从未收养过孩子的人解释清楚，这并不容易。但有时候，你就是想知道。

"这孩子到底什么来头？"那天晚上，当我们坐在酒店房间的小露台上，看着藩朗的夜景准备睡觉时，兰迪这样问道。

"我不知道，"我回答，"但他很棒。"

"我知道，"他说，"但我就是想知道这些，已经钻进死胡同了。"

开始的几个晚上，我们的对话都是这样开始，这样结束，我们两个甚至都没有用到"领养"这个词。但很明显，这就是我们将要努力的目标。然而这个想法却让我们感到几分怪异和恐惧。我从未想过再领养个孩子，我也很肯定，兰迪和我有着同样的感受。但是对于只有十一岁的克里斯塔来说，这件事再简单不过了。在我们三人中，她是最固执的一个，总是把大家内心的想法化成语言脱口而出。有一天吃早饭的时候，她问："我们为什么不领养他呢？"随后午饭，再随后晚饭，她都这样问道。"在这个世界上，再没有其他真正关心他的人了，看看我们拥有的一切吧，他没有父母，你们为什么不能成为他的爸爸妈妈呢？"

到了第二天早上，答案已经很明朗了。一觉醒来，我已经泣不成声，甚至连抬起头来的力气都没有，只觉得胸口有一种似曾相识的痛楚，似乎连我的灵魂都要被其摧垮。那一天，正是詹特森的十六岁生日。兰迪来到我的身边，我的眼泪已经浸湿了一大片枕头，我俩彼此依偎在一起。他在我的耳畔轻轻祷告了几句，紧接着我们就听到克里斯塔在角落里的小床上吵闹的声音。她站起身了，和我俩一起待在了大床上。我的朋友特雷西寄了一个包裹给克里斯塔，让她今天打开。她撕开包装，里面是个漂亮精巧的音乐盒，我们紧紧拥抱着，再次感受着我们失去的一切。

慢慢地，我用尽全身最后一丝气力，让自己重新振作起来，再度前往孤儿院。这是我们待在这里的最后一天，按照行程，随后我们将继续北上，在河内游玩几天。一想到离开的这一天终于来临了，我的心里就极其不是滋味，因为今天一过，我们就不得不向荣天告别了。

就在前一天，我曾打听过，周围是否可以找到一家面包房，我想买一块蛋糕。在去往孤儿院的路上，我们搜寻着那个地址，一路经过了理发店、咖啡馆、兜售丝绸和手机的商店，还看到了一群骑着自行车的僧侣擦肩而过，裹在身上的杏色棉布僧衣足有几英尺长。当来到那个我以为的目的地时，我只看到一家机修工场。刚准备回头离开，一位妇女注意到了我，挥了挥手，让我跟在她后面。黑暗中，经过那些油乎乎的工具和锈迹斑驳的摩托车之后，就是一家面包店。

那个妇女把一块看上去像是婚庆蛋糕的东西递给了我。蛋糕上面用大大的奶油黄字和红色的花朵拼成了"詹特森生日快乐"这几个字。她告诉我，为了这个蛋糕，我得付七美元。我知道在城里这是个让人啼笑皆非的价格，因为我们的酒店也提供相同的服务，收费也不过十五美元。针对这个价格，我本来可以跟她讨价还价，但此时我根本不在乎钱。为了用这个简单方式纪念我儿子的生日，哪怕让我付出一切也在所不惜。

我们把蛋糕带到了孤儿院。午饭后，和这里的孩子们一起庆祝。

当我喂荣天吃着蛋糕上那些味道如同克里斯科牌奶油的糖霜时，我知道自己已经爱上了这个小家伙。正如兰迪曾经描述的那样，这是一种无可置疑的认知感。我曾试图逼着自己搞清楚为什么会有如此强烈的感觉，但是我的内心却在反复挣扎，感觉就像自己的大脑和心脏已经奔赴战争前线，我所能做的就是找到掩体，等待伤亡报告的到来。没错，我喜欢他，但我们自己的生活也依然处于四分五裂的状态。比方说我吧，从情感和心理的稳定程度而言，根本无法照顾一个只有七个月大的孩子。上一次照料婴儿，我还只有二十六岁，可如今我差不多都四十了。我知道很多女人选择在这个年纪生养孩子，但是我并不认为自己能够成为她们中的一员。看着镜子中的自己，这个女人已经不是一个能够承担照顾婴儿的材料了。现在的我就是这样，只剩下了一具躯壳。

但这时，兰迪已经坚信我们一定要把荣天领养下来。在潘朗的最后一夜，他双手抱着荣天，克里斯塔在他身边，我眼睛一眨不眨地痴痴看着他们。在内心深处，我知道兰迪是对的，荣天已经成了我们家庭中的一员。我在荣天身上倾注的感情，要比我的泪水更加强大。事实上，这种感情也超过我自己能够承受的范围。"我当然能够领养他，"我心想，"我当然会回到家里，不仅照顾好自己，也会用母爱将这个孩子抚养成人。"我把荣天从兰迪怀中抱了过来，轻轻地向他承诺："孩子，我们一定会回来把你接回家。"

我只希望自己没有欺骗他，或者说，没有欺骗自己。

CHAPTER 04
阿肯色州·艰难抉择

亲爱的詹特森：

　　我依然觉得自己站在一处河堤之上，水流从身边奔腾而过。这条河看上去很深，也很宽。但这都没什么，尽管没有理由，你的爸爸，克里斯塔，还有我已经决定带着信仰纵身一跃。我爱你！

　　　　　　　　　　　　　　　　　　　　　　　　妈妈
　　　　　　　　　　　　　　　　　　　　　　　　2000年3月

　　我们一回到美国，就立即开始了领养范·阿兰·柯普的申请程序。这个名字，是我们在河内的最后几天为他选定的。当我们把这个决定告诉大家的时候，大多数人看着我们的眼神就好像在说，"你们是不是彻底疯了"。一个朋友告诉我："每个人都说，如果情绪不好，你甚至用不着下决心换个发型。很显然，你们没有必要现在就做这样的决定。"所有化解忧愁的书籍也都同意他的观点，其中一本还列出了你可能经历的不同"忧伤等级"，并根据相应的等级调配相应合理的时间分别化解。看起来很奇怪，就好像我们走进一个陌生的宇宙，住在那里的都是悲伤的人们。我们得想方设法占领足够的星球，然后头领才会允许我们过关，挑战下一个等级。以前，我和兰迪为此还经常开玩笑。有一次他回到家，发现我坐在厨房地板上，抱着詹特森的照片痛哭流涕。

　　"帕姆，"他把我拥入怀中，说，"这就是在第二个等级中常见的举动，我们的头领会不高兴的。"还没缓过神来，我已经破涕为笑，喘不过气来了。

就像其他类似书籍一样，那本书也提出了相同的警告，那就是——不要轻易做出重大决策，这一点都不奇怪。什么才是重大决策，没有哪本书举出确切的例子，但我想，收养一个七个月大的越南孤儿，绝对算得上是其中之一吧。

这些反对意见，兰迪全然不予理会。"他们爱怎么说就怎么说吧，"他说，"对我来说，我们应不应该觉得悲伤，根本轮不到别人去管，他们也别想以为，上帝的安排，他们比我们了解得更加透彻。"如果能让兰迪再一次快乐起来，这足以让我竭尽所能忽略别人的意见。事实上从越南回家之后，我开始发觉他有那么一点异样，黯淡的眼神中开始有了一丝光亮。有一天，刚刚锄完草的兰迪走进屋子，脸上一副奇怪的表情。

他手里拿一杯咖啡，坐在餐桌前。"怎么了？"我问道。

"很奇怪，"他说，"我刚才在车库里居然吹起了口哨。詹特森死后我从来没这么做过。这应该是一种不错的感觉吧，也许我又重新找到了希望，尽管还是感到有些伤感。你知道吗，有时候我还是没法摆脱那件事的阴影。"

我当然知道。从某种程度上来说，就好像阴影是詹特森之死给我们留下的唯一可以感知的东西。回到家里，我注意到大家已经开始继续原来的生活，越来越少谈到他，甚至还在期待圣诞节的到来。而我却毫不在意。如果感到痛苦能让我的心与詹特森贴得更近，那么我情愿永远痛苦。当然，我再也不用为快乐带来的罪恶感而难过了，因为越南之行给我带来的喜悦和安宁，开始渐渐离我远去，那短暂的快乐，被不断积淀的抑郁击得粉碎。这种抑郁，事实上，甚至要比我启程之前更加严重。我当然没有预料到会有这样的结果。时间会治愈所有伤痛，我们都听到过这句话，听起来悲伤也会自然而然地遵循这样的规律。但，事实并非如此，詹特森死后的第六个月，我开始感到更加沉重的黑暗向我袭来，当时经历的孤独与危险，甚至事后几天里发生的一切，我一点儿也想不起来了。

即便是回到家乡，回到那个用麋鹿和花环装点一新的小镇，也依然无济于事。我觉得，所有东西都在提醒着我，原本我该多么开心啊！我所到之处，都是漂亮的装饰品，常常还能听到一首熟悉的圣诞歌曲，这些会让最快乐的人都能相信，他们还有更多值得享受。很难相信短短一年前，我还在为孩子们大肆采购，还有搬出摆得高高的盒子，里面放着人类有史以来所有用于装点圣诞的小玩意儿。但现在，如果再这么做，我会感到恶心，不光是因为詹特森已经不在我们身边，无法一同过圣诞，而且整个假期的气氛，在我看来，都是如此矫情造作。

我有一个朋友，在我返回美国之后，总是喜欢提醒我，最好不要告诉周围的其他人，一杯星巴克咖啡的钱，足够支付一个村庄的越南人三年的生活开销。但是第一次越南之行回来之后，这样的现实一度让我备受折磨。你必须承认，如果你刚刚在"维多利亚的秘密"①专卖店里花费150美元买下一套漂亮的家常便服和搭配得当的拖鞋，但在亲眼见证了一个三代同堂的家庭挤在只有一个房间的公寓里生活之后，购物带来的乐趣将会荡然无存。实际上，我的美国式生活，方方面面都让我备感沉重。越南人喜欢交际，生性活泼。到了晚上，街头巷尾和公园里，到处都能看到一个个家庭，围坐在毯子上吃饭。孩子们骑着自行车，捎上小伙伴一起去上学。但是在这里，这条街上每个家庭到了晚上都会把车停进车库，拉上窗帘，接着大多数人就会打开电视。在这所房子里，我们已经住了一年多了，但是从未见过对面街道的邻居们。我知道，和我们相比，绝大多数我在越南看到的人都可以被视为"穷人"，然而一想到我和朋友们的生活方式，我就觉得那些越南人似乎……更加富有。

这让我越发地感觉糟糕。越是觉得糟糕，越是质疑我们收养范的决定。也许大家都是对的：我们不该这么快就做出如此重大的决定。就像

---

① 著名女性内衣品牌。

一架盘旋下落的飞机，我根本不知道该怎样降落下来。我难道疯了，竟然以为自己可以照顾好这个孩子？难道不仅如此，我还想当然地以为能用他代替詹特森的地位？我清楚，事情并非如此。你无法用一个孩子取代另一个孩子。但这一点，其他人并不赞同。尽管他们从未这样直白地告诉我，但当我把我们的决定告诉他们的时候，却能从他们脸上看到那些无声的观点：可怜的帕姆，她正在试图填补一个永远也无法填补的空缺。我想说，在经历了丧子之痛后，别人怎么想，我已经根本不在乎了，而且我也不愿再费尽心力做一些纯粹只为了让别人高兴的事情，但这同时也让我很苦恼。大家会不会认定我已经彻底疯了，就此将我放弃？当然，我依然还是原来的我，依然还在为了让别人开心而操心忙碌着。

虽然我总是毫无保留地向兰迪袒露心迹，但并不想把自己的困扰讲给他听。我明白，他有多么迫不及待地期盼着有朝一日能够再次见到范。每当我提到这个问题，他都心知肚明，但态度却异常坚决。

"帕姆，"他说，"你得相信我。"

我点点头笑了，小声说了几句安慰的话。但在这件事上，我并没有对他坦诚。这时候我唯一肯定的是，一定得找到某种办法，不管是什么方法，远离这样撕心裂肺的痛苦。

就在这时，我开始幻想自己已经消失。消失的细节总是很模糊，因为我并非主动想寻死，或者做着自杀的计划，我让自己沉溺于一种幻觉，在这种幻觉中，我已经从无法忍受的悲哀中解脱了出来。有时候正在开车的我，脑子里会想：若是我遭遇车祸该怎么办？若是有人在高速公路上以极快的速度撞上我，让我绝无生存可能，又该如何？如果我突然被诊断出患有乳腺癌，我会不会就医治疗？不，应该不会。

不管怎样，我还是挨过了这个圣诞节。按照我的心意，我们恐怕没有任何庆祝的表示。兰迪做主，他和克里斯塔出门弄了一棵小树，放在她的房间里。若是平时，每年的这个时候，起居室才是应该放圣诞树的地方。麦克和戴安娜也来到密苏里度假。圣诞节那天早上，我们起了个大早，坐在靠背椅上，看着孩子们打开他们的礼物。兰迪的父亲送给他母亲一个包着银色包装纸的小盒子。里面是一个镶着两颗钻石的手镯，一颗代表梅甘，另一颗则代表詹特森。我感到眼泪涌了上来，接着偷偷溜出去痛哭了一场。他们已经失去了两个孙子，这是多么不公平啊！回到屋里，看到婆婆将手镯紧紧地扣在手腕上，我真的想知道，为什么我们要承受这些痛苦的摧残？圣诞节意味着节日、假期和亲人团聚，曾是生命中最开心的时刻，如今却成了最痛苦的一天。

新年到来之后，心中的抑郁开始从肉体上折磨我。有一天，我曾强迫自己吃了几顿，但之后再也无法做到了。哪怕是闻到食物的味道都让我感到恶心，日子一天一天地过去，而我所能咽下的只是几片涂着黄油的面包。

一天晚上，我躺在床上，兰迪伸出双臂抱着我，但很快就缩了回去。

"我不敢拥抱你，"他说，"你太瘦弱了，我害怕这样的拥抱会伤着你。"

"抱抱我吧，"我从心里告诉自己，"至少让我能感觉到什么。"

接下来的几个星期依旧不堪回首。二月的时候，兰迪因公出差要去拉斯维加斯。此时距离詹特森去世已经过去了整整八个月，但我的心情依然没有任何好转。事实上，在这个时候，我甚至连为克里斯塔做上学前的准备工作都会手忙脚乱。事情本身并不复杂，却让我精疲力竭，以至于她一出发，我就瘫倒在一片黑暗之中。就在我看着兰迪走出家门，准备动身时，我感到一阵前所未有的轻松。心里明明难受，却要尽力隐藏，这让我消耗了太多心神。我需要的，就是一个人独处。

我不知道自己到底度过了多少个不眠之夜。身心俱疲，无法入睡，这是一种怪异的感觉，即便是服用安眠药也无济于事。兰迪离开几天之后，我的妹妹塔姆像往常一样，顺道来看我。她走进厨房，从她第一眼看到我的那一刻我就知道，我身上的这层伪装很快就会被彻底剥去。在你的双胞胎妹妹面前，有些事是根本藏不住的。我一生大部分的时间里，都在试图将她和我自己区别开来。尽管我们看上去并不相像，但在我们年纪尚小的时候，母亲却总喜欢把我们打扮得一模一样。我们住在同一间卧室，拥有共同的朋友。我们往往并不是以个人身份出现，总是被当做双胞胎对待，这种状况，直到十二岁之前一直没有改变。

后来我们都觉得是时候寻找各自的空间了。但是在这样的时刻，塔姆只需要看上我一眼，就能很清楚地知道到底发生了什么。我记得在很多方面，我们之间共享着某种不同寻常的纽带。"来吧，"她说，"一起出去走走。"

我依然穿着睡袍，心力交瘁，连换件衣服的气力都没有，更别说出门散步了。"不了，"我说，"我今天有点累。"

"好吧，我还有些事情要办，你就跟着我一起去吧。"她并不想接受"不"这个答案，无论怎样也不理会我想留一点私人空间的请求。无奈我只得穿上外套。正当我走向她的汽车，我的全身都开始剧痛起来。不管她说什么，我都无法集中精力去听，只能把椅背放倒，无力地斜靠在那里，竭力地找寻一点宁静和力量，几个小时之后，克里斯塔就要放学回家了，我需要为她做好准备。

但是塔姆并没有带去我办事，而是把我带去她家，为我做了顿午饭，尽量让我吃点东西。她问需不需要打电话把妈妈叫过来，或者把克里斯塔从学校里接来，但是我求她别这么做。尽管我希望她能陪在我身边，但我绝不想让这些我知道正在发生的事情让她担忧。

我走进塔姆的房间，躺在她的床上，一点儿也动弹不得。我感到内心的恐惧正在慢慢积聚，我明白这就是我一直以来既感到害怕又非常期待的一天。我既不想让它就这样过去，也不想得到别人的帮助，但这样是不可能的。

我当时不可能有力气自杀，所以就孤零零地躺在黑暗之中默默祈祷。即便如此，对我来说也相当费力，因为上帝是这样和我过不去。"你为什么这样对我，"我喃喃地说，"难道你在要求我再领养一个孩子？我已经埋葬了自己的儿子，你难道不明白吗？我不知道该怎么做。"

此时，那个熟悉的声音又出现了。

"你如此伤心，我绝不会丢下你不管。"

那就告诉我该怎么做吧。

至少对我来说，这个问题已经清清楚楚地表达了我的态度。我的意思是，告诉我答案。该不该像我和兰迪所确定的那样，收养这个孩子？我是不是有能力成为他的母亲？但是我并没有得到这些问题的答案，因为很明显，我心里的这个声音要比我明智得多，它对我说："起来，去厨房吧，告诉塔姆你需要帮助。"

我顺从地站起身，顺从地走进厨房。

"塔姆，"我说，"我需要帮助，我想是不是要去精神病医院，或者别的什么。"我让她打电话给我的婆婆安妮，因为她知道该怎样处理这样的情况。戴着面具过了这么久，我再也不想隐藏什么了，几分钟后，当她赶到这里时，我告诉她，我已经无法控制自己的思绪，或许很快就要疯了，这让我害怕到了极点。我知道自己再也受不了了。

安妮却镇定自若。她只是默默地走到电话机前，给我们一个名叫克雷格·潘德格拉斯的医生朋友拨了个电话。她告诉他，我们准备去他的诊所，一分钟都不想在等候室里耽搁。接着我们就坐进她的车里。

在克雷格的办公室里，我迫不及待地爬上诊疗台。我想蜷缩成一个球，身上盖着点什么，让自己笼罩在一片黑暗之中。我甚至愿意向任何东西举手投降，哪怕死亡，哪怕药物或是麻醉。我不在乎他们对我做些什么，只想着结束这痛苦的一切。

克雷格强迫我站起来，给我测了下血压，随后马上给街对面的医院打电话，安妮用一辆轮椅推着我到了那里。

到了医院，我爬上床，恳求医生给我一点药物，因为我知道睡眠是唯一可以实现自我保护的方法。一位护士走了进来，帮我换了一身病号服，然后熟练地将针头扎进我的胳膊。看着药水在头上的导液管里一点一滴地流淌进我的血管，我感觉到安妮的手也握住了我的手。我想感谢她的帮助，但是一个词都没说出来，眼皮就开始打架了，房间正在一点一点缩小，也给了我梦寐以求的一切：完完全全的黑暗。

后来，我迷失在一片模糊之中，我想我听到了兰迪的声音。

兰迪

她听到了我的声音，我觉得来到这里非常重要。我当时就是这么做的，而后来为了我，帕姆也是这么做的。

接到电话得知帕姆住进了医院，这太可怕了。当秘书打断会议，告诉我赶紧打个电话回家的时候，我简直无法描述内心的感受。我从来都不会真的担心帕姆会伤害自己，但现在我们的世界已经和从前完全不同了，就像一团乱麻，我也不知道该怎样才能回归正轨。而且，在失去詹特森之后，我明白，即便是最不可能发生的事情，最终也都有可能成为现实。

我不是什么化解忧伤的专家，我所知道的不过就是自己的经验而已，而在我的经验里，除了痛苦别无他物。詹特森死后，我阅读了很多关于化解忧伤的书籍，里面写道你必须克服内心的抗拒，接受严酷的现实。但是，我认为这种内心的抗拒被大大低估了，因为，在那个时候，它正在影响着我。每当别人告诉我，我必须正视一切——再也不能和詹特森一起打棒球，不能带着他徒步旅行，也不能和他一起修剪自家院落里的草坪，我都不愿相信。要知道，他是我的儿子啊！他和我长得很像，看着他的脸，我就知道他心里想着什么，而且他还继承了我的幽默感。事实上，他是这个世上唯一能几乎听懂我说的每一个笑话的人。他的身上，有着很多我喜欢的特质。比如他总能从容应对困难的局面，这让我非常欣慰。当我看到他多么轻而易举地解决难题时，我就会加倍努力，让自己也能做得更好。而如今，竟然有人劝我要接受他已经永远离去的现实，而且还要在失去他的情况下"继续好好生活"？至少在那个时候，我不会那样做。

我知道，对于失去一个孩子的夫妇来说，哪怕待在一起都算得上是某种难以逾越的挑战，我也能明白这其中的道理。我当然能允许自己选择逃离，从很多方面来说，这也是最简单的办法。帕姆对我来说就是一切，而她也时时刻刻地勾起我的丧子之痛。哪怕是看她一眼，也会提醒着我，詹特森已经永远离开了。当然，有好多次我都觉得，对我来说，要想忘却伤心往事，继续生活下去，唯一的方法就是远离我的家庭。

为了渡过难关，我总是让自己不断处于忙碌状态，深深地一头扎进工作。也曾有一度，我全神贯注地研究到底是什么病夺走了我儿子的生命。当天在急救室对他进行救治的医生只能告诉我们，詹特森死于某种未曾被觉察的心脏病，但是我不顾一切地想要得到更多信息。我将他的诊疗材料寄给了我们的朋友里奥·布鲁，他是阿肯色州的一位心脏病专家。他不辞劳苦地咨询了四位不同的病理学专家，帮助我更好地了解了詹特森的病情。他们都认为詹特森的心脏在传导系上出现异常。这意味着帮助心脏以正常速率跳动的器官组织发生紊乱。尽管这样的解释依然让我们云里雾中，但这是他出生之时就患上的疾病。对那些有这种病情的人来说，发病的症状常常就是猝死。里奥还说，根据他的研究，即便病发当日，他正在医院的心脏护理病房接受仪器检测，恐怕最后还是难逃一死。

这正是我所需要的信息，也让我有了些许解脱感，因为我至少没有辜负儿子，在他生命垂危时尽全力救他。自他死后，没有尽到为父责任的心情一直折磨着我。保护我的孩子，不让他们受到伤害，难道这不应该是我的职责——我最重要的职责吗？我总是忍不住不停地责问自己，我是不是错过了什么可以救治他的机会。因此了解到我们很可能无能为力之后，多少缓解了我这种负罪的感觉。在与里奥谈完之后，我做的第一件事就是打电话给马克和谢莉尔。那一天，他们也曾竭尽全力拯救詹特森的性命。我担心他们会为詹特森的死无能为力而感到痛苦，要让他们明白这完全不是他们的责任，这一点对我来说很重要。在那个紧急关头，我非常感谢他们能够陪伴在詹特森身边。如果当时他曾感到恐惧，我知道当他看到马克和谢莉尔眼神中的关爱，这种恐惧一定会有所减轻。

至于范……第一眼看到他的感觉，我很难用言语表达。我并没有带着领养孩子的目的去越南。和帕姆一样，我的头脑中从来就没有这个念头——直到我见到他之后，我的心里就再也装不下其他东西了。在那之前，我根本不知道自己如何才能了此残生（甚至是否还能活下去），如何才能将七零八落的生活碎片拼凑起来，恢复正常。但是当克里斯塔告诉我，应该看看那个宝贝，我立刻就明白了，他是属于我们的孩子，我们的生活也就此重新找到了意义。在我的一生当中，那个时刻具有非同寻常的意义，不仅因为我内心充满着对他的感情，也因为当帕姆看到范的那一刻时，发生在她身上的变化。

当她第一次把范从垫子上抱起来的时候，我的眼睛也在直勾勾地盯着她。她整个人立刻就变了。她怀里抱着孩子，哭得如此伤心。虽然我们俩流着泪度过了无数个日日夜夜，但我知道这一次的泪与往常有所不同——我只能将其描述成"释然之泪"。

这也是为什么那一天在医院，坐在妻子旁边的我，尽管忧心忡忡，尽管完完全全地忠于她，但感到同样沮丧的原因。我知道对于范，她也与我一样倾注了深厚的感情。我从十六岁时就认识了这个女人，我们彼此之间毫无保留。她并不是质疑自己对于范的爱，而是对自己失去了信心。几乎就变成了，好像她在请求我放弃领养计划。我知道如果我的态度出现丝毫松动，不管是和她一样向悲伤投降，还是让她觉得自己的想法是正确的，都将等同于我不再爱她。她越是妥协，我就需要更加坚定。命运指引着我们找到了范，而无论如何我都知道——我真的知道——他就是我们的孩子。如今，我们必须作出选择：迈过这道门，寻找生命中的全新意义，或是将其忽略，悔恨不已。而如果选择后者，等待着我们的也许就是死亡。

我和好朋友沃伦守候在帕姆的床边，一站就是几个小时，他整晚都没有离开。我们两个，每人都握着帕姆的一只手，"别担心，"我小声说，"你的亲人在这里，很安全。"

而她也慢慢苏醒了过来。

我慢慢地睁开双眼，想知道自己身在何处，接着我看到兰迪和沃伦站在身边，每人握着我的一只手。我想自己听到了兰迪低声说："没事了。"

"你的亲人在这里"，听到这句话，我知道自己现在很安全，于是又闭上了双眼，再次沉沉地睡了过去。

当我再次醒来时，已经是第二天的晚上，旁边只剩下了兰迪。我第一眼看到他，还有他眼神中的关切，一股负罪感就猛烈地冲击着我的胸口。我痛恨说出那些话，但我知道还是得说出口。"对不起，但我无能为力，"我费力地说，"我不能领养范，压力太大了。瞧瞧我吧，连自己都照顾不了，怎么能相信我能把他照顾好呢？"

兰迪紧紧握着我的手，但我能够在他的眼神中察觉出他内心的失望（抑或愤怒）。我知道他对我已经失去了耐心。"好吧，"他说，"你办不到，但我必须做到。我不知道这会把我们带向何方。"

克雷格走进病房，打断了我们的谈话。他告诉兰迪坐下来，然后叙述了一下我所患病情的严重程度。他说，当我三天前来到他的办公室时，他从来没有见过像我这样在身体上被抑郁症彻底摧垮的病人，想让我立即开始服用抗抑郁药。这种感觉绝对不是第一次在我的脑海中浮现——我需要意志力以外的东西缓解我糟糕透顶的心情。但是在那之前，我身上穿着丑陋得无法容忍的蓝色病号服，直挺挺地躺在床上，我并不想服药。药物似乎只是恢复健康的捷径而已，同时也只是用一种虚无，而不是欢乐，暂时掩盖了痛苦。但是克雷格解释说，我所经受着的并非只是自怨自艾或悲伤过度，事实上，在我的大脑中，出现了一种人体化学方面的不平衡状态，是可以用药物进行控制的。我一秒钟都没有犹豫，告诉他赶紧给我开一份药方。躺在医院的病床上，我对服用抗抑郁药的恐惧和判断都似乎变得滑稽可笑了。我知道没有其他选择，尽管我不知从哪里得到的力气——尝试，但曾经我以为会让我快乐起来的方法没有一样奏效：锻炼身体、在阳光下散步、和丈夫做爱、换个新发型以及抹上明亮颜色的唇膏。老实说，该用的法子我都用过了，但心情已经把我折腾得筋疲力尽了。

一整天，家人和朋友们把我的病房塞得满满当当，他们和我一起坐坐，或者帮我摆放鲜花。这些举动充满善意，但我却觉得很可悲。我知道对于我的家庭来说，这一切有多么让人困惑——这么长时间以来我一直将真实的悲痛藏在心里，而他们居然毫无察觉。当他们都以为詹特森去世八个月后，我的心情已经大大好转，开始渐渐将伤心抛诸脑后之时，却发现我插着输液导管，住进了医院，距离彻底放弃生存的希望也只有几分钟的差别而已。当克里斯塔带着恐慌的眼神走进我的病房，我的感觉坏透了。她还只有十二岁，却不得不又要在医院里度过一整个下午，担忧着是不是另一个她所深爱的亲人也要即将死去。她还想知道，她的存在难道还不足以让我继续生活下去吗？

毫无疑问，为了克里斯塔，我愿意付出一切，或许我就是渴望让她最终意识到这一点。也许是睡了个安稳觉，也许是哪些药物，但至少那个下午，我的感觉好了一些。第二天当我醒来的时候，我想回家了。对于别人来说，回家的愿望或许没有这样强烈，但对我而言确实如此。这是一个新的起点。

在接下来的几周时间里，兰迪根本不敢让我长时间地离开他的视线。我甚至就像他的淘气女儿，连他去上班都得跟在后面。有时候，我会躲在地下室里把洗净的衣服叠好，而他却在不经意间出现在面前，背靠着干衣机，看着我一双双袜子搭配起来整理好。

"我想我该过来问个好。"他说。

"真的？"我这样回答，"谢天谢地，你来得真是时候。我刚才还在想着把自己淹死在这个小圆筒里呢。"

出院回家后又过了几周，他问我是否可以和他一起去买根新的高尔夫球杆。在去商店的路上，他再次提到了范。

"对不起，"我说，"我想我做不到。"

"帕姆，"他说，嗓音里带上了几丝愠怒，"你当然能做到。你得告诉自己，再也不能说'做不到'了。我知道这对我们大家来说都是正确的决定，你能相信我吗？"

"我能相信你，"我说，"是我自己有问题，我觉得自己不够坚强。如果我们领养了这个孩子，我担心会再一次陷入崩溃。"

"你不会，"他说，"你会看到快乐正在来临，你会好好照顾自己，而且心情再也不会这样低落。"

"你确定吗？"

"是的，我确定，"他说，"你已经渡过了这个难关，詹特森去世的那一天你都挺过来了，你想自杀的那一天也都挺过来了，最深、最暗、最绝望的日子已经被你甩在身后了。但如果你还是这样告诉你自己，你很虚弱，你很伤心，你将永远无法解脱。"

当他走进那家商店，我则留在了车上。我知道他火了。我们结婚十七年以来，我第一次为我们之间的关系感到担心。我们从来没有因为什么如此格格不入，除了这件事。那么我们到底应该怎样才能迈过这道坎？

几分钟之后，我看到他几乎是朝着车一路跑过来。

"好吧，听我说，"他打开车门，跪倒在地上说，"我非常非常爱你，就在这里，就在现在，我请求你相信我，你必须相信这件事不会出问题，你会慢慢好起来，绝不会在一生中剩下的时间里整日与悲伤为伴。我们能成功，你和我还有克里斯塔，我们一定会做到。我信任你。"

他握住了我的手，"但是你必须做决定，你愿不愿意信任你自己？这是你必须要考虑的问题。"

接下来的几天里，坐在副驾驶上的我，根本无法忍受兰迪的"狂轰滥炸"，因为我觉得领养范，依然还是个疯狂的决定。

难道选择和这个有关吗？任何一个感受过悲痛，或者任何形式的抑郁的人，都知道希望是不可能制造出来的——这只不过是一个要么找到你，要么抛弃你的东西。而在这时，我觉得希望对我选择了后者。但是我想得越多，就越是觉得也许我一直等待着错误的东西。也许我们需要积聚的根本就不是希望，而是另外一样东西：勇气。

束手无策之下，我只能想到去做一件事，那就是走进我的房间，锁上门，让自己坐在那个金色高背椅上，去寻找那份宁静。我旁边的桌子上放着范的照片，我拿了过来，放在手上，双眼盯着他的脸。如果我们不去领养他，他的未来会走向何方？也许他能期待的最好结果就是盼来另外一个收养他的家庭，尽管这样的概率微乎其微。如果我们对他说"不"，那将极有可能意味着他所有的少儿时光，都将在那所孤儿院里度过，没有良好的教育，没法吃饱肚子，永远也不知道世上还有人全心全意地爱着他。没有我们，他的未来毫无希望可言。

如果我们不去领养他，我的未来又将怎样？我希望自己的人生能过得富有意义，过得高尚，而多年来，我并不相信自己能够实现这个目标。难道我不是一次又一次地说服自己，我不是卡罗尔，不是戴安娜王妃，也无法像那些人一样，为既有意义又有趣味的事业而忙碌？我想起詹特森刚刚去世之后的那些日子，我曾抨击自己做出的人生选择，竟然为那些流于浮华却毫无价值的事情而劳心费力。但是我将来要做什么呢？为曾经所作过的人生抉择自我斥责，直至终生？还是鼓起勇气，做出不同的选择，改变自己的人生轨迹？

一个小时后，当兰迪走上楼时，我依然坐在那里，手里拿着那张照片。他看着我，一言不发。我站起身，走到他跟前，双手抱住他。我们就这样相互抱着，没有人说话，静静地待了几分钟。

"好吧，"我轻声说，"我相信你，还有一个更好的消息，我决定相信我自己。"听到这些，兰迪把我抱得更紧了。当他最后放开我的时候，我们的脸颊都被泪水湿润了。

"我只是希望把他接回家之后，别让我再度陷入崩溃。相反，我希望自己被带到什么地方，躲在角落里好好坐下，暗自偷笑。"我又说道。

"别担心，那不可能，"他吻了吻我的双唇，说，"如果那样的话，我保证带着范，一有空就去看你。"

初次越南之行十个月后，我再次回到这里，这一次，我要接走我的儿子。

CHAPTER 05
胡志明市·迎接范

亲爱的詹特森：

　　我已经下定决心，再也不会反对领养你弟弟的决定了。几个月来，大家都在用怜悯的眼神看着我和你的爸爸，他们似乎想要做我们这个决定的评判者，还把范当作"替补孩子"。我已经准备好了，我要把你的弟弟带回家，做他的妈妈。

爱你的妈妈

2000年8月4日

　　如果你想知道自己是否已经做好准备，重新再体验一次做父母的感觉，那么就试着带上一个十六个月大的婴儿，独自飞行十九个小时吧。而且他还是个贪食的小家伙哦。

　　当我们最终接到来自越南当局的电话，告诉我们申请文件已经审批完毕，领养计划也得到了有关部门的准许时，我的感觉好多了。请不要误解，我不是拿自己开玩笑，也不是装腔作势，假装那些痛苦的日子已经远去。我当然记得，也做好了迎接新的痛苦的准备。但是我已经决定欢迎范的到来，也将迎来自己的新生。也许那些抗抑郁药在我身上起到了从前我从来不敢想象的效果。2000年8月，当兰迪、他的母亲安妮和我降落在胡志明市时，我敢肯定，此时的我不仅仅能够承担起作为范养母的责任，而且还迫不及待地期待着这一刻的到来。

　　我们抵达的第五天，当那所孤儿院的主任将他交到我们手中时，还在一个小房间里举行了一个领养仪式。房间里，摆放着几尊胡志明的半身塑像，还有红色天鹅绒窗帘，镶着亮黄色的流苏。范的身上只穿着几片碎布——薄薄的短袖衫裤，一件破烂的T恤，后背打着补丁，还有那双金色的塑料便鞋，甚至塞不下他那圆圆胖胖的小脚丫。带着他住在酒店里的第一个晚上，是我一生当中最美妙的夜晚之一。我急急忙忙地脱掉他的衣服想要给他洗个澡。他是个非常圆润的孩子，就好像是用打气筒充满了气一样。当他站在我的面前，我意识到他已经不再是那个我曾经在孤儿院里看到的小男孩了。现在，他就是我的儿子。

　　我把他放在肥皂泡沫中，他根本不知道该怎么做。其他的孩子可以把一个周末的时间都泡在浴缸里玩耍，而他只是静静地坐在那里。此前，我唯一一次看到他洗澡的时候，一名护工在他身上涂满肥皂之后，就舀起冷水从头泼到脚，而那时，他也只能默默站着，接受这种惩罚。在把他洗干净后，我用润肤露涂抹在他身上较为干燥的皮肤上——膝盖、手肘和双脚。我敢说自己用了足足二十根棉签才把他的耳朵清理干净。那里太脏了，我发誓，里面甚至还有母体羊水的残留。接着我给他修剪指甲，梳理头发，还帮他刷了牙。

　　"你在干什么呀，全身检查？"我又往他干燥龟裂的双脚上抹了些润肤露时，兰迪这样问道。范静静地接受着一切，一声也不吭。

　　克里斯塔已经把属于范的行李打包完毕，我打开后发现她已经将弟弟的新衣服井井有条地搭配起来，还打上了标签。短裤和T恤用别针连在了一起，袜子和帽子也是如此。我给他穿上一件柔软的连体白色睡衣（克里斯塔用清清楚楚的笔迹写下"第一晚"），然后在床上坐在兰迪身边，喂下一整瓶奶，直到他渐渐睡着。

　　到最后，我们差不多花了三个星期，才将他带出越南。我们从前也从别人那里听说过一些进行国际领养活动中发生的故事。相比之下，我们经历的这个过程还算简单——因为你根本想象不到完成那些繁文缛节要花费多长时间。从医疗检查，到取得护照，再到去美国领事馆面谈，被各种程序卡在越南一个多月是常有的事。在我们这段艰苦旅程进入到第十天的时候，兰迪必须赶回国内上班了，留下我和安妮两人照顾范。直到这时，我们已经抵达胡志明市，等待着范的护照，以及美国领事馆的面谈。每天早上，我们都会用小推车，要么带他去动物园，要么去看看越南传统的水上木偶戏。几天后，安妮也得离开了，因为她之前预订了一个游轮旅行。接下来的那个星期，只有我一人只身照顾范，但每一分每一秒都让我非常享受。我会带他下楼，去品尝新世界酒店的精美自助餐，用燕麦粥填饱我们两个人的肚子。这种燕麦粥的口感好极了，直到现在我都没能在别的地方发现同样的美味。我们会坐在一面巨大窗户前的桌子上吃饭，窗外街道的对面有一座公园，坐在这里，园内的美景尽收眼底。而街道上到处都是上学路上的孩子们，还有坐在大棕榈树下的年轻情侣们。我们和酒店的工作人员已经混熟了，下午时分，他们会让范在空荡荡的大厅里爬来爬去。他们在房间之间穿梭往来，更换洁净的床单和毛巾，或是提着大桶肥皂水来来往往，时不时就要在他头上跨过去。随后，我们会在酒店泳池游泳，然后小睡一会儿。

我爱上了背包客小巷那个叫生记的咖啡屋。那是个小餐馆，却很舒适温馨。那里的气氛没什么特别，东西却做得很好吃。另外还有一个开放的区域，范可以在那里随意玩耍，追逐那些在墙壁之间上蹿下跳的壁虎。我经常在上午的时候带着他去那里，一路经过很多酒吧。哪怕是早上九点，酒吧里也挤满了来自全世界各地的年轻人，大瓶大瓶地喝着花费不到五十美分的胡志明市啤酒。我开始注意，里面到底有多少十几岁的越南女孩。她们坐在高脚凳上，喝得烂醉的身躯在酒精的麻醉下没精打采地晃来晃去，很多人看上去都还不到十五岁。大学生模样的男孩子，有时还有更老一点的男人们，坐在她们身边，带着强烈的占有欲将手放在年轻女孩的大腿上。

当范的有关材料审批完毕，美国领事馆的面谈也已经结束的时候，我急不可待地想要把他带回家。第一因为大家都很急切地想要见到他，第二我发现了范有可能染上了某种寄生虫病，这对于在越南孤儿院里长大的孩子来说并不稀奇，可我还是很担心我们的归程。我知道如果在家里，我们随时可以得到很好的医疗护理，但要是从胡志明市到香港，香港到洛杉矶，再到达拉斯，最后到图尔萨，这样的长途飞行一定会让他很不舒服，对我来说也绝非易事，更何况还带着个孩子。而且他刚刚患上严重的痢疾，就像定时炸弹一样，随时都可能出问题。

飞到洛杉矶的时候，一切都还算顺利。长达十九个小时的飞行，范几乎就没有睡过觉，为了让他安静一点，大部分时间里，我也只能牵着他在过道里来来回回地走着。不管我喂他吃什么，都洒在我们俩的身上。当飞机降落在加利福尼亚，从我们衣服上刮下来的食物都可以喂饱一家人了，急需洗个澡，睡个觉。不过，我们连坐下来的时间都没有，因为距离转机前往达拉斯仅有不到两个小时的时间了，中间还得在海关接受书面文件的审核。这要花费一定的时间，因为当范和我一起踏上美国土地，他就是美国公民了。当我在移民审查站排队等候时，我注意到他身上冷汗直冒，烦躁不安。这是急性痢疾即将发作的征兆。当我来到移民审查官的办公桌前时，我已经能够闻到臭味了。从这位先生脸上的表情来看，他的鼻子也受到了同样的刺激，但是颇为大度的他没有向我指出，我儿子拉出来的绿色粪便已经顺着大腿流了下来。

从海关出来，取回行李，距离我们的航班起飞只有不到二十分钟了，我顿时手忙脚乱起来，我可不想错过这个航班，然后不得不在洛杉矶住上一晚。所以，我顾不上给他清理，肩膀挎上大包小包，像个疯婆子一样直冲安检口。到了之后，保安告诉我必须得把范从坐得舒舒服服的小推车上抱出来。他开始大吵大闹，我还没来得及抓住他，他就滚落在地板上，屁股先着地，绿色的稀粪撒得到处都是——地板上、金属探测器、他的全身、我的全身。那位保安看着我，一脸惊恐的表情，说："那是什么啊？"

我知道已经没有时间把这一片狼藉打扫干净，只做了一件当时唯一能想到的事情：逃跑。我一个肩膀扛着范，另一个肩膀扛着行李，径直冲进了一间盥洗室。现在我还有十五分钟的时间找到登机口，但我身上污秽不堪，还有一个就像刚刚被谋杀、奄奄一息的孩子。火上浇油的是，他那块尿布发出的臭气让我几欲呕吐。在盥洗间里，我强忍着恶臭，脱掉他的衣服和我的T恤，从他的头发和指甲里用力地擦掉污物，以飞快的速度套上一件干净T恤，也给他换了一块新的尿布。

简直不敢相信，我们还能及时登机。就在舱门即将关闭的那一刻，我们刚好跨进飞机，正在这时，一位空姐挡住了我，很不客气地问："你的宝宝为什么一件衣服都没有穿？"

我完全没有理会她的疑问，找到了我们的座位，坐下来的时候我终于忍不住流下了眼泪。另一位空姐走了过来，我原本以为她会和我解释航空公司禁止全身都是婴儿粪便者乘坐飞机的规定，而且还会有相关管理人员过来把我们带到儿童保护服务组接受调查，但她却问我有没有什么可以帮忙。几分钟后，范终于喝上了温水，吃上了一盘热腾腾的通心粉。接着，他躺在我胸前，一直睡到了得克萨斯。我一直不知道那位空姐的名字，但我发誓她那天救了我的命。

午夜时分，我们降落在图尔萨，兰迪和克里斯塔正在那儿等着我们。尽管我和兰迪的双方家人都想到机场来迎接我们的新孩子，但我们觉得这次回家大家都应该相当激动，因此并不希望更多的人在场。而且，我们也知道克里斯塔非常想和范两个人一起度过几个小时的时光。我从来没有看到她和兰迪像今天这样兴奋。我不在家的时候，克里斯塔开始戴牙套了，而她的笑容灿烂得足以照亮整个机场。范很快就和她混熟了，她带着弟弟离开我们，四处乱跑了一阵，不时还对他耳语着什么。

兰迪抱住了我，"你回家我太高兴了，我看到你的转机时间这么紧张，我都不敢想你能顺利回来，没有误机。"

回想起来，詹特森死去之后的那些日日夜夜，我满心绝望；躺在医院病床的那些日子，我只求一死。"我也从来没想过能完成这次旅行。"我想。

一路开车回家的路上，范都睡在克里斯塔的腿上。我知道我本来应该用保险带把他绑在座位上，但心里想，下不为例吧。如果换作在越南出门的话，他说不定还得坐在一辆摩托车后座某个女人的大腿上颠簸呢。

不管怎样，看着克里斯塔紧紧地抱着他的样子，我知道他很安全，也许我们都很安全。

范回来了，给我们的家里带来了无尽的光彩，就好像撩开了窗帘，最终赶走了黑暗的阴影。每天摇着他，哄他睡着的时候，我就像心里抹了蜜一样甜滋滋的。当他深深地依偎在我的怀里，他的小小身躯似乎都要与我融为一体。我知道他需要这种亲密的感觉，能和我一样，让受伤的灵魂得以治愈。把他接回家后，我终于鼓起勇气把詹特森生前的房间收拾干净，让克里斯塔住进去，而范则拥有了她以前的房间。那一天对我来说过得并不容易，我母亲特意赶过来帮我把詹特森的东西整理好。我们拣出来的纪念品，被放进了我和兰迪花了几周才发现的行李箱里。那是个"极好的行李箱"，里面放的都是我儿子生前的遗物。我心里很难过，他那个小床头柜的抽屉里，放的都是他最珍贵的东西，一打开它，我就不由得想到，上次见到他，是十六个月之前的事了。在那里面，有他从高尔夫球场池塘里捞上来的高尔夫球、橡皮筋扎着的棒球卡片、运动奖章、一个毛绒玩偶、几个硬币、一卷电工胶带（因为他喜欢把手头的东西都绑起来），其实他是不需要什么昂贵的东西就能开心的孩子。哦，当然还有本杰夫·福克斯沃西①的那本平装书，这恐怕是唯一一本他自觉自愿从头读到尾的书籍。

除了这些，还有很多一直以来都被我忽略的东西，我知道自己也需要做点别的事了。第一次越南之行后，我们为卡罗尔和马尔文的孤儿领养项

---

① 美国著名喜剧演员。

目捐了10000美元，并且告诉他们，只要能让那些我们看到的孩子们找到充满爱心的家庭，这笔钱可以随意支配。还剩下差不多15000美元，一开始打算日后全部捐给他俩，但卡罗尔告诉我，他们已经开始从资金更充裕的捐款人那里接受捐助了，所以我也开始思考别的办法。但问题在于，那些胡志明市街头的孩子们在我脑中留下的记忆，一直无法抹去——背包客小巷酒吧里那些十几岁的姑娘；背着擦鞋箱，跟在外国人后面，乞求给他们擦皮鞋的男孩们；还有我们第一次去越南找我要汉堡吃的小女孩香香。与他们相比，我在孤儿院里见到的大多数孩子似乎都还算幸运。我想知道，到底是在怎样的情况下，这些父母竟然能狠下心让他们的孩子在街头工作过活。多少个夜晚，在把范放到床上后，我会走进书房，尽可能地了解这些苦命孩子们的情况。

据估计，在越南有约五万名街头孩子——他们均不到十六岁，在街头生活。他们被称为"地球之尘"，大多在胡志明市、河内，还有北部的岘港工作，但均来自于贫困人口超过90%的农村地区。90%？尽管贫困被认为是促使这些孩子们在街头打工的主要原因，但据报道，这其中还有相当一部分孩子是遭到了父母的无情抛弃，或是逃离家庭虐待，再或是身患残疾。在越南，正如在很多其他国家一样，出生即患残疾的孩子的结果，往往就是终生乞讨街头。

讽刺的是，农村地区的贫困问题，都是由"地球之尘"引起的，他们是越南走向自由市场经济体制而诞生出的衍生物。这种体制或许能让城市人随着外国投资者一同受益，却损害着农村地区的居民。1988年，越南共产党取消国家补贴，并解散了给予公民医疗、教育和社会保障体系的农村合作社。很多产业的私有化，以及如今与之相关的税费，对于很多农村家庭来说是无法承担的，要知道，整个国家的人均国民收入也不过只有480美元而已。

街头打工的孩子们，依靠卖报纸或者擦皮鞋这样的工作，每天大约能挣到两万盾，约合1.25美元，其中的大部分都会寄给家里资助亲人。尽管每天晚上，所有的孩子都有被人虐待或抢劫的危险，但他们所要面临的最恐怖的威胁则是人口走私。

我记得第一次越南之行，在前往胡志明市的飞机上遇到的梅朗，她也曾这样告诉我。尽管我大致明白她的意思，但直到开始研究这些之前，我对此一无所知。直到2000年，联合国大会通过一项被称为是"帕勒莫协定"的决议，以国际法的形式第一次将贩卖人口的行为定义为"雇佣或窝藏相关人员，使用暴力、胁迫或支付金钱的手段，以达到控制某人（如他们自己的孩子）的目的"。尽管已经有117个国家签署了帕勒莫协定，并以此制定相关法律，认定贩卖人口为严重犯罪行为，从事相关活动的人员也受到相应的惩罚，但这一问题并没有任何缓解的迹象。不论是在越南还是全世界各地，虽然还没有确切数量的统计，但一份由联合国发布的报告显示，"这些数字非常巨大，而且还在呈上扬趋势。"事实上，贩卖人口已经成为利润最丰厚、上升最迅猛的跨国犯罪形式，每年涉案金额达到100亿美元！这种情况的出现，有一部分原因在于随着国际社会打击毒品走私的力度不断加大，原来的毒品贸易网络已经开始转移目标，渐渐成为贩卖人口网络。正如另一份联合国报告中指出的那样：与毒品和军火相比，买卖人口（尤其是儿童买卖）的成本和风险正在不断降低。

孩子们被卖到工厂，或沦为家仆，甚至为他们的主人沿街乞讨。但是在越南，被贩卖的儿童——尤其是女孩——则大多数被迫从事性交易。据估计，已经有近两万不足十八岁的孩子被卖到妓院，而且这一数字还在持续增长。常被人口贩子们用来引诱年轻女孩们上钩的伎俩是承诺她们会在酒吧或商店里得到一份收入不错的工作，但事实上却把她们带到妓院或卖给老鸨。如果女孩拒绝接客，结果常常是一顿毒打、锁在屋子里或是威胁她们的家人。

有时候，为了得到区区几百美元以便生存下来，有些女孩的父母甚至会主动将她们卖给这些人贩子。然后，这笔钱就变成了这些女孩的欠债，她们需要一直工作直至债务偿清。在此期间，她们还得支付妓院为她们准备的衣服和食宿，这样，这笔债永远不会消减。

成千上万的越南孩子被走私到了国外——新加坡、泰国，甚至美国——最普遍的结果是越过边界来到柬埔寨。尽管该国也通过了帕勒莫协定，却已经成了著名的"性旅游胜地"。根据联合国儿童基金会的一份报告，在柬埔寨首都金边的45000名妓女中，有近60%来自越南。一个十六岁以下、长相漂亮的越南处女，妓院老板通常要花上350～450美元。年龄大一点，或是非处女，再或是被认为不够漂亮的，只需要150美元就够了。

每当看到这些事实和数字，我就会想到香香，她很有可能沦落风尘，被迫做那些不忍启齿的事。我也会想到范，想象着他在背包客小巷四处游荡，乞求为美国人擦皮鞋时的情景。这些景象也让我回想起曾经在一本由布鲁斯·威尔金森①所写的《给梦人》一书中读到的情节，那是关于一个男孩孤独死去的故事。"上帝当然不愿让任何一个儿童孤独死去，或是被就此抛弃。他总是赋予一个人某些特别的兴趣和能力，并放在这个世界的某个角落，等到某个时间，在某个地点，不同寻常的事情就会降临在他的身上。但对于那个男孩来说，这只是停留在'应该'而已。"

那些不眠之夜，这些念头一直萦绕在我的脑际。我从前一直以为，只有我自己的孩子才是上天派给我照顾的对象。但这个念头，和其他很多有关自己之所以存在于这个世界的想法一样，都已经发生了转变。我渐渐明白，自己应该承担更大的责任。这种转变究竟是何时开始，我并不清楚，或许与詹特森同处急救室的那个下午，又或许是香香把头放在我的肩膀请求我给她吃个汉堡的那个晚上，再或许是范从一名越南弃儿变成我儿子的那一刻。也许，我早就明白了这个道理，又也许，这个念头一直藏在那些枕头、油漆罐和讲述如何自我解脱的书籍里，这么多年在我心头挥之不去，再也许这就是我一直苦苦追寻的富有意义的人生吧。

一天晚上，当我关掉床边的灯，心里还想着那些在越南见到的孩子

---

① 美国著名基督教传教士、作家，另一部力作书名为《亚布兹的祈祷》。

们，我意识到自己再也无法平复内心的那个声音。不管是不是鬼迷心窍，这就是我当时的心境。是时候了，要么实现我的人生价值，要么回到那些往日的生活，整日在"如果"的假设中度日如年。

不，也许我并不能阻止某些亚洲国家泛滥成灾的儿童走私犯罪活动，但至少我还可以做一件事。

第二天早上，我拿起电话，打给梅朗。

梅朗在图尔萨的家，又宽敞又漂亮，还保留着越南式家居的传统风格，楼下除了厨房餐桌，楼上除了一张床，没有什么其他的家具。按照她在电话上给我的地址，我开着车转悠了好一阵，最后找到了那幢黄色的房子。白色的装饰，精巧的门廊，门前摆着一双我所见过的最小的鞋子，一定就是这里了。

梅朗已经为我们准备好了自家做的越南河粉。吃的时候，她告诉我们，我打电话给她，让她很开心，而且自从我们在那架飞往胡志明市的航班上相遇之后常常想起我。我给她带来了詹特森、克里斯塔和范的照片，她也给我看了她儿子凯利和女儿凯伦的照片，他俩是我见过的长相最漂亮的孩子，现在已经长大了。我们还谈了各自生活的情况，她告诉我，当年最早和爱德华搬来美国时，日子过得非常苦。刚刚到婆婆在马里兰州的家中住下，她就发现自己怀孕了。几个月后，爱德华得到了一个到沙特阿拉伯塔伊夫工作的机会。由于当时梅朗的签证尚在办理之中，所以在丈夫离开的两个月后，她独自生下了他们的第一个孩子。儿子差不多三个月大的时候，他们母子最终得以移居沙特。三年后，凯伦降生了。接着，他们在1984年再次回到美国。这一次，他们在图尔萨定居下来。

一个越南女人，嫁给一个美国丈夫，这对她来说，确实很难。一开始他们住在越南的时候，她说当地人总把她当做妓女，认为她和那些女人一样，不过是把自己出卖给外国士兵，以便在战争期间资助家庭而已。当他们逃回美国，梅朗已经无法联络到自己的家庭和朋友了，直到差不多三年后才得到他们依然还活在人世的音讯。那段时间对她来说非常孤独，哪怕是获得了美国公民的身份，也从来没有觉得自己已经被这个新的国家所接受。

"我从来都不漂亮，也不招人喜欢，从小到大，我都觉得自己像被放逐了一样。"她和我一起坐在淡紫色的地毯上，手里拿着一本贴满家人照片的相册，对我说，"当我还是个孩子的时候，家里很穷，大家都取笑我。然后我来到了美国，别人只把我视为移民，从未觉得过得有多好。"

或许这就是她为什么感到与那些越南街头孩子和妓女在情感上如此认同的部分原因吧，她每年都会回到胡志明市几次，每次也都会施以援助。她和我讲述了几个她在越南认识的孩子的故事。十六岁的凯萨利，来自一个姓马的家族，和她的母亲住在一起。她的父亲抛弃了她们，母亲就靠卖彩票和打零工维持生计。有两次，当母亲在外工作，凯萨利独自在家的时候，一个邻居奸污了她。第二次得手之后，那个家伙把她扔进一个枯涸的水井，盖上井盖，想把她活埋在里面。别的邻居听到了她的叫喊，把她救了上来。另一个五岁的小女孩罗氏玉，是个侏儒，也是由打零工的单身母亲抚养，已经注定终身都要以乞讨过活了。还有一个十二岁的小男孩杰世，他的父亲在一场事故中彻底瘫痪了，母亲逃离了这个家。现在，他和兄弟姐妹们只能在胡志明市街头打工，靠卖香烟和打火机为生。

几周之后，我和兰迪邀请梅朗和爱德华到我们家做客吃饭。我们一边在后院门廊吃着汉堡和色拉，一边和他们说起詹特森的纪念基金，还有我们的决定。再过三个星期，梅朗就将再次回到越南，并在那里待上三个月的时间。我们想把剩下的那笔钱用来帮助像凯萨利和罗氏玉这样的孩子。如果没有梅朗的帮助，我们无法做到，所以我们就问她是否有用好这笔钱的具体想法。

"把这些街头的孩子们集中起来，也不再让其他孩子像他们一样流落街头，"她斩钉截铁地说，"他们之所以混迹街头，大部分原因在于不能读书，也因为很多孩子无处可去。如果说我能做点什么的话，我会帮助他们进入学校，受到教育，让他们知道会有一个安全的居住地，想住多久就多久。"

"如果你想帮助我们，我觉得这就是大家应该做的事情。"我说。

梅朗沉默了半晌，最终和我们一起做出了一个决定。我们将致力于防范、尽可能地不让更多孩子被迫到街头打工。当她到达胡志明市之后，她会租一间足以容纳十五名孩子的公寓，雇佣一位管理员，并把他们送去学校读书。"你肯定会做到这些？"我向她问道。

"需要帮助的孩子很多，"她说，"我肯定能做到。"

当我问到这个计划的花费时，沉默的人变成了我。2500美元一年，竟然可以支付包括十五个孩子的食物、住宿、学费、购置衣服和药品，以及管理员的薪水。我简直不敢相信，默默地想，若是用来购买我曾经沉溺的那些无足轻重的东西，这笔钱轻而易举就会被花个精光。既然这么便宜，我开始想象15000美元，到底能做些什么，甚至当时就想开支票，让梅朗马上带走那笔剩下的钱。但因为不管是梅朗还是我，都不清楚具体的情况会是怎样，因此我想最好还是从十五个孩子开始吧，这样我们既不会犯什么大错，也能以此为基础继续扩大规模。另外，兰迪和我都很确定无疑地相信一点：詹特森基金对于这些孩子的资助，并不会因为他们长到一定年纪，或者学校毕业就会自然中止，只要他们需要，帮助就会继续，哪怕直至终生。

后来的几周时间，我如坐针毡，焦急地等待着梅朗的消息。终于，在她抵达越南之后第三周的一个夜晚，我刚刚费了九牛二虎之力把范哄睡着，电话铃就响了。我知道这一定是她打来的电话，接听时，线路那头传来了有人唱歌的声音，我还想自己是不是听错了。"我们成功啦！"她说，"我们找到了一间公寓，还有孩子们，现在他们就在这个新家里啦！"原来唱歌的就是这些孩子。在一位名叫明的修女帮助下，梅朗找到了这些孩子。明和丈夫根，此前就在胡志明市办了一家街头避难所，常常把那些无家可归、极易受到伤害的孩子们带到自己居住的单间公寓一起住，那里还有他们的三个儿子。他们当中有的被人贩子卖到街头，有的则是沦为孤儿，就算是曾经有家，也大多都是由单身父母抚养，而他们中的很多人也都饱受毒品、酒精和精神疾病困扰，每个家庭都很穷。不过无论怎样，当梅朗表示她希望能让这些孩子与明修女住在一起，并把他们送进学校时，她和丈夫愉快地接受了管理员的这个角色，而那些单亲父母们也感激涕零地接受了这个提议。尽管有些孩子一开始还对是否跟随梅朗心存疑虑，但一走进新家，看到地板上的垫子正在等着他们，一顿大餐从厨房里飘出了诱人的香味，他们内心的恐惧顿时荡然无存。当梅朗告诉他们，谁也不用再去街头打工，更不用乞讨食物和钱财的时候，孩子们爆发出一阵热烈的欢呼声。在几天的时间里，这十五个孩子组成了一个全新的家庭，明修女随时随地都为他们尽可能地奉献着自己的爱心。梅朗告诉我，最好的消息是，第二天早上，他们都开始了第一天在校园里的学习生活。

听着梅朗讲述着关于孩子们的故事，我感到十分兴奋。但是在随后的几天时间里，在我的喜悦背后，也开始感到越来越沉重的担心，甚至还有些害怕。如今我们的计划已经成为了现实，我反而不知道接下来该做什么了。让我们面对现实吧，当初这只是一个想法，一个我从来都不相信会付诸实施的想法。如果我足够乐观的话，也许我应该想到詹特森的这笔钱并非源源不断，取之不竭。用基金里剩下的那部分钱，我们只能保证为那十五位孩子提供五年的资助，而这是远远不够的。那么现在该怎么办？

我想，现在我需要想尽一切办法筹款了。兰迪和我决定，将把他的一部分薪水捐出来，贡献给詹特森基金，这样的话，如果我们把那笔钱花光了，也不愁没有资金来源。尽管如此，我仍然在想应该做得更多。我越是了解越南社会问题的现状，以及这些孩子们所要面临的巨大危险，越是希望把这一切告诉更多的人。有时候在教堂里，演说嘉宾会讨论一些社区以外的重大事件，传教士们也会介绍一些他们所到国家的情况。我想，也许我也可以采用类似的办法。如果我能做到的话，如果大家能够听到像凯萨利和罗氏玉这些如今和明修女一起生活的孩子们的故事，如果他们能理解范成功逃离的命运，那么也许他们也会挺身而出，施以援手。但这个念头的唯一问题在于我根本就不喜欢这么做，因为我这辈子还从来没有在一大群人面前进行演讲，就算是头脑里想象一下，也足以让我因为怯场把事情搞砸。

这就是为什么我不该把这个想法告诉我的朋友佩妮的原因。

与其说佩妮是朋友，还不如说她胜似姐妹。十八年前，我们俩在美容学校相遇，有时候一起拼车上学。但是一直到詹特森死前，我们都称不上是朋友。事发几个月后的一天，她来到我家的大门台阶前，给我带了个小礼物。那是一本小小的祈祷书，上面题写着詹特森的名字。我们好多年都没说过话了，但她的这个举动却是如此贴心。几周后我打了个电话给她，从那以后，她成了我最亲密的朋友之一，也是我所知道的最热心、最有趣、也最和蔼可亲的人。有的时候，比如当谈到一些我本该知道自己应该做却不愿做的事情的时候，她却让我有点"咬牙切齿"。

在向佩妮提到自己准备和大家介绍一下我们在越南的计划时，她自告奋勇地成了我的宣传员。因为我很难拒绝她的美意，所以做演讲的邀请也就接踵而至了。我收到的第一份邀请是在一个午餐会之前，向一群从事志愿者工作的妇女演讲。兰迪同意在家照顾范，而我穿上了最好的裙子，和佩妮一起出发了。从头至尾，我都非常紧张，不断克服着想要掉转车头回家的冲动。我们做了一个幻灯片演示，里面有凯萨利和罗氏玉的照片，其他孩子的照片也有。当时并不是PowerPoint的时代，我只得找人借了一台古老破旧的幻灯投影机。在这次午餐会上，佩妮坐在后面播放幻灯，每次她按动电钮，机器就发出一声沉闷的噪音，就像某人点了把火一样，每个屋子里的人都要从自己的座位上跳起来。这小女孩是红，自从被一个六十岁的老头强暴之后，多年来一直无家可归，"嘎啦——嘎啦——嘎啦"。这是黎阮旺，由于不堪父亲的长期虐打，自己逃至街头流浪。如果没有我们的资助，谁知道在他身上还会发生什么？"嘎啦——嘎啦——嘎啦"。

演讲完毕，我非常惊奇地发现，屋子里所有人都在流泪，而这却让佩妮乐不可支。"效果很好！"当我走到后面与她会合时，她小声对我说，"在这里，没有一个人不哭，他们马上就会掏空自己的钱包。"她是对的，到了午餐会尾声，女主持人拿出一个篮子，在每个人手中传递，并鼓励每个人尽可能地慷慨解囊。我和佩妮抓住彼此的手，我们居然得到了第一笔捐赠！我们看到，那些女人把支票和现金纷纷投入篮中，等回到主持人手中的时候，她看上去满意极了。"这笔钱将会用来资助不久后即将举行的圣诞节家庭巡游活动，"她说，"诸位女士，谢谢你们的慷慨，也谢谢你们，佩妮和帕姆，你们的演讲发人深省。"我看到，佩妮拉长了脸，这笔钱原来不是捐给我们的。手足无措之下，我们苦笑着，开始收拾东西。正准备出门，一位女士拦住了我。

"帕姆，"她说，"我有个问题要问你。"

"没问题。"我说，随时做好接受其捐赠支票、现金或其他一切有用之物的准备。

"我听说你曾经是个非常棒的装修专家，"说着，她递给我一张名片，"我打算重新装饰一下我的厨房，也想知道你是否能够帮忙，我愿意付钱。"

此后几次演讲的经历都大同小异。我们还是赶去不同的午餐会，向不同的志愿者团体做演讲，伴随着投影仪的"嘎啦——嘎啦"声重复着讲述那些故事，但结果依旧两手空空。要说到我做的最佳演讲，对象则是一群职业男性。直到这时，我已经将演示中的大多数差错修改完了，也能更好地调整好自己的紧张情绪。到了演讲尾声，我很满意自己的表现。那个组织的会长站起身来，热情洋溢地向我表示谢意。接着他转而对这群人说："好了，我们得言归正传了。我们来到这里的目的是要讨论大温泉公园的卫生间，那里太恶心了，大家怨声载道。我们应该怎样筹集资金，解决这个问题？"

"卫生间？"开车回家的路上，佩妮一直笑个不停，"简直是拿我开玩笑。以他们的财力，只消一半人就能买下整个越南，而我们连一个子儿都没捞到！"她一边说着，一边擦去我的泪水，"该死的卫生间！"

过了一段时间，我不知道自己是否还能再做一次这样的演讲。我感觉自己就像是午餐时给大家逗闷的工具，让我所说的故事填满一小时的空虚而已。难道我们只是天真地以为那些人会关心半个地球以外孤儿的命运？我所擅长的不过是让大家感到不舒服，在演讲时查看手机，或者去洗手间方便。我知道自己与大家分享的信息会让人感到不舒服，甚至有些压抑。但是没错，这就是我希望达到的效果。

我们随后也尝试了几家教会，情况没有丝毫好转。我们得到的捐赠，往往都是大家不再需要的废品，比如旧鞋子和冬天穿的外套（在越南根本用不上）。我已经记不清接到了多少个电话，要我们去领取捐赠品，结果只是一个垃圾袋，里面装满麦当劳"快乐儿童餐"的玩具罢了。大家似乎都很愿意捐出不再需要的东西，但放弃自己不需要的东西又怎能算得上"给予"呢？

我们采取了另一个策略，我开始给一些兰迪和我都认识，而且地位更加显赫的商人打电话，询问是否可以上门会面。尽管很多人非常客气地给予我陈述的时间，但是我依然未能让他们明白为什么应该伸出援手，去帮助半个地球之外地方的一个孩子。相反，我总是一遍又一遍地听到同一个问题：为什么是越南？为什么不是尼欧肖、牛顿县，或是美国的什么地方？帕姆，我们自己的国家也有很多需要解决的难题。其实我早就预计到他们会有这样的疑问，也明白为什么大家都会自然而然地问到这些，但这对我来说没有任何意义，我无须回答，因为孩子就是孩子，无论他身在何方。正是因为上帝的垂青，我们才能住在一个拥有社会福利制度和施舍救济站的国家。因为当我迈进那所孤儿院的那一刻起，一种强烈的精神冲击就从未停止。因为这就是上天赋予我的职责。梅朗经常给我打电话问是否还有别的办法帮助更多生活困难的孩子，每一次我都无言以对。"当然有办法，但他们必须是美国人。"

我不再向其他人解释为什么要这么做，只是竭力提醒自己这些孩子确实与我们相距遥远，他们的故事听起来也并非那么引人入胜。事实上，我看到大家向我投来的眼神，与当初詹特森死后，我想和别人谈起此事时一模一样。这些事一想起来就让人烦心，还是尽快远离我，转而讨论一下那些生活中实实在在的问题比较容易一点，比如公园里的卫生间，比如晚餐，还有大房子和好车。我们很容易就会形成思维定势，世界就是这样——我们是天生优越的美国人，那些孩子属于贫穷的第三世界，这不是我们的问题。"但是，这已经成了我的问题，"当我握着另外一个人的手，感谢他抽出时间听我唠叨，"你可以对我说不，但这并不意味着我会停止这样的行动。"

我这么说，并不意味着我已经身心俱疲，只是内心的那个声音告诉我，不要停止。多少个夜晚，我回到家里，和兰迪一起坐在房子后面的门廊，和他谈起我筹款的成果。"我是不是在浪费时间？"我问他，"也许我应该放弃这个想法了。"

"不，"兰迪说，"记住，哪怕只是讲故事，都是有好处的，这绝不仅仅是钱的问题，把重点放在这些孩子身上，什么事都会发生的。"

就好像我每次感到灰心丧气的时候，都会有鼓舞人心的事情发生。有一次，我接到一位当地小学老师打来的电话。她的学生筹集了150美元，大部分都是零钱和皱巴巴的小额纸币，希望捐助给我们在越南的援助计划。还有一次，一个朋友来看我，为那些孩子们带来了整包整包漂亮的玩具和学习用品，用五颜六色的绳子扎得整整齐齐。另外，她还带来了一张支票。

几个月后，当佩妮和我刚刚结束一次演讲，带着一个仅装着10美元的信封和装满破玩具和旧鞋子的垃圾袋，开车回家的时候，我不断让自己回忆起那些充满爱心的善举。一种挫败感让我很疲倦，我紧紧抓住方向盘，指关节都变得煞白。一盏汽车前灯闪到了我那枚结婚戒指的钻石上，我看了它一眼。我非常喜欢这枚婚戒，十七年前，当兰迪向我求婚时，送上了一枚我梦寐以求的戒指：单颗钻石，马眼型切割，很漂亮。我若是摘下它，唯一的原因就是要交给一个珠宝商朋友斯蒂芬清洗。而每次交给他时，他都会对这颗钻石完美的切工和透明度赞不绝口。

但是那天晚上，当我看着那枚戒指，心里有了种异样的感觉，好像自己就是个不折不扣的伪君子。我在这里因为其他人不愿施舍而恼火，鄙视着他们的吝啬，但是我自己又怎么样呢？我到底牺牲了什么？是的，也许我已经改变了自己的思维方式，但是我是不是也做了点什么，改变了我的生活方式？和詹特森死前相比，我是不是换了一个人？也许是时候该放弃一些我曾经珍视的东西了。

第二天，我去了斯蒂芬的珠宝店，从此再也没有见到过那枚钻石。我不记得是不是卖到了1500美元，但这是我到那时为止筹到的最大一笔款子了，而且我感到物超所值。有了这笔钱，几乎就能支付那十五个孩子一年的费用。后来，我问兰迪是否介意我卖了那颗钻石，他笑着说："除了它，我再也想不出更好的办法来表达我们之间的爱情了。"

如今回过头想想，我知道自从做出卖掉戒指的这个决定之后，一切都发生了变化，因为从那时起，我将开始认真对待我的工作，也重新审视自己的人生。我把那笔钱存进了詹特森剩余基金的那个账户，当天晚上，我和兰迪决定把我们所从事的这项事业命名为：点亮生命。时机再好不过了，因为第二天，我接到来自梅朗的电话。

"好，"她说，"我想我们都知道自己在做什么。这个临时住所运行得很不错，孩子们都很开心，每个人在学校里的表现也很好。帕姆，我们成功了！"

"太棒了。"我说，一种释然的感觉从头到脚贯遍了我的全身。

"那么接下来，我们该怎么做？"梅朗问道。

我低头看了看戴在手指上光秃秃的金戒指，"很简单，"我说，"我们再找十五个孩子吧。"

CHAPTER 06
金边·给艾滋病家庭一个家

亲爱的詹特森:

有时候,当我看到克里斯塔和范一起大笑的样子,我自己都觉得有些喘不过气来了。你爸爸和我都很惊奇地发现,每次范做什么事情,都会让我们如此想你。你们俩性格很相似,证明了他确实是我们得到的一份特殊礼物。他也会非常爱你的。

圣诞快乐!

爱你的妈妈
2000年圣诞

2001年2月的一天,佩妮打来电话,问是否可以和她的丈夫一起过来吃饭。他们非常喜欢范,而且那天晚上,他俩告诉我们,虽然已经生了两个儿子,但现在也做好领养孩子的打算了。佩妮说:"我们只知道,自己还可以向更多的孩子奉献爱心。当我想到领养一个无家可归的孩子时,问题并不在于我们是否应该这么做,而是,为什么不这么做呢?"

在把范领回家之前,我常常想,我们从此就将多了一个亚裔宝宝,家庭里也多了一种象牙白的肤色,不知道周围的人会做何反应,我们是不是从此就要面对别人讥讽的眼神。不过我也不失时机地让更多人得以知道了他的来历。范回家几个月后,当地的报纸撰写了一篇有关我们的故事,不久之后,我家的电话几乎被数不清的电话打爆,来电的人都想了解我们到底是怎样做到这一切的。

就在那个时候，卡罗尔和马尔文已经开始将柬埔寨当zuo 2孤儿收养行动的下一个目的地了。当卡罗尔听说佩妮正在考虑领养孩子，就问佩妮是否有兴趣成为新计划中第一个吃螃蟹的家庭。对此，佩妮显得很兴奋。不到两周之后，她收到一张梅莉亚的照片，她当时还不到一岁。

梅莉亚的柬埔寨名字叫容杜，但出生短短几天之后，她就被人装进一个盒子，遗弃在磅士卑一家医院的地上。被发现后，她的名字变成了拉慈，在柬埔寨语中，这个单词的意思是"弃儿"。尽管对于一位母亲来说，把这样的新生儿就这样抛弃，理应是恶毒心肠的表现，但对于处于赤贫状态下的人们来说，这又常常被视为英雄般的举动，因为她的母亲希望，这个孩子能被人发现，找到一个好归宿。不久后，一位妇女走过，看到了这个盒子，并把梅莉亚带回了家。虽然照顾了她几天，却没有能力就这样一直抚养她。所以她就把这个孩子带到村长那里寻求帮助，而村长决定把梅莉亚送到卡罗尔当时刚刚开办的孤儿院。

第一眼看到梅莉亚的照片，佩妮就爱上了她。我们一起花了好几个小时，仔细检查着领养文件的各个条款。三个月后，她接到领养申请已经通过的电话，可以到金边带走她的女儿了。佩妮兴奋得一塌糊涂，同时也感到很紧张，一天晚上她打电话告诉我一个想法。"我从来都没做过这样的事，"她说，"我想你应该和我一起去，因为你能帮我完成领养程序，带好梅莉亚，我们一定会很开心。"

我迫不及待地想要前往柬埔寨，因为我知道很多越南女孩都被卖到那里，从事着越来越猖獗的性交易行业，我非常好奇地想亲眼看看那里的实际情况。心里涌动着再次踏上探险之旅的强烈冲动，但我却在去与不去之间摇摆不定，而且第一次离开范出远门的问题也让我感到有些害怕，就好像这样把孩子抛在一边，自己就会变成一个不称职的母亲一样。但我难道不是早就下了决心，要做一个好母亲，就得告诉孩子们，这个世界远比我们的家庭大得多？我不断追问自己：对于范来说，到底怎样才是最有价值的解决办法——在那里待上两周时间，做一些让兰迪和克里斯塔（如今已经十六岁了）高兴的事，或是有朝一日给他看看我在柬埔寨拍摄的照片，并且把我在那里的经历向他一一历数？是的，我又当了一回妈妈，但这并不意味着我要就此停止追寻自己生命的平衡点。我的脑子里一直在想，当我和兄弟姐妹们还是小孩子的时候，这样的旅行母亲连想都没想过。毕竟，母亲们一般可不会这样干。但事实是，如果我妈妈当年做过这些事，我一定会很开心。几周后，我又登上了一架飞往亚洲的飞机。

尽管柬埔寨和越南是邻国，但却是两个完全不同的国家。我们一下飞机，就走出机场打车。我感觉这是一座与众不同的城市，难以名状，混乱而又缺乏法度。坐着车驶入市中心，经过规模宏大、装饰华丽的国防部大楼，一辆辆皮卡车驶过，车后面挤满了只露着一双眼睛，头上脸上都罩着柬埔寨传统的红白格子长布围巾的人，那曾经一度是红色高棉①成员的标志。对我来说，哪怕看到这些人的双膝下靠着几挺机关枪，也不会让我感到吃惊。

一天下午，我雇了一个司机，带我到附近一个叫西瓦帕克的地方。这里距离金边市区大约十五分钟车程，灰尘漫天的道路两边林立的是烟雾缭绕的开放式咖啡馆和昏暗肮脏的啤酒吧。在锈迹斑斑、摇摇欲坠的棚户房前，一群群的年轻女孩坐在折叠椅上互相刷着指甲油，或是在烛光下打扑克，又或是目光空洞地盯着街道。这里是金边主要的红灯区，坐在这儿的很多女孩都是妓女，而且大多来自越南。我摇下车窗，呼吸着闷热难耐、弥漫着柴油味道的空气，看着一个六十多岁的白种人，从一辆载着他的摩的上下来，走到一间窝棚前。一个差不多只有十二岁的小男孩马上凑了过来，"咏咏还是嘣嘣？"小男孩问道。我知道他的意思，咏咏指的是口交，只需要几美元，嘣嘣则是指性交。

尽管我看到的大多数女孩看上去均在十六至二十岁之间，但我也知道

---

① 1950年成立时为印度支那共产党的分支，名为柬埔寨共产党，1970年后改名为柬埔寨民主党，后成为柬埔寨执政党。1998年投降政府。在他们统治下发生了针对本国同胞的大屠杀，他们不择手段，包括诉诸暴力、有组织地消灭一部分人口。

在窝棚里，还有更年轻的女孩，甚至还有孩子，在等待着嫖客们的光临。据估计，柬埔寨三分之一的妓女是雏妓。一个男人，如果想找六岁或者十二岁的雏妓，只需要像刚才那个白种人做的那样：花一美元雇一辆摩的到这里，在窝棚里昏暗的光线下，他可以把女孩们（最小只有五岁）一起叫出来排好队，撩起她们的裙子和上衣，看看她们的身材如何，然后带着一个选中的进入后面的一个房间。那里比一口棺材大不了多少，除了一张木板床，什么也没有。在一个小时里，他可以随意玩弄这个女孩，如果肯多付钱的话，时间还可以延长。

当然，他必须先付钱。十几岁的雏妓只需要30美元，要是想找年龄更小的，就得加价，因为她们患艾滋病的概率也会相应更小。要是处女的话，则需要付300美元。

在西瓦帕克，这些卖淫活动几乎不受限制。到了晚上，我和佩妮会在湄公河畔我们所住酒店附近的露天酒吧吃饭。周围大多数的桌子旁，坐着很多单身男人，呷着冰茶或吴哥牌啤酒。成群结队的女孩走过，脸上浓妆艳抹，穿着紧身牛仔裤和低腰上衣，在街道的灯光下显得尤其妩媚动人。有一天晚上，我看到一群男人在这些女孩中搜索着，仔仔细细地把她们打量个遍，直到挑中了一个满意的女孩。其中一个年龄较大、身材超重的西方男人，穿着一条牛仔短裤和一件从泰国带来的旅游T恤，挑了一个有着一对棕色大眼睛，头上戴着一个红色发卡的年轻女孩。他把她引到自己的桌子前，这时刚才在其他女孩当中凸显的那份虚假的自信和勇气顿时荡然无存，不停地和朋友们偷偷交换着眼神。他抬起胳膊，命令她喝酒，她的唇间挤出一丝呆板的笑容，但一点儿也不真实，也根本无法掩盖眼神中的恐惧。那双眼睛，和我们在杜斯兰集中营看到那些照片上囚犯的眼睛，几乎没有太大区别。

女招待在她面前放下一瓶啤酒，这个男人弯下腰，吻了吻这个女孩的脖子。

"留下你们毫无益处，毁灭你们也毫无损失。"

这样的一幕幕就在我们眼前的桌子旁、甚至这条街上的每个咖啡馆都在上演着，而我们周围，其他的食客们根本没有在意。角落里，我看到那些穿着短裙的年轻女孩们从一辆小货车里走出来，在一片卡拉OK的霓虹灯下走到人行道上。在这些歌厅里，她们会找到属于自己的座位，等待着某个男人给她们买一杯酒，然后跟着他搭上出租车去他的酒店房间。就在我们隔壁，一个招牌上写着提供5美元按摩服务。看上去还是大学生模样的美国或澳洲男孩子，脸上的青春痘还未褪去，脚上穿着夹趾拖鞋，朝着窗户里面偷望着，看到一些他们感兴趣的东西，用胳膊肘开玩笑似的彼此推搡着。

我想到了西瓦帕克，那些窝棚里面的房间，女孩子们坐在后面，目光呆滞地看着街道，似乎和当年关押在杜斯兰集中营里的囚犯没有什么差别。同样狭窄的生存空间，同样污秽不堪的地板，掩藏着多少触目惊心的世间秘密。正当坐在邻桌的欧洲游客高声大笑，又点了一轮酒水，一对美国夫妇则安安静静地翻阅着一本旅行指南的时候，我想知道，到底需要怎样的措施才能让人们更加关注这里的现状。三十年后，这里会不会有哪家妓院能成为一座博物馆？能不能把女孩们接客的房间完整地保存下来，长着棕色眼睛、头上戴着红色发卡的女孩们的照片能够挂在墙上，还有一本留言本，游客们可以表达厌恶悲凉之情，并让全世界的人们都知晓这里曾经发生的一切，却没有人来阻止的事实？

就在接下来的几天里，佩妮忙着为梅莉亚操办护照和体检事宜，而我则在金边的大街小巷四处闲逛。坐上一辆塔克塔克三轮摩托车①，直奔中央市场，那里上街买菜的人群川流不息，还有不少游客正在购买8美元一双的山寨勃肯鞋②。我穿过人流，看到很多孩子在市场里游荡，高举着双

① tuk tuk，东南亚国家街头随处可见，相当于出租车，可载客运货，最早出现在泰国，因其发动机发出的噪音而得名。
② 产自德国的一个著名凉鞋品牌，以贴合穿着者脚型的软木和橡胶鞋底设计而著名，并风靡全球。

手，乞讨钱财。怀里抱着婴儿的女人们偷偷摸摸地跟在你旁边，一遇到西方人，就把孩子往他们身上推，好像他们就是潜在的金矿。

有时候，佩妮和我也会带着梅莉亚沿着河边散步，一直走到湄公河与洞里萨湖交汇的地方。我们还会推着她到柬埔寨王宫和金银阁寺转悠转悠，后者是柬埔寨国王的皇家寺庙。到了晚上，很多家庭聚集在王宫外，从街角小贩那里买来鸵鸟蛋和对虾汤吃吃喝喝。梅莉亚有着柬埔寨人中少有的暗色皮肤，不管是坐在推车里，还是用儿童背带绑在佩妮的背上，都会很乖地一声不吭。不管我们走到那里，都引来了众人的无数目光。有时候，也会有当地妇女停下来，粗鲁地拨弄着她的胳膊和脸蛋。她们会说："柬埔寨人！"言辞语气中不乏对她肤色的嘲笑与讥讽。

有一天，佩妮在参加完美国领馆的一次面谈之后，回来告诉我说，当时在等候室里，还有一个美国男子，准备领养一个柬埔寨女孩。当他们都在等候的时候，他告诉她，在访问柬埔寨期间，曾遇到一个加拿大籍妇女名叫玛丽·恩斯。她的丈夫诺曼1991年死于心脏病，九年后，已经六十岁的玛丽搬到金边，因为这里曾是她和诺曼结婚、多年定居、抚养孩子以及从事传教事业的地方。现在，她一个人住在城里一间不大的公寓里，以志愿者的身份在治疗艾滋病的医院里义务劳动。

"听起来，这个女人很了不起，"佩妮对我说，"我们见见她吧，顺便也向她取取经。"

我们给玛丽打了个电话，第二天晚上，她就来到了我们的酒店房间。当我们正准备哄梅莉亚睡觉的时候，她坐在套间的起居室里，我们一起说笑，就像是多年的老朋友一样熟稔。她为什么会一个人在国外独居？这一点让我很好奇。"诺曼死后，我就知道这里将是我的归宿。但是当我告诉孩子们自己打算一个人移居柬埔寨的时候，每个人都说我疯了，"她这样告诉我们，"因为我已经六十岁了，还是个寡妇，所以我应该待在家里，什么也不做，我想大家都是这么觉得的吧。有一段时间，我被他们说服了。但是有一天，我正在购买圣诞节礼物，突然听到商场广播里放起了比尔·乔尔的《我的生活》这首歌。我知道说起来有些好笑，但歌词让我停下了脚步。几天后，我买了张飞往柬埔寨的机票，打那以后就一直住在了这里。"

第二天，佩妮、梅莉亚和我跳上一辆塔克塔克，直奔玛丽担当志愿者的艾滋病治疗医院。在这个地区，对于那些患上艾滋病的患者来说，这里是少数几个可以去的地方。一间间硕大的病房里，病床摆得满满当当，当我们在病房间穿行时，我看到连一张空置的床位都没有。每一个病人玛丽都认识，每走几步，她就会在某个病人面前停留一下，握着他们的手介绍我们。他们都是如此瘦弱不堪，看到只有十一个月大的梅莉亚，很多病人都笑了，伸出手摸了摸她的小脚。他们会说："幸运的宝贝，要去美国啦！"

我们在这所医院里待了几天。这里的人们需要的东西其实并不多：一顶蚊帐、豆奶、新鲜水果和一条面包就能够改变他们的生活，但现实情况是这些物资总是处于短缺状态。我们在那里也遇到了很多小孩，整日整夜地陪伴在病床前，上面躺着一位垂死的父母，而另一位则在市场打工，或是沿街乞讨。那几个早上，我们会在杂货店停留一下，花20美元买下几袋面包带到医院。当我们把面包递给这里的孩子，他们的脸笑开了花，仿佛这就是他们梦寐以求的绝佳礼物。

在柬埔寨逗留的最后一个晚上，我和佩妮带着玛丽一起在我们酒店附近的一家咖啡馆吃饭。就是在这里，她告诉我们，尽管自己非常喜爱在医院里的工作，但她还有更加庞大的计划。这家医院必不可少，但事实上，它只不过是艾滋病患者暂时栖身并且静候死亡的地方。多年来，她一直梦想着能在这座城市以外的地方开办一家康复中心。在那里，艾滋病人可以舒舒服服地跟家人住在一座座小屋之中，同时还能接受医学治疗。如果一位父母最终还是因病去世，他/她的孩子也可以永远地在这里生活。她已经找到了适合购买的土地，为首期十六个家庭制订了入住计划，但由于15000美元的资金短口，目前难以继续推进。"我就是想这样做，因为我看到在金边街头，大量儿童都流落街头，他们的父母都死于艾滋病，未来的命运，着实让人心碎。"

就在那时，我们邻近的一张餐桌旁，一个差不多只有十五岁的柬埔寨女孩，走到一位独自吃饭的男人面前。他站起身来，抱了抱她，然后她就这样坐在了这张餐桌旁。

"这就是我所担心的事，"玛丽说，鄙夷的神情笼罩着她的整个面庞，"大批像她这样的女孩子都觉得，除了卖淫，别无其他出路。而像他这样的男人们又助长了这种风气，他们就是带着不可告人的目的来到这里。对他来说，花300美元和一个处女上床根本算不了什么。而对她来说，这就是整个家庭一年收入的三倍。这些女孩忍受着的不仅仅是简单的剥削，而是野蛮的兽行。"

回到家之后，佩妮和我一直忍不住想着玛丽。当范和梅莉亚在草地上跑来跑去，玩着彼此的玩具，我们坐在草坪上的凉椅上喝着"健怡胡椒博士"，彼此谈论着我俩多么希望能帮助她实现梦想中的康复中心计划。

"其实距离梦想成真，她已经非常接近了，"佩妮对我说，"但是我们怎样才能凑足最后的15000美元呢？"那天晚上，我仔细清点了"点亮生命"基金账户里的余额。梅朗之前多次打电话告诉我她遇到了一个成绩很好，却上不起大学的学生，还有另一个苦苦支撑整个家庭的孩子，我们也在不断地寄钱帮助他们摆脱困境。账户里只剩下了11500美元，还缺3500。

我知道掌管"点亮生命"这笔基金，如果不想让自己因为担心资金短缺而彻底发疯的话，一定要保证账户里有一定余额。把钱一股脑儿全部花光的风险太大了。如果不能给那三十个越南孩子继续提供资助，那就意味着他们将别无他法，只能重返街头。但是每次看到账户余额，我总是忍不住要想，玛丽已经非常接近于实现建立康复中心的梦想了，如果我留着这笔钱按兵不动的话，那岂不是太可笑了嘛？我想了几个晚上，兰迪也和我讨论了此事，决定把"点亮生命"基金中的剩余部分捐给玛丽，同时再想想其他办法寻找资金来源，继续支持我们在越南的事业，哪怕是用我们自己的钱去填补空缺。然而做出这个决定，则意味着我们必须在生活中做出一些改变，我们也决心从此之后，将一直坚持"全现金预算"的原则。在那之前，我几乎每一笔花费都是用信用卡结算：给自己和孩子买衣服、外出吃饭、看电影、买汽油、购买学习用品。这么做，大部分原因是希望能用信用卡累计的积分冲抵下一次飞往越南的航班里程，而且我们每个月都会及时还款。但问题在于，我从来就不清楚到底刷了多少钱。每次买点东西，我就掏出维萨卡，签上名字，再也不去想它。我实在是太……没有脑子了。当我最终拿起信用卡账单，看到欠款的数字，不由得心想：这么多钱，我到底花在什么地方了啊？目标购物中心花了80美元，书店花了30……

这个时候，兰迪的薪水很丰厚，我们没有考虑怎样节省出可以拿来资助孤儿的钱，却总是想着怎么样花钱花得舒服。我们了解了一下一般美国家庭的日常支出，决定每个月月初，都从银行里取出一笔定量的钱，当作家用。如果这笔钱用完了，就得熬到下个月月初。换句话说，我再也不用信用卡了。

一开始，这绝对是一次很大的调整，因为我们新的月度家庭预算，相比之前，缩水得太多了。但我也知道要想把我们的钱用到刀刃上，就必须改变自己的生活标准。即使"点亮生命"基金再也得不到一笔捐款，我们也完全能够承受资助那些孩子的费用。既然我们已经做出了承诺，就得负责到底。

我并不是说，我们从此就得以汤面和清水度日。有时候，我们还是会出去吃饭，看看电影，孩子们也常常会有新衣服和新鞋子。但最大的转变在于，我们已经意识到了生活中最重要的部分到底是什么。从前，我和很多人一样，总是觉得物质享受就是多多益善。但是在尝试简单的生活方式之后，我渐渐相信，这并不是生活的真谛。更多的享受意味着更多的烦恼，什么都得照看好。所以这成了最让我感到轻松的决定。量入为出原来可以带来这么多自由的空间。每次不得不花钱的时候，我都会算计一下，看看渐渐瘪下去的钱包，而不是在信用卡签购单上写下自己的名字。这样我反而有了一种从容不迫的感觉。

最后，我们省吃俭用终于凑足了剩下的3500美元。当我打电话把这个消息告诉玛丽时，电话另一头沉默了好几分钟。最后，她含着眼泪说："我简直无法形容，你们的善良之举，对于这些家庭来说意味着什么。"

当然，实行"全现金预算"家庭财政制度还算不上我和兰迪在那个时候做出的最重要决定。当范回家与我们住在一起之后，又过了几个月，我们就知道家里还需要另外一个孩子——不仅因为有了他，我们多了很多欢乐，还在于我们还可以奉献更多关爱，而且范也需要一个和他同龄的兄弟姐妹与其一同成长。同时，卡罗尔和马尔文也在考虑领养另一个名叫香香的小女孩，她也来自范当初住过的那个孤儿院。卡罗尔把香香的照片拿给我看时，我觉得这就是我见过的最甜美、最漂亮的小姑娘。她那时只有两岁，母亲的名字叫兰，一个男朋友让她怀了孕，也让她的家庭以此为耻，并把她扫地出门。兰的哥哥常常殴打她，用拳头一次次地击打她的肚子，希望这样能让她流产。但她却坚持了下来，不过香香早产两个月。现在两岁了，渐渐开始有脑中风的迹象，走路的时候跛得很厉害，上半身也曾有肌无力的症状出现。卡罗尔和马尔文当时的家里已经有七个孩子了，他们最后还是觉得，如果再增加这样一个需要常常看病的孩子，恐怕不堪重负。当卡罗尔在电话里告诉我这一切时，香香却在我的脑子里挥之不去，忍不住拿出卡罗尔刚刚寄给我的照片看个不停。照片上香香站在一个阳台上，痴痴地看着孤儿院的庭院。看上去，她很害怕，也很孤单，就好像等待着家人的到来，抚慰她受伤的心灵。

一天，兰迪走进厨房，我正站在那里，呆呆地望着她的照片。"还在等什么呢？"他说，"赶紧去把那个女孩接回来吧。"

2001年10月，我们迎来了家里的又一位新成员：塔图姆·戴安娜·柯普。

在启程前往越南迎接塔图姆之前，我担心了很长时间，因为要抚养两个初学走路的孩子，那肯定是一件十分辛苦的事。但是一把她接回家，这些顾虑就荡然无存了——完全是因为我根本没有空闲去考虑这么复杂的事情。相反，大部分时间都用来和他们玩游戏，清理散落的食物，帮着范亲切地熟悉这个陌生人。

要说一开始范对她有所迟疑的话，那就如同说泰格·伍兹几乎没有什么运动天赋。他已经完全适应了兰迪、克里斯塔，还有我对他的宠爱。他或许在想："这个小女孩到底是谁？我为什么要和她一起分享我的玩具，还有家人的关爱？"我觉得他可能一直都会讨厌她的存在，但是有一天，当他意识到塔图姆的身体有一些残疾的时候，一切都变了。每周都有那么几次，我们让她躺在起居室的毯子上，照着理疗师的样子，给她做一套身体训练，旨在加强其左半边身体的肌肉力量。范会坐在一旁，看着我们。有一天，他问我们为什么要做这些。

我告诉他："她需要一些额外的帮助。"当天晚些时候，范没有像往常那样对她不理不睬，我注意到他跟着塔图姆一起走进后院。几分钟后，他把她推上了滑梯，又推着她荡起了秋千。

与此同时，塔图姆也在学习上推动着范的进步。从我把她接出孤儿院的那一刻起，我就知道她是个渴望学习的孩子。她的越南语说得很流利，所以我担心教她说英语时会不会有困难。但是就在我们登上航班，返回家中的这段时间里，她一直在向空乘人员还有其他乘客，用英语表达着自己多么兴奋地期待着见到自己的哥哥、姐姐和爸爸。不过，她还是有很重的越南口音，尤其是当说我们所在的州时更是如此。有人问她，我们住在哪里的时候，她就看着他们说："我们家住在'痛苦'里（英语Misery和密苏里Missouri发音相近）。"

不久后，范和塔图姆就自然而然地成了我们家非常重要的一员，我总是看到他们动不动就地躺在沙发上看卡通片时四条腿缠在一起的样子，要不就是央求着克里斯塔带他们去麦当劳。彼此陪伴，让他们如此开心。

有一次，范做了一个有关鲨鱼的噩梦后，塔图姆主动问他是否可以和自己睡在一起。从那以后，他俩再也没有单独睡过。为了不让哥哥因为需要一个女孩子的保护而觉得丢脸，每天晚上，塔图姆都会对范说同样一句话："嗨，范，今晚你想和我一起睡吗？"

"哦，好的，"他耸耸肩说，"我想我应该没问题。"

看着他俩在一起的样子，我明白，他们和我们，天生就是一家人。

CHAPTER 07
岘港·解救彭双杜

亲爱的詹特森：

　　我不知道会不会丢掉放在卫生间抽屉里的阿莱格拉（一种抗组胺药）投药瓶，那曾是属于你的东西。我每天都会看到它，也提醒着我你曾有过的过敏症，还有你曾在这个世界上留下过自己的足迹。时间已经过去四年了：时光飞逝，范和塔图姆的到来，渐渐治愈着我们每个人的伤口。我非常想念你。

爱你的妈妈

2003年3月

　　詹特森和克里斯塔年纪还小的时候，我从来没有想到过，为了照顾他们，我居然能够承受一周四十个小时的工作量。但是当范和塔图姆回家之后，我根本就不会想到，自己操持"点亮生命"，竟然一刻也停不下来。尽管充满挑战，但事实上，这份工作却比我想象中要容易得多，也许原因在于我能充分享受它带给我的乐趣吧。白白蹉跎这么多年的岁月，因为我觉得自己绝对做不了这些，或者无法确定从哪里开始，又或者不知怎的，我已经说服了自己，只有身处异境，有着高学历的人才能掀起大风大浪。尽管有这么多的"假如"……但我所需要的只是敢于尝试的勇气而已。

　　慢慢地，我们在筹款方面的运气越来越好——很多我根本不指望的人给我们送来了最慷慨的捐赠，比如单身母亲，比如一位我知道没有多少闲钱的邻居，甚至彻头彻尾的陌生人。这给了我极大的鼓励，不仅因为他们让我为自己所从事的高尚事业备感自信，而且我也思忖着如何扩大救助范围。不过在那个时候，这个计划却陷入了停滞不前的状态。梅朗和我已经决定，一年之后考虑租赁一座更大的公寓，收养更多的孩子，因为当务之急是确保能照顾好目前已有的三十个孩子，满足他们的日常所需。另外，我们还遇到了一些问题。在建立第一个孤儿收容所的几个月后，警察找上门来。他们相信明修女确实是在收养这些孩子并把他们送去读书。但得知来自外部的捐助（比如外国人）是这里唯一的资金来源时，他们也想分一杯羹。明修女解释说并没有额外的现金，而且如果出钱贿赂他们，就意味着这些孩子无法继续上学了。听完这些，警察就走了。不过几天后，他们又回来了，这一次带来了更多警官。他们把明修女和丈夫隔离开来讯问，又把孩子们禁闭在卧室里，试图找出他们供词中的破绽。明修女知道如果就此妥协，这样的威胁只会接踵而至，这帮警察们还会前来骚扰，继续敲诈，而且很有可能要价更高。过了几天，明修女和丈夫收拾好孩子们的物品，带着他们搬到另一间公寓。但没过多久，警察又找上门来。在收容所开始运营的前六个月里，孩子们被迫辗转，搬了四次家。

在胡志明市，若是被越共政府追捕，我早就被吓得魂不附体了，但是当时仍然身处胡志明市的梅朗，却用其特有的沉着应付着眼前发生的一切，根本不为所动。我曾经无数次为那一天我们的邂逅而感谢上苍，这一次也不例外。在飞机上坐在我旁边的一个完完全全的陌生人，如今已经成了孤儿救助事业的绝佳执行人。她拒绝为自己收取哪怕一分钱的薪水，而且还经常自己支付往返越南的路费，一年到头至少有四个月待在那里。一旦抵达，所有的费用都由她自掏腰包，来源都是爱德华的收入，以及他退休后的养老金。就算是一美元，她也能掰成八瓣用，我从来都没有见过像她这样善于精打细算的人。事实上，对于节俭，她有时候甚至达到了痴狂的程度。有一次打电话，我问她，孩子们是否缺了点什么。"需不需要食物，还有上学的衣服？"

　　"他们都有了，"梅朗说，"没人饿肚子，每个孩子都有一套校服，而且都已经学会了晚上怎么把它们洗干净。"

　　"只有一套吗，"我问道，"校服多少钱？"

　　"差不多两美元吧。"

　　"梅朗！"我说，"你能不能不要这么抠门？给他们再买一套吧。"

　　这样的经历也让我更多地了解了自己，还有运营像"点亮生命"这样的计划需要付出怎样的努力。在有些方面，它似乎成了我从未体验过的大学教育：在书本中汲取知识，做项目演示，写一封新闻简讯给亲友发邮件。我一边从这一路上所取得的小小成绩总结经验，一边更多的则是从犯下的错误中吸取教训。第一条就是：留心那些海地牧师，他们拿了2000美元，都说不清做了些什么。

　　2003年春天，我和朋友卡利·凯尔索陪着卡罗尔一起来到海地，她准备去那里考察几个孤儿院，作为孤儿领养的潜在来源。海地是一个非常有趣的旅游胜地，对于女人来说尤其如此。当我们降落在太子港，"迎接"我们的是身穿迷彩服、端着机关枪的士兵。与卡罗尔有合作关系的一位孤儿院院长在机场和我们见了面，我们一登上他的面包车，他的神情就变得非常严肃，警告我们绝对不允许天黑之后独自外出。他告诉我们，在日落之前把所有要做的事情办完，然后就留在酒店房间里，反锁房门。他一点儿也不像是在开玩笑，我甚至觉得他有可能从座位底下为每个人掏出一把半自动步枪。他说，你们知道，"就是以防万一"。

　　我们的酒店活脱脱就像个监狱：四周都有门，门上拉着有倒钩的电线和玻璃瓶碎片。大多数的房子都有四面围墙，大门紧锁。整个国家都给人以枯燥压抑的感觉，与充满活力的越南和柬埔寨相比，这里的所有东西，还有所有人，似乎都处在半梦半醒的状态。

　　如果不是去孤儿院，其他的时间我们就按照那个院长的指示，乖乖地待在酒店，但这实在太无聊了。我们需要安全，但也想体验更多当地的文化。一天早上，卡利、卡罗尔和我决定乘出租车在酒店和市场之间打个来回，而这次又给我上了另外一课：在上出租车前先要谈好价钱。当那个司机把车停在酒店前，居然要价300美元，这差不多是我们飞往海地的机票价钱了，而他只不过把我们从十分钟车程外的市场拉回来而已。我们和他理论，但他却一直用克里奥尔语①对着我们狂叫。最后，在酒店一位服务生的帮助下，我们把车费还到了50美元，但还是一个不可思议的数字。有一天晚上，一位名叫艾蒂安的先生邀请我们一起吃饭，他是卡罗尔在太子港一家教堂里做公共工作时认识的朋友。他身材很高很瘦，四十多岁，志愿在当地一所教堂担当牧师。他告诉我们，自己一直以来都希望能建立一个孤儿院。在那里，他可以让孩子们得到家庭般的温暖。为此，哪怕只领取微薄的薪水也不在乎。他的目标就是寻找希望领养孩子却负担不起跨国领养所需高昂费用的家庭。

当他正在说这番话的时候，我知道自己非常希望对他施以援手。我总是不断接到电话，很多人都告诉我希望能领养一个孩子，想知道我到底是怎样做的。但是当我讲解了领养程序之后，同样的问题总是接踵而至：要花多少钱？

算起来，收养范和塔图姆，每个人都要花掉我们两万美元，其中包括文件材料费、领养费以及往返越南接他们回家的路费。后来，我们收到一份约一万美元的税收抵免单，大约跨越了三年时间，但我们不可能提前拿到这笔钱。当我告诉他们这一情况时，总是能第一时间感受到对方语气的变化。"哦，"他们会说，"对我们来说，那可真是一大笔钱啊。"

每次遇到这种情况都让我很恼火。那么多家庭极力想领养孩子，他们愿意抚养爱护一个没有亲人的孤儿，他们从来都不知道让他成为家庭一员意味着什么，可是单单就是因为没有足够的钱，就让这么善良的愿望就此落空吗？

也许这就是原因吧。从美国飞往海地并不远，也比去越南或柬埔寨便

---

① 海地官方语言的一种。

宜得多，而且那里也同样有许多孤儿需要找到合适的家庭。我们见过的很多孤儿得不到需要的关怀，我们参观的很多孤儿院，也正成为疥疮和其他疾病的滋生地。艾蒂安似乎就成了我们与孤儿之间最适合的纽带，换句话说，他就是我在海地的梅朗。但是帮助他建立起自己的孤儿院是个浩大的工程，我回家后，兰迪建议，这个计划与其匆匆上马，还不如首先就彼此之间的关系做个试验：帮他建一个食品救济站。我从来没有想过类似的点子。我当时的反应是："你的意思是，我不应该把我们账户里剩下的钱统统寄给一个只是在海地有过一面之缘的人？"当我打电话给艾蒂安和他讨论这个食品救济站的想法时，他颇感兴趣，还说每月给他500美元，就能在这个社区里养活很多家庭，让他们从此站起来。我们同意暂时给予他四个月的支持，第二天就从"点亮生命"的账户里给他汇去了2000美元。

一个月后，他给我打来电话，"我需要更多的钱。"他说。

"为什么？"我问道。

"我已经用完了。"

"用在什么地方了。"我问道，很有些吃惊。

"救济穷人啊，"他轻描淡写地回答说，"我们之前不是商量好的吗？"

"艾蒂安，"我说，"那是要用四个月的啊。"他解释说，要救济的人实在太多了，要把预算控制在固定的限额里非常困难。我表示理解，也对他所面临的困境表示了同情，毕竟我曾经在那里住过，看到了穷人们的需求，也知道他需要用手里的钱满足他们。兰迪决定，亲自前往海地查看一下真实情况。我们有种强烈的感觉，那就是需要在海地展开工作，不能草率地结束这次援助行动。和艾蒂安一起，兰迪实地考察了当地的几个孤儿院，并在周围逛了逛。我们最后的结论是，尽管我们相当喜欢艾蒂安的为人，但我们并不确定是否还能和他继续合作了。对我来说，这是个非常艰难的决定，但同时也是个教训。我的直觉告诉我不能再这样下去了，这一点我必须相信。

第三个经验是，绝不要和两个以上的人一起旅行。很多我认识的人都告诉我，看到我家屋子里到处都挂着那些孤儿的照片，他们也想亲眼见见他们，所以2003年秋天，我决定组织一个旅行团。不管怎样，如果有更多的人能身临其境地看到真实的情况，他们伸出援手的机会也就更大。佩妮也答应一同前往，与我一道投入了此次组团旅行的工作。孩子们在学校上学，我们则把下午的时间用在了研究如何预定酒店、租车、雇司机以及安排参观收容所、孤儿院及艾滋病治疗医院这些问题上。最后，在感恩节到来前的几周，我带上了其他十一位乘客一同登机，开始了为期十天的亚洲之旅。

旅行刚过了两天，我就觉得自己的脑袋要爆炸了。之前，我深信自己已经取得了很大进步，不再像从前那样处处为了别人开心而忙碌了。但我错了。在那里，我非但没有为"点亮生命"展开必要的工作，反倒是整日忙于让每个人都玩得开心：酒店是不是舒适、餐馆是不是满意、介不介意酒店房间里出现蜥蜴？我知道自己之所以这么做，正是希望每个人都能像我一样爱上这个国家以及这里的文化，但是还有另外一层很简单的原因，那就是我不想让任何一个人对此行感到失望。

我们刚到柬埔寨的一天，我租了一辆巴士去参观玛丽的收容所。在路上，车里的温度突然升高。有人指着地板上冒出的黑烟大叫起来。黑烟渐渐变成了火苗，我们纷纷把行李扔出窗外。因为着火，已经不可能从前门逃生，所以我们都跑向泰勒。她是与我们同行的一个小女孩，我们急急忙忙地把她从旁边的窗户里推了出去。等到她安全逃出，我们才手忙脚乱地自救。当我看着朋友们从狭小的窗户里狼狈不堪地钻出去，手臂和大腿都留下了撞击和摩擦的伤痕，我心里只想着一句话：伙计们，欢迎来到柬埔寨！

几天之后，我们又包了另外一辆巴士，越过了越南的边界。此时正是梅雨季节，一路上很多地方都被洪水淹没，巴士不得不时常放慢速度。在一个乡村地界，周围都是稻田，我们的车从路上滑进了一个如同沼泽地般的水沟里。与我们同行的梅朗，号召大家都拿出一张一美元的纸币，把手伸出窗外挥舞。我们都照办了。没过多久，一群男人和男孩冲着我们的车跑进了稻田。他们收了钱，然后使出浑身解数把巴士向前推。"好吧，"当巴士最终被推出了水沟之后，我对佩妮说："也许我这辈子就没有当导游的命。"

情况一直没有得到好转，而我最终还是坚持了下来，因为我期待着一个时刻的到来：每个人都能走进各自的房间睡觉，而我也能偷偷溜出去，和佩妮一起喝上一瓶虎牌啤酒。

但这并不意味着此行纯粹就是浪费时间。事实上，这是一次非常重要的旅行，因为在此期间，我遇到了彼得·斯通。若是你总是担心自己会不会将生活里的一切当做理所当然，那么就和他一起待上一分钟吧。他生于1966年的越战期间，从小就患有小儿麻痹症。身体残疾或许就是父母将他遗弃街头的原因吧，毕竟得了这种病，真是生不如死。但最后他还是被发现了，并被送到了城外的桑科塔·玛丽亚孤儿院。1964年这里刚刚建立的时候，只有少数几个孩子。三年后，彼得来到这里的时候，这里已经住着八百个孩子了，其中很多都是因为战争沦为了孤儿。在这里，食物总是处于短缺状态，其他生活条件也很恶劣，不少孩子都病死在这里。有时候遇上资金严重不足的情况，孤儿院院长不得不变卖自己的财产，用来购买孩子们的食品。

在孤儿院里，彼得尝试着尽可能地享受生活。因为小儿麻痹症，他的下半身已经瘫痪了，所以长期以来，他已经学会了用双手行走，而他也得到了其他孩子以及工作人员的一致喜爱。他和其他身患残疾的孩子们自发组成了一个小家庭，每到下午的时候就用橡皮筋捉壁虎玩，还用废品和石块发明各种各样的游戏。但生活毕竟是艰苦的，彼得眼睁睁地看到很多朋友就这样死去，不是因为疾病就是营养不良。多少个早晨，他和其他孩子旁观着工作人员给又一个孩子的尸首盖上布，然后抬走。"每当看到这些，"彼得告诉我，"我就在想，谁是下一个呢？"

　　1975年，就在美军撤离越南之后的两年，美国总统杰拉德·福特宣布实施一项由美国出资、被称之为"抢救婴儿"的营救行动。一家特殊的外国援助儿童基金捐款200万美元，计划将约七万名越南孤儿运送到美国、加拿大、欧洲和澳大利亚。当年四月，私人和军用飞机开始为"抢救婴儿"行动做筹备工作，彼得所在的孤儿院院长也被告知，立即召集二百个孩子，成为首批输送至美国的对象。由于残疾儿童在越南境内受到家庭领养的可能性微乎其微，所以院长决定优先考虑他们。彼得当时只有八岁，也是被选中的孩子之一。然而，当巴士开来准备接他们登上飞机时，彼得正在医务室接受治疗，并最终错过了乘坐这班巴士的机会。当孤儿院工作人员意识到这一点时，他们带着彼得直奔机场。车停了下来，看到已经载满了三百多名孩子和陪同大人的飞机，已经开始起飞了。他们来得太晚了！

　　但是这或许是彼得一生中最幸运的一天。在距离胡志明市四十英里以外的地方，当时正处于23000英尺高空的飞机，突然在后舱门处发生了爆炸。驾机的美军飞行员竭力掉转方向准备返回胡志明市，却不得不在距机场两英里外的稻田里紧急迫降。飞机在滑行跳跃了一段距离之后撞上一段堤防，随即解体成数段。机上一半的孩子死亡，很多活下来的也身受重伤。

　　彼得后来终于赶上了另一架货机，这一次飞往澳大利亚。在那里，他被一对名叫布莱恩·斯通和凯瑟琳·彼得的夫妇收养。他们之前已经有了三个孩子。在斯通家里，彼得找到了充满爱心的归宿，但是他从来都不觉得自己有什么特别。当斯通夫妇最小的儿子菲利普意外死于一次急性哮喘之后，彼得也立即开始饱受抑郁之苦。高中时，他曾离家出走，涉嫌从事毒品交易，随后自己也染上了毒瘾。这样的生活持续到他二十一岁的时候，直到有一天他决心用自己的双手把握未来。他不打算工作养活自己，也没有自杀一了百了，而是戒掉了毒瘾，回到家中，上了大学，彻底改变了自己的人生轨迹。几年后，彼得回到了越南，原本只是打算做一次短暂旅行，最终却让他留在了出生的祖国，全身心地致力于帮助那些在赤贫状态下生活的穷苦孩子。

开办一家孤儿收容所是他多年的梦想，所以在和他会面之后我决定用"点亮生命"基金帮助他梦想成真。在我们的资助下，他办起了他的第一家收容所，并把它取名为"仁爱小屋"。这一计划开始的规模并不大，而且只收容身患残疾的孩子。这一点很合我的心意，因为我的侄女梅甘，也是患有一些先天残疾。所以我想这个项目也是对她的一份纪念。随后，彼得就开始为这个收容所召集孩子，把他们带回"仁爱小屋"。

结束此行返回国内后，大概过了七个月，我收到了彼得的一封邮件，告诉我他在当地报纸上读到了一篇关于一个小女孩的故事。她的名字叫彭双杜，虽然父母都各自拥有家庭，却偷偷相爱。不久后，彭双杜的妈妈就发现自己怀孕了。他们都很清楚双方的家庭不可能允许这样的孽缘，这对年轻男女在女儿出生后做出一个决定：宁可死在一起，也不愿分开活着。一天，他们紧紧地抱着刚刚十五个月的彭双杜，把自己绑在自制的炸药上，用火柴点燃了引信。他俩当场死亡，但彭双杜却奇迹般的活了下来，尽管双膝以下的小腿都被炸没了。这件事发生在文章刊登前的几周，而彭双杜也住进了岘港的一家医院。

彼得就是这种人，每次看到这样的故事，就再也难以合上手中的报纸，变得茶饭不思。他决定，要马上见到这个女孩。他或许比任何人都能更加深切地懂得，作为一个身处越南的残疾儿童，她的未来已经被蒙上一层挥之不去的阴影。几天后，他登上一辆巴士，坐了八个小时的车来到了岘港的那家医院。那时候，彭双杜正受到严重的感染，等待着腿部手术。彼得在医院里逗留了好几天，和她玩游戏，陪伴着成了她的监护人的外祖母。在他发给我的照片里，这个年老的妇女看上去骨瘦嶙峋，她告诉彼得，自己不可能肩负起养育这个小女孩的责任。从她的脸上看，这位老妇人的肩膀上已经饱受生活的压力，根本无法承担更多了。

我久久地凝视着她的照片，在医院里，她身上绑着绷带，非常瘦弱，看上去非常痛苦。彼得担心她得不到应得的医疗救助，而且因为感染，死亡的概率非常大。即便勉强活下来，唯一的生存希望也就是终身乞讨了。尽管彼得一开始考虑把她带回"仁爱小屋"，但他也知道，自己资源有限，实在帮不了她。

如今，我真的很难说清当时我内心的变化。我只能说，我的心里有个声音，越来越清晰，或者说，我越来越无法否认它的存在，它开始呐喊，而且无法停止——"你应该帮帮那个小女孩！"我承认，我试着压制它的爆发。所有脑海中悬着的自我怀疑都在拼命挣扎着，已经为斗争做好了准备。对于这个身处地球另一个角落，未曾谋面的孩子，我能为她做点什么呢？

卡罗尔给我出了个主意：为彭双杜申请医疗签证，把她带到美国。这是一种特别签证，专门发放给那些无法在本国得到足够的医疗救治，从而到美国寻求解决办法的外国人。我不知道申请这样的签证，需要经过怎样的程序，所以我致电美国领馆问个究竟。在尝试数次之后，我终于找到了一个名叫艾米的美国女人。她非常热情地解释了必须经过的步骤，只有完成这些步骤美国领馆才可能考虑为彭双杜发放医疗签证。我需要来自医生的支持，他们愿意承担彭双杜赴美就医所需的费用，同时要有一家医院也同意让这些医生接收像她这样的病例；另外，她需要一个美国家庭为她申请护照并支付她此次赴美就医之行的全部费用。

条件如此苛刻，我都有些后悔打了这个电话。我心里隐隐有些觉得，唯一能做的事就是写一封信，或是填写一大堆表格，或是花钱去买张机票。这些都是我力所能及的事，但做到这些就够了吗？

之后得到的回复彻底击碎了我的希望。那时候，克里斯塔已经十七岁了，刚刚开始和扎克·奥斯丁谈恋爱。扎克也住在尼欧肖，但在另外一所高中就读，只要他俩有空，要么就在厨房餐桌上学习，要么就在周五晚上带着范和塔图姆去吃冰激凌。扎克的妈妈吉姆是当地弗里曼医院的护士。

当克里斯塔将彭双杜的故事告诉扎克，他回家后也把这件事告诉了母亲。吉姆立刻给我打了电话，并将梅尔文·卡格斯医生的电话转告给我。卡格斯医生是她认识的一位康复治疗专家，吉姆建议我和他聊聊。

在听完彭双杜的遭遇后，卡格斯不假思索地同意担当她的赞助医生。此外，他还将他的朋友矫正整形医生弗兰克·伊克尔德介绍给我，他提出在彭双杜手术后给她安上义肢。还有住在堪萨斯城的甘耐什·加普塔，他是一位外科及儿童整形科医生，当初曾为塔图姆治疗过脑瘫，这一次他也在文件上签名表示愿意帮忙。同样伸出援手的还有我的朋友斯蒂芬妮·斯图尔特，她是一名经验丰富的护士，以及镇上的牙科医生本杰明·罗森伯格，他表示将会为彭双杜修补在那次爆炸中震裂了的牙齿。事实上，每个听到彭双杜故事的人，无不主动要求尽其所能提供帮助。我们甚至还收到了一张5000美元的支票，用来帮助彭双杜，这笔钱来自邻居吉姆和卡罗尔迈尔斯夫妇，那是当时我们得到的金额最大的一笔捐款了。

几周后，当我打电话把这些好消息告诉彼得时，他惊呆了。但他解释说，真正的挑战还在前头。彭双杜至今还没有取得居住证明文件，为她申请赴美就医的护照非常棘手，这样的话，哪怕美国领事馆批准了她的签证申请，也同样无济于事。他还必须得到彭双杜祖母的允许，将她的监护权转交给我和兰迪。

几天后，卡罗尔和马尔文建议我打电话给雷先生，一个与他们有过合作，方便其领养计划的越南人。他二十多岁，住在藩朗，是个相当健谈的年轻人。"告诉他，这是个不可能完成的任务，"卡罗尔说，"我敢打赌他能轻松搞定这件事，这家伙是个万能胶。"第一次和雷先生谈话，我就喜欢上了他。"你好，帕姆小姐，"他对着电话大喊道，"这事包在我身上，没有问题，绝对没问题！我来想办法，你们只需要来越南，我们就会把彭双杜交给你们。"

"好啊，"我说，"我希望你没有骗我，因为我正打算来越南，把彭双杜接走。""是是是，"他咯咯地笑了几声，"有任何问题，随时给雷

128

先生打电话。"

"你会怎么做？"我问他。他再次咯咯地笑了起来。"别担心，柯普夫人，别担心，这事要花点钱，但我们会搞定一切。"

就在那一天，我在"点亮生命"基金的财务记录上设立了另一个条目——疏通关系资金。

雷先生说到做到，他不遗余力地帮助彭双杜完成了所有的文件填写和提交工作，而且随叫随到。多少个夜晚，我熬夜打电话给美国驻越南领事馆的艾米，希望能在她早晨上班的第一时间找到她。她极其热心地帮我沿着每一步流程走下去。没有他们俩，我根本不可能成功。就在我与雷先生初次对话的几周后，一切准备工作均已就绪：我们通过教堂认识的一对夫妻同意在彭双杜接受治疗期间收留她，所有的医生也在随时待命，彭双杜的外祖母也签署了协议，将其监护权转交给了我。

这一次越南之旅的时间定在了2004年10月底，我将与彭双杜见面，并与她一同前往美国驻胡志明市领馆进行面谈，并希望一切顺利将她带回美国。我确实有不少很棒的女性朋友，谢莉·谢泼德就是其中之一，当她听说我要再次启程前往越南，把那个无腿的宝宝彭双杜接回来的时候，她说一定要与我同行。尽管家里已经有了六个孩子，但她对于我的旅行总是很感兴趣，也希望自己能有一次这样的亲身经历。能与她同行，我非常高兴。

根据雷先生为我们制订的计划，我和谢莉首先需要抵达越南中部的岘港，在那里与一位司机会合。他会带着我们前往彭双杜和其祖父母一同居住的偏远的丛林村庄。这段路很不好走。雷先生警告过我们，大部分路程都需要乘坐摩托车，因为道路狭小崎岖，车辆无法通行。就在出发前一周，我正站在梳妆台前，考虑在丛林里坐摩托车应该穿着什么衣服时，兰迪跑进卧室对我说："难道你不觉得整件事情有点儿奇怪吗？"

"你的意思是？"

"瞧，你和谢莉准备前往这个越南偏远山区接那个无腿的孩子，但陪着你们的却是个二十岁左右，素未谋面的家伙，而且你不知道是否能信任他。"

"不是这样，"我说，"雷先生没有问题，他没有问题。而且，他至少已经二十二岁了。"

"好吧，如果你肯定的话。"他说。

现在，在我讲述此时此刻这个主意有多棒时，我必须得把"麻烦"讲清楚。之所以这么说，是因为我的婚姻进入了这样的时期，诸如此类的争执已经变成了一场有些残酷却非常短命的"战争"。詹特森去世已经过去五年了，我已经能较好地驾驭我内心的悲痛。这并不是说我不再感到伤心，事实上，往往刚刚因为自己取得的些许成绩感到有些沾沾自喜，第二天醒来却再次发现自己又像往常一样陷入了悲伤与绝望之中。但总体来说，我的心情已经进入了一个相对更加平稳的状态。尽管我非常想念詹特森，但是成为范和塔图姆的母亲，对那些孩子施以援手，还有其他很多事，都让我找到了自己的新生，重新焕发出了新的希望和能量。但同时，也有一些其他事情发生了变化：我发现兰迪不再站在我身边坚定不移地支持我了。曾几何时，我们毫无保留地分享着彼此的情感，源源不断地相互给予安慰，但如今他却渐渐变得疏远，而且沉默寡言。不工作的时候，他就待在车库里，或者整天整天地骑自行车，或者在根本不需要除草的时候给草坪除草。

我并没有及时发现他最终还是为我们儿子的去世而陷入无尽的哀痛之中。自从五年前，当医生告诉我们詹特森已经死亡的那一刻起，为了不让这个家颓然崩塌，兰迪就一直刻意超负荷承载着自己内心的情感。没有他，我不知道怎样才能撑到现在。

也许正是因为我的情绪已经大有好转，他才渐渐转移了视线，在内心深处寻找自己的慰藉。他再也不需要像前几年那样一直照看着我了。当最终为这种责任感画上句号，他才意识到自己已经精疲力竭了。现在，是到了他该放手的时候了。

我知道自己本该充分理解他的心境，但我却没有做到，至少一开始确实如此。因为家里有两个刚刚蹒跚学步的孩子，我需要他的帮助，但他却显得如此心不在焉，这一点让我很苦恼。问题在于，我并不是质疑他给予这两位家庭新成员的父爱，事实上他把大量的时间都花在了这两个孩子身上——带着范去看棒球赛，陪着塔图姆在公园里长时间散步，但他与我在一起的时间越来越少，而我的第一反应就是恼火。每天晚上，在我给范和塔图姆洗好澡，或者早上为他们上学做好准备时，我总是向他投去一道失望的目光。"别忘了，"我这样提醒他，"再次领养孩子也是你的主意。"几周前，我还一度威胁要离开他——我当时打算带着孩子搬到他父母位于佛罗里达的公寓去住，直到他回心转意为止。我之所以没能这么做，唯一的阻碍在于当时，这所公寓里还住着其他人。

回想起来，我们的婚姻走到这步田地，并不让人感到意外。如果说有什么让我感到意外的话，那就是这一刻没有来得更早。丧子之痛在我们的婚姻之中造成了一道深深的裂痕，有时候你会觉得根本无法填补。即便这道裂痕曾经看上去已经渐渐合拢，但你依然很难相信它将就此消失。相反，忧伤、绝望，还有改变世事的无休止的渴望，依然还在不断扩大着这道裂痕。

但是那一天，当我站在那里，准备着即将启程前往越南的行李，而他则要留在家里照料一切时，我终于意识到自己有多么愚蠢。那些日子，我几乎连起床都很困难，住院的那些夜晚，我敢肯定他的脑海中一定会想，与其过这样的日子，还不如在爱达荷州的农场里养两条狗，整日看看卫星电视来得更加轻松。但他并没有这样做，当我需要的时候，他给予我勇气，而现在该轮到我带他远离伤心之地，远离他自己的世界。

我也知道，如果不费一番心思，根本不可能说服他和我一起前往越南把彭双杜接回来，因为他有100万个理由留在家里。所以那天当我第一次把这个想法告诉他时，他果然将这些托辞一一列举出来：工作走不开、范和塔图姆需要照顾、回国后光倒时差就要耗去两周的时间等等。随后几天里，我试图寻找尽量合理的理由继续劝他："暂时放下工作，休息一段时间对你会有好处的；如果我们俩一道去领事馆面谈，会得到更多的尊重；要找到她住的小山村不是件容易的事，而你的方向感很好……"

每当我举出一条他应该跟我一起走的理由，他就能相应地给出六条不去的理由。我知道自己必须动足脑筋、使出浑身解数才能说动这个家伙。后来，我终于想到一个点子。我总是创意不断，来源并不是上帝的"那个声音"，而是喜剧演员杰夫·福克斯沃西！詹特森当时很喜欢他。几天后当我坐在地板上，帮塔图姆进行身体训练疗法的时候，我想到了他曾经说过的一句话：要对付男人一点也不难。如果你想让他做点什么，就给他一瓶冰啤酒，让他们看到裸体女人就行了。

当天晚上，范和塔图姆都已经睡着了，我穿上一件睡袍，看上去确实有些性感，然后提起一组六瓶装西艾拉·内华达牌啤酒，找到了兰迪……

第二天早上，他出人意料地大谈特谈这次旅行的事。我做了点鸡蛋，给他倒上咖啡，告诉他如果能陪我一同前往越南，对我来说意义非凡，我非常希望我们能以夫妻的身份一同踏上这段旅程。

"我很想你。"我一边说着，一边伸手越过餐桌，握住了他的一只手。我想起有一次在购物中心停车场，我坐在副驾驶的位置上，他曾经对我说过的话："我非常非常爱你，就在这里，就在现在，我请求你相信我，你必须相信这件事不会出问题，你会慢慢好起来，绝不会在一生中剩下的时间里整日与悲伤为伴。我们一定会成功的，你和我能够去越南山区，解救那个需要我们帮助的小女孩，我相信你。"

"我知道你在做什么，帕姆。"他说。

"闭嘴，我还没说完呢，"我说，"但是你必须做出决定，是不是选择相信自己。这是你必须考虑的问题。"

几个小时之后，他也开始打点前往越南的行装了。

下半周的时候，我们把范和塔图姆放在我父母家照料，接着我们四个

（谢莉的丈夫罗伯也决定与我们同往）就启程去找彭双杜了。我们首先飞到新加坡，在那里逗留了十三个小时之后，转机前往胡志明市。

第二天，尽管我们都感到精疲力竭，但仍然很兴奋。清晨五点，我们离开经济型小旅馆，搭上了前往岘港的飞机。着陆后，彼得安排陪同我们的两个人——双先生和瓦先生——正在那里等着我们。还有一位年轻女性，经他俩介绍，才知道她是翻译。

"你好，"我对她说，伸出一只手，"很高兴你能帮助我们，因为很不幸，我大概只知道三个越南语单词。"她望着我，一脸迷惑，就好像听不懂英语似的。"我不会说越南语。"我又说了一遍，提高了嗓门，也放慢了速度。她看着双先生，像是在寻求帮助，接着又扭头看了看瓦先生，但他俩都摇了摇头。她只好耸耸肩，转头走向那辆面包车。

很明显，双先生、瓦先生和那个翻译都不会说英语。我们四个在一片嘈杂刺耳的喇叭声中坐车走了四个小时。司机开得很快，从摩托车和骑自行车的路人身边迂回穿行。孩子们放学回家了，在马路旁奔跑着。当我们的面包车飞快地驶过他们身边，几乎就要擦着他们飞舞的手臂。这时，谢莉轻轻尖叫了一声。

"我看都不敢看。"她一边说着，一边把头埋进罗伯的怀里。

铺好的路渐渐走到了尽头，然后车先是开上了一条碎石路，接着则是从一片厚厚的灌木丛中开辟出来的一条狭窄而又崎岖的灰土路。我知道，当我们抵达彭双杜所在的乡村时，有人能现场帮忙翻译，是件非常重要的事，所以我一直不断地和那个翻译说话，看看我是否可以将英语从她的记忆当中唤醒。

"那么，你有孩子吗？"我问道。

"有。"她说。

"有几个？"

"没有。"她回答道。

几分钟后，我再次拍了拍她的肩膀。

"不，我的意思是你有几个孩子？"

"是的。"她说，然后就扭头看着窗外。兰迪笑个不停。"继续问，帕姆，"他说，"问问她最喜欢的颜色，看看她是不是对什么过敏。"

汽车一路前进，一路都能越来越清晰地感觉到，这次行动的策划安排有多么细致周到。我们时不时就在一座座小山村停留片刻，时而有个男人跳上面包车，递给我们一叠文书，时而又有另一个人拿着彭双杜的居住证明，等候在街角。最后，司机终于把车靠着马路停下，旁边是一群男子，坐在几辆熄火的摩托车上。我们每个人都跳上一辆摩托车的后座，开始向那座陡峭的山峰缓慢而又艰难地前进着。周围的风景美不胜收，空气中充满雾气，弥漫着丛林的味道。当我们渐渐靠近山顶的时候，道路的坡度渐缓，越南中部壮观的景色尽收眼底，还有那广阔而又美丽的稻田。乱石密布的路面也变成了一条狭长的草地小道。在我们体重的作用下，摩托车轧在树棍和碎石上，发出噼噼啪啪的声响。我不时回头偷眼瞥了瞥兰迪，希望他不要怀疑我究竟会把他带到什么地方，但是我每一次看他，他都笑得前仰后合。

大约三十分钟之后，我们来到了彭双杜居住的村庄。这里除了十几座房子，其他什么都没有。房子都是茅草屋顶，用较大的木棍和树枝固定。摩托车在一间最小的房子前停了下来，彭双杜的外祖父正在屋前等候着我们。他没有穿上衣，身子相当瘦弱，他的妻子则站在门廊上。当他看到我们，马上冲进屋子，过了几分钟再次出来的时候则换上了一件五颜六色的干净衣裳。接着他从一个帆布大口袋里抓了一把稻谷，用力地撒在了水泥门廊上，然后又用一把用树枝绑在尾端做成的扫帚把那些稻谷扫进了草丛。我疑心这是当地的某种风俗，然后看了看兰迪。我肯定，他和我一样，有着相同的疑问。

"你应该让翻译给我们解释一下这么做的原因。"他傻乎乎地笑着对我说。

我们走近那所房子时，村里的其他居民也渐渐在我们身边聚拢起来。

他们从房子后面的丛林里走了过来，男男女女，各个年龄层次都有，还有不少小孩。我看到一个小姑娘朝我们走来，看上去大概七岁，怀里抱着另一个没有腿的小女孩，而她就是我们要找的彭双杜。她很娇小，很漂亮，抱着一个用芦苇编成的玩具小马。我和谢莉向那个小姑娘迎了过去，谢莉伸出双手要抱她，彭双杜一声都没吭，乖乖地待在谢莉的手臂里，还伸手摆弄起她的金发来。

有些村民搬来了一张桌子和几把塑料椅子，在他们屋子前的灰土地上摆好。彭双杜的外祖父示意我们坐下，一个男人走过来（谢天谢地，他说的是英语），表明自己的身份是政府官员，请我们出示护照。他翻阅着我们已经签署的文件，就像她的外祖父母一样，把这个孩子的监护权转交给我们。彭双杜的外祖母不住地和我们每个人一一拥抱，对我们给予她必要的帮助表示感谢。接着，她拉着我的胳膊，把我领进她的房子。装饰简单的前屋，地上铺着白色的瓷砖，屋顶也是茅草搭的，但打扫得一尘不染，这里是她的女儿，也就是彭双杜妈妈的神龛。她的照片挂在墙上，地板上点着很多蜡烛，旁边则摆着一盘糕点和一包香烟。

回到屋外，眼前的景象则是一片混乱。至少有二十多人聚在这里，很多人都在和那个政府官员说话，所以根本搞不清到底发生了什么，也不知道谁说了算。最后，当我们签完文件，检查完护照，好像就可以走了。当双先生走过来，我们就更加肯定是时候该离开了。他跺着一只脚，在空气中挥舞着双臂，简单明了地说："结束了。"

我看着兰迪，对他努了努嘴，"我们赶紧带上这个孩子离开这里。"

来的时候，我们带了一个婴儿背包，可以背上彭双杜，坐着摩托车回到山脚下面包车正在等候的地方。兰迪接过背包，把它系在胸前。他试着用各种办法把带子绑好，但是横竖都不对。我也过来帮他，是不是应该倒转过来？谢莉也来了，把背包掉了个方向，然后又转了过来，同样也是无济于事。我们原本以为孩子应该抱在胸前，但也许应该背在后背上呢？"罗伯，"谢莉大叫道，"你知道该怎么弄这玩意儿吗？"

正当我们因为搞不定一只婴儿背包心急如焚时，却没有注意到刚才围坐在桌子旁的村民们已经默默地站起来了，死死地盯着我们。与此同时，我们也抬起头来，没有人敢说一句话。但他们脸上的表情却是清清楚楚地告诉我们：这些家伙连一个用皮革和塑料做成的背包都不会用，如何指望他们能治好这个小女孩的双腿？我们朝他们微笑，希望能让他们安心，最终兰迪把彭双杜紧紧地抱在胸前，然后我们跳上摩托车后座，开始了下山的长途之旅。

到了一片开阔地，我的司机放慢了车速，兰迪的摩托车停在了我的身边。我看着他，就好像时间陷入了停滞状态。丛林里的空气，崎岖的山路，还有怀里的孩子——我感到非常幸运，因为在这样的危急关头，我竟然还会想：哪怕为了这一刻，一切都值了。从兰迪的面部表情，我敢说，他也和我有着同样的想法。我们彼此伸出手臂，但两辆摩托车之间的距离太远了，双手无法碰到一起。"我们成功了，帕姆！"他的声音迎着风传了过来，"我简直不敢相信，我们成功了！"

我并不确定，他所说的成功，指的到底是什么——是说我们终于找到了彭双杜，可以开始对她的救助？还是我们最终携手完成了这项任务？——但是这并不重要。

我说："我早就知道我们会成功的。"

和我们在一起的头两天，彭双杜似乎一直在忧伤和害怕之间摇摆不定。但是到了第三天，我敢打赌，她起床睁开眼，就已经适应了眼前这一切，似乎在说："这些人，尤其是这两个女人，总是围在我的屁股后面转悠。"她很喜欢谢莉，接着罗伯也赢得了她的心，每天早上都伸出小手要他抱，晚上则躺在他身上入眠。她用双手在地板上爬来爬去，我们到哪儿，她就跪坐在哪儿。周围的人都会看着我们这群人，摇摇头，就像在问："为什么这两对夫妇要带着那个残疾孩子？"但是彭双杜似乎一点儿也不在乎。举着她的水杯，蹬着她的断腿，优哉游哉地坐在她的小推车上咯咯笑着。

但是兰迪的待遇就远没有这么好了，甚至看她一眼，彭双杜都不允许。每次他这样做，她就吓得号啕大哭。不过，他发现彭双杜喜欢邦迪创可贴，所以有一天他出去散步之后，带回来一整包。后来，我看到他俩坐在酒店床上，一起哈哈大笑着，在腮帮子、手臂和大腿上都贴满了五颜六色的创可贴。

去美国领事馆面谈的那一天，兰迪和我带着彭双杜走了进去，罗伯和谢莉则在外面等候，祈祷着她的签证申请能被顺利批准。我走到那扇防弹玻璃前，要求见艾米。看到她我非常高兴，而她也同样期待着能亲眼见到听到无数次的小女孩。"祝你们好运，"艾米说，"在这里我就帮不了你们了，从现在开始，一切都由面试官决定。"

我紧张得一塌糊涂。很明显，我从来就不是那种在思想上给自己留退路的人，我甚至不允许自己考虑如果彭双杜被拒签，我该如何是好。在等候室里，我们找了个座位坐下。彭双杜在地板上来回爬着，还把我的凉鞋脱了下来，然后穿在自己的断腿上，试图走起路来，一直笑个不停。等到我们的名字被叫到时，已经等了一个多小时了。面试官审查了一下她的资料，然后问了我们一些问题。回答这些问题时，我的嗓子总是卡壳。兰迪在我身边实在太好了，他总是我值得依靠的基石。"好吧，"面试官最后说，"我们整个办公室都听说过这个小姑娘的故事，这里每个人都希望她能得到最好的治疗。我批准了她的签证申请。请在下周再来一趟，取走她的护照，然后务必治好这个孩子的腿。"

兰迪和罗伯第二天就返回美国，只留下谢莉和我，一边照看彭双杜，一边等待着她的护照流程最终完结。我们三个就要相依为命了。几个月后，谢莉的女儿就要结婚了，所以我们把下午的时间都耗在了滨海市场，寻找伴娘裙子的布料，还有花童要穿的衣裳，只需要区区七美元就能买到。尽管彭双杜经历了这么多苦难，但她依然是一个非常乖巧快乐的孩子，而且显示出了超出其实际年龄的聪慧。她从来都不抱怨什么，我们喂什么她就吃什么，用调羹的样子就像在使牙刷。

一天早晨，我和谢莉决定去教堂做礼拜，在那里我们遇到了一个美国妇女名叫伊冯。她告诉我们自己正在一家为残疾儿童开办的孤儿院做义工。我们告诉她，还需要在越南盘桓几日，正愁没有什么有意义的活动打发时间，她邀请我们第二天一起去孤儿院看看。

这家孤儿院由法国政府资助，目前由一位名叫艾琳的妇女管理。尽管这里拥有越南最好的硬件设施，但对孩子们的照料依然无法满足他们的实际需要。这里到处都是身患各种残疾的孩子，有些坐在轮椅上，还有一些病得很重，不得不把他们绑在各自的床上。我相信，为了照顾好这些孩子，艾琳和其他孤儿院里的工作人员已经倾尽了全力，但是他们明显缺乏必要的物质条件。情况如此糟糕，不禁让人唏嘘。看上去，孩子们极度缺乏关爱，只要一走近他们，都会伸出手想要抓住我们。

当我们四处参观，并和孩子们打招呼的时候，一个挂着拐杖的小男孩跑了过来，用英语问候我们。"这是俊，"伊冯抢着把他的名字说了出来，接着，小声告诉我们，"他是我最喜欢的孩子。"其实我能看出伊冯对他有所偏爱的原因。眼睛虽小，但极其光亮，看上去很快乐，也充满了活力，可以说是这片苦难之地的亮点人物。我想象不到，他为什么会委身于此。

当他和彭双杜一起在满是灰尘的庭院里玩耍的时候，伊冯告诉我们，大概是一年前，俊还只有四岁，他摔了一跤，跌断了腿。要治好他的断腿其实很简单，在越南却需要复杂昂贵的手术。他的母亲付不起治疗费用，也无法继续抚养一个需要特别照顾的孩子，所以她将儿子的监护权移交给她的姐姐。但姐姐也没有能力抚养他，只好把他送到了这家孤儿院。她们俩之后谁也没有再来看过他。

后来，他的腿还是进行了手术，但是被医生搞砸了，他的髋骨感染得很厉害，并在两条腿上都蔓延开来，最后只能依靠拐杖走路。伊冯说，尽管他天性阳光向上，但常常疼得死去活来。她把俊叫了过来，揭开他腿上的一条绷带，露出一处新伤口，肿得很厉害，还不时流出白色的脓。

我看着伊冯，更加清楚地明白了为什么她急于把我们带到这座孤儿院。"你觉得能帮我把他从这里带走，带去美国吗？"她满怀希望地问，"如果你能为彭双杜申请医疗签证，那么是否可以帮俊再申请一次？"我告诉她我会尽力，并向她解释，他必须在越南启动申请程序。和彭双杜一样，俊也没有居住证明文件。

我和伊冯一同留在了孤儿院里，而谢莉则把彭双杜带回酒店小憩片刻。我很乐意让她们有单独在一起的时间，因为我已经注意到她俩之间的感情正在日益浓厚。彭双杜很喜欢谢莉，每天晚上两个人都会相拥入眠，当我返回酒店的时候，谢莉和我带着彭双杜到附近一家咖啡馆吃晚饭。我们吃着饭，谢莉一直没说话，但是吃完后她突然变得很严肃。"我是不是发疯了？"她问我，"老实说，我觉得彭双杜就是我的孩子，我非常非常爱她，我可从来没有想过会对一个不是我亲生的孩子投入这样的感情。"

我很清楚，此时此刻谢莉的内心正在经历怎样的变化。在我看来，对于任何一位母亲来说，碰见任何一个需要帮助的孩子，她都会毫不犹豫地挺身而出，成为领养他的妈妈。我自己就有无数次这样的体会，深信不疑地认为，我在孤儿院里见过的每两个孩子当中，就有一个属于我。但是当我回到家，就会想起连抚养两个六岁毛孩都是如此困难。对于我遇到的很多孩子，我打心眼儿里希望照顾他们，甚至好好爱他们——但这并不意味着，我应该把他们每个人都带回家。

"我很能理解你心里的感觉，"我对谢莉说，"但现在你似乎对什么都会倾注自己的感情。"

"我并不这样想，"她看着彭双杜说，"我相信她天生注定就是我的女儿，而且从某种程度上讲，她已经是我的女儿了。"

几天后，我们需要去领事馆领取彭双杜的护照和签证，并按规定为她注射疫苗。当我们按照领事馆一位女职员给我们的地址，找到那家专门从事此项医疗服务的内科诊所时，就像走进了一间茅草棚，桌子上摆放着一排注射器。诊所里很不卫生，当护士给彭双杜打了一针又一针时，我祈求上帝保佑至少这些针头都是干净的。

就在启程回家的那天早上，我打了一辆出租车，又去孤儿院看望了一下伊冯。我随身带着一张清单，列出了为俊申请医疗签证所需的所有材料。力所能及的事情，我会尽力而为，但是我告诉她，必须找到俊的母亲，并把允许我们带走他的文件收集齐备，这一点非常重要。在与俊拥抱告别之后，我告诉伊冯："这肯定很难，但是一定要尽力，别放弃，我真的相信，最终一切都能圆满完成。"

带着彭双杜回家的旅程，既充满了欢笑，也让人有些恼火。她的材料，我们至少出示了十几遍。一边抱着她，一边拖着行李，一边还要和形形色色的检查人员解释为什么要把这个孩子带到美国，有时简直就像吵架。但是我们很快就发现，不管是谁看到彭双杜，都不会对她说"不"。在柜台上，她尽量平衡着身体，舞动着她的断肢，还会对人笑得花枝乱颤，把别人也惹得哈哈大笑，对我们挥手致意。事实上，我们渐渐开始得到了一些特别照顾。一位航空公司的空乘人员竟然免费给我们提供了贵宾休息室，另外一位还把我们安排在了前舱安全门附近的座位。这样的好意我们怎能拒绝？在最后一段转机行程开始之前，我们有很长的等候时间，所以就在机场的酒店订了间房。那天晚上，我被一阵哭声惊醒，起来后发现谢莉正躲在浴室里，眼睛哭得通红。

"我不知道自己是否能有勇气和她告别。"她说。那对同意资助彭双杜，在她就医期间将为她提供住处的夫妇，很快就将在图尔萨机场等候着我们的到来。

"我知道，"说着，我将双臂紧紧地搂住了她，"但你还是有机会看到她的，什么时候想她了，就可以去找她。"

"这怎么够？"谢莉说，又伸手抽出几张纸巾。

我无言以对。"照顾她会是相当辛苦的一件事，"我又试着说，"抬着婴儿车上下楼梯短短两个礼拜，你就知道自己的后背有多疼了吧。不管哪个家庭收下她，都会非常艰难。"

"没错，但是我家里还有六个孩子，他们都能帮忙。而且我知道，他们给予她的爱，绝对不会比我给的少。"

那天晚上，我们几乎没有睡觉。第二天一大早就赶到了机场候机楼，强打精神，准备踏上这次长达十八个小时的长途飞行，然后对彭双杜说"再见"。喝着咖啡，我们想出了个主意。在办理经济舱的登机手续时，我们把彭双杜往柜台上一放，谢莉就开始和桌子后面的工作人员滔滔不绝地讲起彭双杜的故事：她是如何在爆炸中失去两条腿，我们是如何一路上山找到她，现在我们是如何身心俱疲，如果他能帮我们升级到头等舱，那将是如何美妙的一件事等等。但是，这招不管用。很明显，强调自己正在与一个没有腿的婴儿一起乘飞机，并不足以证明你为什么在座位上需要多一条腿的空间。

当飞机降落在图尔萨，我已经耗尽了最后一丝体力，而且，一想到要看着谢莉与彭双杜拥抱告别，就感到一阵难过。但我们最终还是挺过了这一关。随后，我和谢莉走到停车场，那里有她之前就停好的车。她打开车门，但是一言不发。我们紧紧拥抱了好几分钟。当她把车发动的时候，已经泣不成声了。

这样的经历让我疲倦到了极点。当时我一心想着早点到家，接下来的几周时间都穿着睡袍，和兰迪还有孩子们厮混在一起。我知道范和塔图姆都在掰着指头数着我回家的日子，不仅因为他们思念着我，也在于他俩都极想听我和他们讲述我们在越南为那些孩子工作的故事。我知道，他们很想看看我在此次越南之行拍摄的照片，尤其是给彭双杜拍的照片。当我终于推开家里的大门，塔图姆刚刚放学回来，一下子扑进我的怀里。兰迪是个很不会打扮孩子的人，而现在的塔图姆就是兰迪的牺牲品，身上的衣着搭配极不协调：粉红的衣服，但色调差异极大；两只网球鞋，那是从我准备捐出去的旧衣服里翻出来的；还有一条梳得松松垮垮的马尾辫。

克里斯塔也来了，她和我热烈拥抱，发现了我脸上很是不满的表情。"别怨我，"她说，"我试着帮她换换造型，但是你知道，她实在太爱爸爸了。"

第二天，我一起床就给谢莉打了个电话。"你怎么样？"

"很好。"她说，但这完全是在撒谎。她告诉我，从机场到回家的路上居然迷了路——这是一条她走了几千次的路——平时只要一小时，但昨天用了四小时。她说："我知道，如果彭双杜不在我身边，我就觉得什么很不对劲，连开车回家都不能集中精力。你可以叫我疯子，但我很爱这个孩子，她永远都是这个家庭中的一员。"

CHAPTER 08
尼欧肖·拥抱俊

亲爱的詹特森：

为了过上今天的生活，我已经付出了巨大的代价。如今，我对世事看得更加清楚，是你让我找到了人生的意义，这也让我更加爱你。这或许和我之前的选择有所不同，但这就是我从今以后所要选择的人生。

爱你的妈妈
2005年9月

我想，彭双杜所经历的一切，如今看来，让更多其他孩子找到了新的机会。我和罗伯、谢莉来到她的家，带她第一次与卡格斯医生见了面。在等候室里，我告诉他们，最近我收到一封邮件，发件人是一位在柬埔寨工作的传教士。她之前遇到一个名叫克莱拉的女婴，心脏先天有一个缺口。我拿出那个女传教士寄给我的一张克莱拉照片，上面的她瘦小虚弱，胳膊和腿都像枯枝一样细小。很明显，如果不能很快对她进行手术治疗，那就必死无疑了。我想帮助克莱拉，却无法及时为她也找到一位愿意资助她的医生和家庭。就在我对罗伯和谢莉讲述这件事时，卡格斯医生把我们叫进他的办公室。在为彭双杜体检之后，他提到自己和妻子一直以来都在考虑领养一个孩子。他们已经有了三个十来岁的女儿和一个儿子。我就把克莱拉的身世以及她的心脏病情告诉了卡格斯医生。他先是半晌无言，接着告诉我们他的三个孩子都患有先天性心脏疾病，但现在都已经痊愈。罗伯、谢莉和我三人面面相觑，瞪大了的眼球几乎就要从眼眶里突出来了。没有片刻犹豫，卡格斯医生对我们说，如果能为克莱拉帮上什么忙，他一定会倾力而为。几个月后，克莱拉就被接到了美国。我成功地找到了一个出色的医生团队帮助她——沙利·史密斯医生和伊丽莎白·弗雷泽尔医生。他们为了克莱拉，远赴越南山区，将她接到小石城的一家医院进行了开放式心脏手术，而卡格斯夫妇则给了她一个温暖的家。

如今，要是俊的未来也能如此充满希望就好了。

回家几个月后，我和还在越南的伊冯通了很长时间的电话。我敢肯定，花了这么多国际长途电话费，电信公司说不定都要请我加入他们的董事会了。当时伊冯正在寻找俊的生母，以便得到将他带到美国并施以救助的许可，在卡格斯医生的帮助下，我也找到了为他治疗所需要的费用，他们也同意把他领养下来。第一次心脏手术后，克莱拉已经与他们一同生活了好几个月，深受卡格斯一家宠爱。对于俊，他们也很乐意帮忙。

又过了几周，在另一个名叫魏先生的好心人帮忙下，伊冯终于找到俊的母亲。她答应帮忙取到俊的居住证明，但因为之前她已经签字，将俊的监护权转给了她的姐姐，这意味着伊冯还有更多工作要做。现在，决定权握在俊姨母手中，但姐妹二人已经失去了联系，而且她也不知道姐姐现居何处。所以我们又要面临同样的困境——在一个混乱无序的城市，找到一个不知所踪的妇女，哪怕是魏先生也对此束手无策。又过了几个月，此事依然毫无进展，看上去大家都已经不抱希望了。俊的病情多耽误一天，他所受感染得以康复的概率就越渺茫。但是我绝不能就此放弃，现在俊已经成了"点亮生命"基金资助的对象，这意味着，我必须要像一个母亲捍卫自己的孩子一样，尽全力为他找到出路，一如我为克里斯塔、范和塔图姆所做的一切，也和詹特森去世当天我做的别无二致。最后，我决定自己再走一趟，碰碰运气——这是我六年内的第七次越南之行，距离上一次也只过了短短十二个月而已。凯莉·凯尔索和我的朋友辛迪·多尔蒂答应和我一起上路，辛迪还是一位护士。我坚信我们能取得俊的监护权，如果成功的话，我也需要有人帮助我护理他那条受到感染的腿。2005年10月的一个下午，我们抵达胡志明市。尽管旅途劳顿，但我们一下飞机就立即开始寻找俊的姨母。当时，梅朗还在越南，已经为我们找到了一处她可能栖身的住所。太阳早就已经下山了，但我们依然还在这座城市的羊肠小巷里苦苦寻找，似乎这里的房子都不会把地址钉在门前。一路上，梅朗会拦住我们遇到的每一个行人，问他们是否知道那个地方。最后，终于找到一个向我们点头的妇女，为我们指出了那条狭窄的小巷。走过一片碎石，蹚过一摊积水，走进了那个只有一间屋子的小房子里，而俊的姨母正在用地上的一个小炉子做饭。

梅朗向她说明来意，也表明了我们帮助俊的愿望。她同意签字，第二天就让俊搬出孤儿院，这样我们就能带他去医院做一次全身检查，然后把他带到伊冯家里，而与此同时，我们则利用这段时间准备他的文件材料。说起来容易做起来难，我们足足用了十天才把俊接出孤儿院。不过当我看着他拄着拐杖迈出那道门槛时，觉得自己从来没有见过这么开心的孩子。每天和他在一起，他都会问到同样一个问题："你们能让我离开这所孤儿院吗？是不是真的有人能治好我的腿？"那天晚上，在伊冯家里，我敢说，俊一定会误以为自己身在天堂。我们在浴缸里注满热水，还放进去很多"火柴盒"牌玩具汽车。然后，梅朗用米饭和蔬菜准备了一桌丰盛的大餐。辛迪第二天就要回去了，所以她向我和凯莉演示了一遍怎样给俊的腿消毒。这其实很难，无异于教两只猴子怎么更换轮胎。我们每次做的时候，绷带不是弄皱了，就是扭成一团，就算是用胶带固定这样的事也做不好。凯莉和我一直是睡在伊冯的大床上，但那天晚上，俊穿上了他的新睡衣，喜滋滋地爬到我们中间，抓过一个枕头垫在受伤的那条腿下，美美地睡着了。

第二天，魏先生打来电话，我们催促他加快速度，尽早办妥俊的护照。他的腿部感染愈加严重，我们必须争分夺秒。

"很抱歉，但我没办法更快地帮他拿到护照，"他说，"至少还需要几个月的时间。"

"你不是在和我开玩笑吧。"我说。尽管那些脏话已经到了嘴边,但我还是强忍着没有说出口。

"对不起,但我确实没有开玩笑。"

"好吧,但我们没有几个月时间了,"我脱口而出,"肯定有什么人,可以用贿赂解决问题。"

他默不作声了。

"你需要多少钱?"我问。

"我觉得800美元应该足够了。"

在这个人均国民收入只有不到500美元的国家,这绝对是一大笔钱,但我们别无他法。我去了趟银行,从我的信用卡里取出800美元,并交给了魏先生。我想,就这么一次,而且加上这笔钱,好在还没有超出我的这次旅行预算。几天后,他告诉我之前的问题都已经迎刃而解,护照已经进入了办理流程。

六天后,我们都觉得,从那开始应该让伊冯负责此事了。我和凯莉已经在这里待了两个多礼拜的时间,应该回家了。而且,在拿到俊的护照后,唯一剩下的一件事就是去美国领事馆面谈了。如果之前的流程一切顺利的话,那将是最简单的一个步骤。至少,我就是这么想的。在我们离开之前,我小心翼翼地给所有的文件贴好标签,还和伊冯一起把所有必需的流程都交代了一遍。

"只需要把这个文件夹交给他们就好了,"我说,"用不着说很多话。"

回国之后,我在预约面试的那天突然醒来,感到既紧张又兴奋。当伊冯最终打来电话,话筒那边传来了她歇斯底里的声音,几乎说不出话来。

"他被拒签了!"她说。

我尽量保持着冷静,"告诉我到底怎么回事。"

"他们说,俊的病情并不足以致命。"

我真想一拳把厨房的墙壁砸出一个洞。多么荒谬！过去两年来，这个六岁的孩子一直忍受着这样钻心的疼痛，随时都可能因感染而死亡。事实上，伊冯最近打电话给我，俊不得不进行紧急手术治疗，否则感染将急剧恶化。对我来说，这样的病情非常"致命"。我给卡格斯医生打电话，他则给一位整形外科医生打了个电话，这位医生写了一封说明信，证明如果俊的感染进入血液，他将极易因患上败血症死亡。我立刻把这封信用传真发给伊冯。

两天后，她再次打来电话，而这一次，话筒那边她的声音还是那样歇斯底里。

"他又被拒签了！"她哭诉道。

很明显，主持此次面谈的女签证官认为我们正在钻领养制度的空子。因为在越南，俊已经没有人可以依靠了——换句话说，在他治疗结束之后，没人会接他回国——所以他们不予放行。

无计可施之时，我打电话给我的参议员朋友基特·邦德和罗伊·布朗特。他们的办公室都有人愿意写信支持俊的签证申请，但我知道这样的帮助还不够。那天晚上，我辗转反侧，难以入眠，翻身起床，下楼走进我的小书房，登陆互联网。我搜索着其他可能性，突然找到了一条被称为"人道主义特许入境"的信息。对于寻求进入美国的外国人来说，可以将"紧急人道主义原因"作为入境的最后机会。在需要紧急医疗救助的时候，可以加以应用，而且可以经逐案审查予以发放签证。这条规定由国土安全部负责执行，自"9·11"恐怖袭击事件之后，移民归化事务就已经转由该部负责。

几周以来，我第一次感受到了希望的存在。"人道主义特许入境"的每一条标准，俊都很符合，我知道这就是我所要寻找的信息。第二天早上，兰迪带着范和塔图姆一起上学，我则打电话给华盛顿的国土安全部办公室。拿着听筒，仿佛陷入了永无休止的等待，我想到了五年前我所经历的一切。那也是圣诞时间，失去詹特森之后的第一个假期，是我这一生最感绝望的一段时期。我还想到了那些夜晚，整晚整晚都在自我怀疑，是否应该回到以前的生活——整天忙着装饰自己的房子，用虚无浮华的东西和缺乏思想的日常琐事填满生活。但是那一天，在等待某个人接听电话的时候，我放声大笑起来，我想我已经找到了这个问题的答案。这一年，我没有忙于装饰房子，也没有像往常那样购买礼物，而是等在这里，研究着"人道主义特许入境"到底是个什么玩意儿。

终于一个女人接了电话。当我对她讲完俊的故事，以及我为什么要打这个电话的时候，我觉得好像听到了她的窃笑声。接着她告诉我，她没有时间再听我讲述一个濒临死亡的越南小男孩的故事，还说，因为他两次申请医疗签证被拒，她对此无能为力，接着就挂掉了电话。

我放下听筒，真的觉得自己被迫得放弃了。在那个时候，我知道俊已经危在旦夕。再次被拒签，意味着他的生命很快就将走向尽头，这是我绝对无法容忍的事。我想到了迄今为止所有了解俊遭遇的人，思绪延伸到了克里斯塔男友扎克的身上，是他的妈妈让我认识了卡格斯医生；美国领事馆的艾米，是她耐心的指点让我明白为孩子们申请签证的每一步流程；同意为俊主刀进行手术的图珀尔医生，还有很多很多人。难道我们仅仅因为一个人的原因就让这一切努力无果而终？

不行，绝对不行。

我再次登陆互联网，找到了国土安全部人道主义事务司司长，他叫肯尼思·鲁特贝克。我没有搜索到他的电话，但是却偶然发现了一个住在华盛顿、与他同姓的人的号码。我抓起电话，拨了过去。是一个男人接的电话，我告诉他请让肯尼思接听。

"你打错了，但肯尼思是我的哥哥。"他说。

"哦，"我有些吃惊地说，"没错，但是我急需联系你的哥哥，你有他家的电话号码吗？"

他当然有！

那天晚上，肯尼思·鲁特贝克在铃声第一次响起时就接听了电话，他是个非常和善的人。当我解释了为什么要给他打电话（当然，我也会说"非常抱歉打扰你在家休息"之类的客套话），他说自己刚准备出门享受圣诞节的假期。

"那么我会尽量快一点，"我说，随即就将俊的故事和盘托出，"但是根据我的研究，他是人道主义特许入境签证的典型申请者，每一条标准都非常符合。"

当他让我用电子邮件将申请表发给他，以便在假期过后亲自审查此事时，我恨不得马上跳上一架飞机，请他吃一顿大餐。好吧，这只是个玩笑。圣诞节后过了几天，我致电他的办公室。又过了几天，还是没有得到他的回复，我再次打电话到他的办公室。最后，我只得从桌子上的一堆废纸中重新找到他的家庭电话，但这一次，还是没有人接听。随后几周，不管是打到他的办公室还是家里，统统都是这样的结果。我疑心他们是不是故意对我不理不睬，而且我还想象着他的手下是不是已经受够了我的骚扰，互相议论着说：那个密苏里的疯婆子又打电话来了。尽管我自己就像是个没受过多少教育的小丑，但迟早也要被华盛顿某座办公楼里受过高等教育、事业有成的家伙们气疯。不过我已经没有时间考虑自尊的问题了，如果自己受到嘲笑，却能让俊得救，那我还有什么好在乎的呢？

事实上，我渐渐养成了"密苏里疯婆子骚扰"的日常惯例：每天醒来，为范和塔图姆做好上学前的准备工作，接着为自己煮杯咖啡，然后给肯尼思·鲁特贝克家和办公室分别打电话。每次把我的名字报给那个接线员，随着嘀嗒一声响，我的电话就被转入了语音信箱。如果碰巧有人接电话，他们都会问到同一个问题：你想让我们做什么？他又不需要脑部手术。而我，偏偏就是要他们为我干活！

最后，经过几周这样的折腾，国土安全部的一位工作人员给切莉尔·卡格斯打来电话。他们告诉她，作为资助俊此次治疗的家庭，她和梅尔文可以为俊提出申请，但绝不能再和"疯婆子"一道合作了。多么振奋人心的消息！我帮他俩将申请文件整理齐备，之后过了几周，当我一边把车驶出一家麦当劳餐厅的免下车外卖通道，一边把双层吉士汉堡和花园色拉递给范和塔图姆（没错，我七岁的女儿已经要吃麦当劳色拉了）时，切莉尔打通了我的手机，听筒里传来了她颤抖的声音。

"帕姆，他被拒签了。"

还没有等她把话说完，我就挂了电话，随即拨给兰迪，他有一个在美联社工作的朋友。"好吧，"我告诉兰迪，"是时候向他们使出杀手锏了。"

几天后，美联社向尼欧肖派出记者马库斯·卡贝尔。在我们的厨房餐桌前，我们和卡格斯一家与他一边喝着咖啡，一边将整个事情的来龙去脉讲述了一遍，告诉他国土安全部拒绝俊入境的唯一一条是该申请"有故意规避或破坏正常移民签证审批程序的嫌疑"。马库斯的报道被全美各大报纸争相转载，那一周的周五，我接到来自纽约《今日》栏目组一位编导的电话。她表示自己读过马库斯的文章，该栏目希望能围绕俊的故事编辑一期节目。他们愿意邀请我和卡格斯一家飞赴纽约进行一次采访，并在下周一的节目中进行直播。

听起来很棒！为了帮助他们得到更多节目素材，我把肯尼思·鲁特贝克的家庭电话告诉了那位编导。但不幸的是，她随后回电说，鲁特贝克先生从他自己的角度描述这个故事的另一个版本，而她的节目组也对此不再感兴趣了。那个周末，我感觉自己已经崩溃，将要放弃所有的努力。但我想："忘了这些吧，是我们给了那个孩子希望，但现在希望已经彻底破灭。"而我也无能为力了。领养计划搁置了，慈善捐款也停止了。说实话，就连上帝，我也不再抱有任何指望。我是说，是谁导致了这一切？是什么领着我，更重要的是领着俊，在距离成功近在咫尺时转眼又将他狠心抛弃？已经怒不可遏的我，又回到了那张金色的高背椅上，和上帝展开了一次开诚布公的"谈话"，将一个又一个问题像连珠炮一样抛给了我的"谈话对象"："你觉得你有什么了不起吗？""你为什么像这样把我的事情弄得一团糟？""难道我做的一切不都是按照你的指引行事吗？"

"算了吧，"我终于大声吼道，"我要像从前那样，履行母亲的指责，掌管这所房子里的一切，剩下的事，爱怎么着就怎么着吧。"

周一大清早起床，我感觉糟糕极了。煮咖啡的时候，电话铃响了。是切莉尔·卡格斯打来的。

"帕姆，我们成功啦！"她对着话筒喊道，"国土安全部刚刚给我打来电话，他们给俊发放了人道主义特许入境许可，相关文件的传真马上就到。"

挂上电话，我回到楼上，回到了我的高背椅上，"呃，抱歉！"这是我唯一能说出口的话。

直到最后，我都搞不清肯尼思·鲁特贝克为什么改变了主意。也许是担心媒体的负面报道，或是干脆想把我这个牛皮糖彻底甩掉？但是我更愿意相信，他渐渐明白，已经有无数人都在关心着这个小男孩了。

辛迪愿意再去一趟越南，准备陪俊一同来到美国，几周后，我和兰迪，还有卡格斯一家都来到机场等待着他们的归来。其实，不止是他们，密苏里州西南部的一半居民都来了，牛顿县的所有气球也都聚集在这里。当然，还有克莱拉，很快她就将成为俊的新妹妹。当辛迪和俊离我们越来越近，整个候机楼都爆发出阵阵欢呼，每个人都相互拥抱在一起。大家都迫不及待地想要看看这个小男孩，就像在迎接一位国王。俊亲切地投入了大家热情的怀抱，欢快的笑容在他的脸上尽情地洋溢开来。

此时此刻，距离我第一次见到俊，已经过去了一年半的时间。数不清有多少次，无尽的困难、挫败和恼怒，让我几乎彻底放弃。当我看到切莉尔和梅尔文夫妇深情地走近俊，把他紧紧地拥入怀中时，我知道，这一切当然都是值得的。他已经来了，他最后还是回家了。

从那以后，又过了三年，克莱拉成功地进行了开放式心脏手术，身体恢复得相当好。她和哥哥俊，还有四个兄弟姐妹，一起生活在一座巨大而又美丽的田园农庄。俊忍着剧痛，完成了很多次手术，一连几个月都要打着石膏。但现在，他不但可以彻底甩掉拐杖独立行走，而且还能骑自行车、踢足球、围着其他九岁大的男孩子们奔跑转圈。

至于彭双杜，已经有了个美国名字——海文，现在已经年满五岁，正在使用着她的第三双义肢，未来还有很多在等着她。她喜欢跑步，还成了一名啦啦队员，更令人欣喜的是，谢莉和罗伯已经成功取得了她的领养权。现在，她已经是这个家里七个孩子当中最小的妹妹了。

有一天下午，谢莉像往常一样，带着海文来到我家，与范和塔图姆一起玩耍，佩妮也带着梅莉亚和两个儿子路过我家。她、谢莉还有我把孩子们领到后院。接着就是一阵大闹天宫。塔图姆、海文和梅莉亚拿着他们的小包和化妆品在院子一角玩，范和佩妮的儿子则在另一角，穿着超级英雄的道具服，接二连三地从门廊上往下跳。草地的中央，是海文的义肢，她把它们脱了下来，因为她更喜欢用双手和膝盖在地上爬。这是多么好笑的一幕：六个来自世界不同角落的孩子，在密苏里我们家的小院子里玩耍，一双假腿摆在中间。

但是你知道吗？尽管每个人都有不同的来历，但我们根本就没有在意。这些细微的差别，早就被我们抛到九霄云外去了。

CHAPTER 09
阿克拉·幼奴的故事

亲爱的詹特森：

    是你教会了我用不同的爱对待不同的人。失去你，让我找到了对于这些孩子们的恻隐之情。谢谢你的帮助，让我看到了我自己原本无法发觉的东西。

爱你的妈妈

2006年10月

    我有很多类似的经历，比如在结束援助俊的那次长达近三周的越南之旅回到家中后，我的一些朋友或是家人带着某种奇怪的眼神看着我（我敢说那是一种审问式的暗示），问我怎么能离家外出这么长时间，尤其是家里还有两个这么小的孩子。我要说，离开他们绝对不是轻而易举的事，而且我无时无刻不在想着他们，就像他们对我的思念一样。也正因如此，我才知道，我所做的一切，是最有益于他们成长的。

    对于我的孩子们来说，糟糕的一天，往往意味着错过了学校班车，或是"幸运护身符"牌谷物早餐里没有放够牛奶。但我希望孩子们能够了解一种与我们截然不同的生活，让他们明白什么才是真正的艰苦。要做到这一点，就要用自己的经历教会他们，这个世界远比我们想象中要大得多，而我的责任（迟早有一天也会变成他们的责任）就是给予那些需要帮助的人以照顾，哪怕他们的长相与我们迥然相异，哪怕他们所居住的地方与我们天各一方。我至今还在悔恨，已经没有机会把这些传授给詹特森了。他和克里斯塔还是小孩子的时候，我总是让他们免于受到痛苦与失望的侵扰，如今我看到很多朋友对待孩子的做法也和我当年如出一辙，但我再也不会那样做了。我不想让他们因为恐惧而裹足不前，而是希望他们能够抓住机会，用冒险精神探索人生。我希望他们能够胸怀大志，而教导他们最好的办法就是让他们亲眼看到我的人生之路。是的，这也许意味着我不能每天晚上都抱着他们上床睡觉；也可能错过几次万圣节，但他们不都照样还在健康成长吗？事实上，每年塔图姆过生日的时候，她都告诉我，自己最想要的生日礼物是一张新护照，这样就能回到越南，见到那些被她视为兄弟姐妹般的孩子们了。

但这样的教育方法，放在克里斯塔身上，却没有那么容易。当我开始不断远行的时候，她还是个十几岁的小姑娘。每一位父母都有切身体会，养育这个年纪的孩子，总会有更多经验需要摸索。有时候，她会开玩笑说，除了那些国外的孤儿，我对所有孩子都不管不顾。在她虚张声势的愠怒背后，其实是她对我不遗余力的支持。如果我不能明白这一点，那必定会给我带来更多烦恼。在每一次启程出发之前，她都会从一美元商店把大包小包的糖果背回家，让我带到越南送给那些即将与我见面的孩子们。她还会做爆米花，让范和塔图姆坐在起居室的地板上，手把手地教他们如何用漂亮的彩纸把糖和礼物包装起来，再打上精致的蝴蝶结。对我而言，这些举动可以说是莫大的支持。每当我感到与她之间相距遥远，或是不能陪伴在她身边的负罪感油然而生，再或是她可能需要我的时候，我总是尽量让这些画面在脑海中一一浮现。只有一次，我真真切切地感到疑惑，自己如此投入"点亮生命"的工作，是不是也让克里斯塔付出了极其沉重的代价？那一次，她决心找到她的生母。做出这个决定，她不但没有和我事先沟通，而且还是在我到越南援助俊的那段时间。

有一天晚上，我正在一家网吧与兰迪通电话，尽管信号很差，但我还是可以从他的语气中感觉到有什么事情不对劲。他告诉我，克里斯塔已经给圣路易斯的那家领养机构打了电话，询问自己的出生情况。在我看来，这完全就是懵懂少年的一时冲动而已。自从十七年前把克里斯塔领养下来之后，我们就再也没有和她的生母联系过，而且没有亲生父母或领养父母双方的书面同意，那家机构不得泄露任何相关信息。那个接听克里斯塔电话的女职员，显然对这一规定知之甚少，对于我女儿的足智多谋也缺乏了解，直截了当地把她生母的名字，以及住在康涅狄格州的信息告诉了她。克里斯塔只用了短短几分钟就在互联网上搜索到了一个电话号码。接着她会怎么做？她抓起电话直接拨了过去。

克里斯塔的电话，让她的生母惊喜交加。尽管我们不了解，但她这么多年来一直都在给那家领养机构写信，询问女儿的情况。她和克里斯塔聊了一会，决定找个时间见一面。

"别发火！"那天兰迪对我说。他让我安心，因为他也和克里斯塔的生母通了电话，事态依然还在掌控之内。他还让克里斯塔保证，在我回家之前，不再与其生母联系。

我没有发火，只是觉得自己太大意了。现在将有另一个女人会自称为我女儿的母亲，这让我一时难以接受。同时我也感到一丝负罪感。如果当时我就在克里斯塔身边，或许一切都不会发生。我知道长久以来，她一直都对自己的生母是谁颇为好奇。她是领养的孩子，我们从来都没有向她掩盖这一事实。而且，每年到了把她领回家的纪念日，我们都会好好庆祝一番，并将这一天称为"领养日[①]"。我会做一份她最喜欢的大餐——罂粟籽鸡肉，或是让她选择一家餐厅吃饭，兰迪下班回家之后也会给她带来鲜花和礼物。有时候她会突然问我：你觉得我的生母会是什么样子？你觉得她现在住在哪里？其实我对这些也很好奇，也做过有朝一日我俩一起去找她的打算。但绝不是那一天，我身处地球的另一端，独自一人站在胡志明市一家嘈杂的网吧里。

---

① 在芭芭拉·比祖所著《家庭仪式之乐》一书中，作者称"之所以设立领养日，就是为了向被领养的孩子显示这个家庭对其倾注的深厚感情，今后也将更加珍视他的存在"。

后来，我问克里斯塔为什么要选择在那个时候联系领养机构，然后给她的生母打电话时，她给出了一个典型的、青涩少年式的回答："我也不清楚，我想大概是控制不了自己的好奇心吧。"那么，好吧。

一从越南回到家，我就打电话给她的生母，她现在已经结婚了，还有了两个孩子。我们尽力想抽出时间，以便她能来一趟密苏里，和我们家见一面，但第二年克里斯塔就准备去得克萨斯读大学了，我们无法找到一个合适的时间。

那一次不在克里斯塔身边所带来的负罪感，在我的心头盘桓了好一阵，我决定为此做出弥补。但是我俩都感到很困难，而且彼此之间的距离在不断加大——直到不久之后的一天，所有的事情都集中爆发了，而那个下午也被我俩称为我们自己的"杰里·斯普林格①时刻"。

那个时候，克里斯塔被娇惯得很厉害。也许我应该用一个更厌恶的方式去描述，正因为如此，让我们都非常难堪，这绝对不是假话。她要什么就有什么，比如一辆银色的大众甲壳虫，比如楼下自己的卧室里还有一个独立影视区和一张舒适的靠背椅。作为交换，我希望她能帮忙照看范和塔图姆（这件事她倒是很乐意，因为如果说这个世界上还有什么她真心喜爱的话，那就是这两个孩子了），还有做做家务（她坚决拒绝）。一天下午，我原本打算跟着兰迪一起去一趟维修厂，他把自己的车放在那里作调校。我给了克里斯塔一张清单，上面列了很多她需要做的家务活。当我看到兰迪把我的车开上车道，就拿起钥匙和包，看看她干得怎么样。原本指望她会在那儿用吸尘器打扫房间，但她却坐在电脑前，一边用聊天软件和朋友们聊天，一边还在打手机。

"你在干什么呢？"我问道。

"你觉得我在干什么？"

---

① 美国著名节目主持人，《杰里·斯普林格秀》是其招牌节目。该节目内容以曝光家庭通奸、同性恋、异装癖等社会丑恶现象见长，当事人在现场常常爆粗口、扔板凳、拳脚相向，以博取收视率。

"清单上的事情，你可是一件都没做。"

"那又怎么样？"她答道。

"克里斯塔，"我说，"现在我们两个在说话，马上挂掉电话，把手机给我！"

"不给！"

不给？

"把手机给我！"

"不给！"

"克里斯塔·玛丽·柯普，"我说。我相信，每当我说出这三个词的时候，那就意味着一场世界大战即将开始，"把手机给我。"

"没这个必要。"

我随后的所作所为，任何一本教育子女的书都不会赞同，但当时我却没有充分意识到这一点。我朝她冲过去，想要从她手中夺过手机。她急忙把手拿开的时候，我的指甲无意中在她的手腕处划出了一道深深的伤口。她恼羞成怒地大喊大叫，似乎我已经把她的每一根头发都扯了下来（五分钟后，我还确实有点想这么干）。但这并不意味着她打算把手机放下，相反，她蜷缩在办公椅上，护着那个手机，那样子就好像一头狮子在抱着自己的幼崽免受猛兽侵害一样。

"你太过分了，"我喊道，"把——手——机——给——我！"

她站了起来，想要把我一把推开，夺门而出。我一只手抓住了她的一个手腕，另一只手则揪住了她的头发，想要从后面夺下手机。直到这时，我才发现范和塔图姆正站在门口，看着我俩扭打在一起。在那一瞬间，我想是不是应该放开克里斯塔，以免这两个六岁孩子因为看到这样暴力的场景而被吓坏，而我们也要花掉上千美元为他们做心理治疗。正当克里斯塔奋力挣脱的时候，我却被她重重一击，双膝跪倒在地上，接着她拽住我的头发，跟着她在地上来回拖着。我没有松手，大叫道："该死的丫头，你造反啊！"

我就这样被她拖了好几分钟，在几个房间来来回回。她拖着我的时间越长，我越是觉得膝盖与地毯的摩擦让我火辣辣地疼痛。我愈加恼火，而她的语气也愈加让人感到，我的所作所为就像是用双手把她的心活生生地从身体里挖出来一样无法忍受。"你弄疼我了。"她狂叫道。但我一点也不在乎，只要能把手机夺过来，就算把我在监狱里关上几年也在所不惜。

战争结束的时刻终于到了。也许是因为把我从书房拖到起居室再到厨房让她耗尽了气力，也可能是因为她狠狠揪着我的头发，渐渐松开了手机，我一把抓过来，站起身，头发乱糟糟的，脸上的妆弄得一塌糊涂，膝盖也磨出了血。我把手机高高举过头顶，就像是洛奇①打赢了第一场关键的拳赛一样，庆祝着这个"胜利的时刻"。克里斯塔哭了，范和塔图姆则默默地站在那里，瞪大了眼睛，眼珠仿佛都要从眼眶里迸出来了。

"发生了什么事？"范小声说。

"我不知道，"塔图姆回答，"但我觉得是妈妈太调皮了吧。"

我知道自己得赶快离开那里，找个地方喘口气。我朝汽车走去，听见克里斯塔跟在后面，冲向车门。我摸索了一阵门锁，生怕她也坐进车里，就好像她不是我的女儿，而是个劫车犯。但她还是挤进了后排座位，开始朝我大喊大叫，要我把手机还她。在那个时候，我满脑子想的都是或许我们的精神状态都发生了错乱，我和她之间的关系也许再也不能像从前那样亲密了。我让她从车里出去，但她还是不依不饶地讨要她的手机，就像一个犯了毒瘾的人一样乞求着那片刻的麻痹。我在心里列举着一长串从今以后禁止她再做的事情——除了刷牙之外，几乎无所不包，正要厉声地逐条训斥，兰迪走了过来。

"女士们，这是怎么了？"他结结巴巴地问。

我和克里斯塔一齐大喊大叫着向他倾诉自己的遭遇，就像两个针锋相对的年轻人，被校长抓个正着。

---

① 好莱坞影星史泰龙经典影片《洛奇》中的男主角。

"克里斯塔，马上下车。"他说。不出意料，她就像往常一样一声不吭地顺从了父亲的命令。

我听到塔图姆说："你觉得她是不是再也不会开车带我们上学了？"

我没有心思停在那里回答她的问题，而是发动了汽车，驶出车道，一口气开出老远。回来的时候，我把手机藏在兰迪放在车库的工具箱里，然后直接上床睡觉了。

第二天醒来，愤怒、痛心、狂躁，还有一点负罪的感觉，一下子全都涌进我的脑海。这一天，我本来已经和克里斯塔约好一起去购物中心，尽管我对她还是非常生气，而她对我也是恨恨不已，但我们还是一起上路了。过了几个小时，我们彼此还是一言不发。但站在一排打折货品前，我朝她望去，看见了她胳膊上和腿上的抓痕。她也看了看我，看到了我脸上那副硬生生的表情，仿佛在说："现在别指望我对你好。"同时她也看到我手肘和膝盖上留下的伤痕。

"看上去，你刚刚打完一场拳击。"她说。我还没缓过神来，脑中就浮现出她拽着我在家里拖来拖去的场景，扑哧一声笑得前仰后合。她也笑了，我朝她走了过去，紧紧抱住了她。

"对不起。"我一边笑一边对她说。

"妈妈，我也很抱歉，"她说，"不过我真后悔没能把昨天发生的一切都录下来。这样的话，说不定我们还能上电视台白天播出的脱口秀节目呢。"

对我俩来说，此时此刻都觉得很尴尬，尽管我们一度剑拔弩张，但从某种程度上讲，这样的过程也在修复着我俩之间的关系。也许所谓的"杰里·斯普林格时刻"只是因为一只手机而起，也许根本就没有关系。我疑心是不是因为我没有像大多数母亲那样一直陪伴在她身边，而她也没有得到足够的母爱而对我心存怨恨，这次冲突就是她将这种压抑已久的情绪发泄出来的方式而已。这种怨恨，不仅只存在于我远赴越南的那些日子里，也在随着詹特森之死而月复一月、年复一年地累积，这一点我比谁都清楚。我想到了七年前，多少个夜晚，我都看到她躺在我们房间的椅子上，垫着一个软凳沉沉睡去的样子，还想到那个时候我多么渴望能张开双臂拥抱着她，让她能充分感受到我对她的爱。但是我当时没有这么做，而我们的关系也在接下来的几年里备受伤害。为了保护自己，我给自己设置了很多屏障，但与此同时，也将她隔离在外。我想知道，她是不是相信有朝一日我会从痛苦中走出，重新再做回一个好妈妈。但在那个下午，我为了一只手机，和她大打出手。我想，这也许是某种扭曲的方式，却让她看到了我作为一个母亲，尽管愿意为她而拼命，也会因为爱她而站在她的对立面，成为监督其遵守纪律的执法者。尽管她是个坚定不移的独立主义者，但我们都明白，在她的成长过程中确实仍然需要这样的一个监护人。她已经越界了，这也让她感到有些害怕。我没有理由坐视不理，任由其随心所欲，做出种种疯狂之举。必要时，我会保护她免受侵害，而这种侵害，有时候就来自于她自己。

我理所当然会这样做，因为我非常喜爱克里斯塔，简直难以名状。不管是作为女儿，还是一个年轻女孩，她都非常优秀。直到今天，每当我看到她和范与塔图姆在一起，我总是叹服于她倾注在这两个孩子身上的爱。我常常感到悔恨，因为自己不曾（也不可能）在她的哥哥去世之时为她多做点什么。她一直努力地将塔图姆培养成一个坚强、独立的女孩，从不羞怯于表达自己的思想，也从不惧怕与男孩子们竞争——这几乎就是克里斯塔的翻版，让我非常欣慰。我知道，正是因为克里斯塔，塔图姆才不会因为自己身体的残疾而感到软弱，她在别的孩子问到为什么走路一瘸一拐时才能从容不迫地给出这样的回答："哦，上帝让我的腿有些特别，所以我走起路来和你们不太一样，不过这也没什么大不了的。" 接着她会给自己抹上克里斯塔在Bath & Body卫浴用品店给她买的唇膏，若无其事地回头去看她的朱尼·B·琼斯①的漫画书了。我爱克里斯塔，还有一个重要的原

---

① 美国一部卡通片的主角。

因，那就是她已经暗下决心，将来要环游世界，去见见那些我们曾经帮过的孩子，竭尽所能改变他们的命运。

那一天，在那座商场，当我抱着克里斯塔，一切的一切都在脑中闪回，我最终鼓起勇气说出了一句我必须说的话。"如果我伤害了你，请原谅。"我轻声耳语道。当然，我所说的伤害，绝不仅仅只是留在她皮肤上的伤痕而已。

那段时间里，除了把我的大女儿打了一顿，还有不让其他两个更小的孩子受到精神伤害的同时，我每周至少还要把四十个小时投入到"点亮生命"的工作中去——筹集善款、为孩子们申请医疗签证、帮助希望领养孩子的家庭收集文件材料，工作量越来越大。事实上，自从范和塔图姆来到我们家之后的七年时间里，尼欧肖这座小镇以及周边社区的众多家庭已经领养了超过三十名孩子，他们来自全球各地，有来自中国的尼安·威勒和内森·杰克逊，越南的科比·马布尔和凯·凯尔索，柬埔寨的麦迪逊和卡尔森·麦凯利以及戴维、达文、塞思和查塔尔·本兹，危地马拉的加比·布拉德肖，海地的马克思和马库斯·邓肯、伊万森·圣克莱尔和卡本·怀特，中国台湾的格雷西和卡勒布·怀特，哈萨克斯坦的卡塔亚·若埃尔夫瑟玛，尼加拉瓜的巴雷特·弗里德和马特奥·凯姆普菲以及塞米·库克。佩妮也再次领养了一个来自柬埔寨的女儿克塞。我们这些家庭经常搞一些台球聚会或集体去公园游玩，人们也常常会用奇怪的眼神盯着我们，我往往要隔几秒才能缓过神来他们为什么要这样。"哦哦，这些孩子看上去和我们有些不大一样！"我有个朋友，家里有六个孩子，其中两个是从非洲领养过来的。他说："我有六个孩子，两个是领养的，但我并不记得哪个是亲生的，哪个是领养的。"我很喜欢他的这种态度。

2005年1月，我决定采取下一步行动了。到这时为止，我已经为"点亮生命"基金募集到了近五万美元，但由于这笔钱由卡罗尔和梅尔文所创办的非营利组织"为孩子冒险"所掌管，所以这些捐款可以得到免税政策的照顾。这一点很有帮助，但对我来说，"点亮生命"却和我显得有些遥远，所以就在那个月，我也开始为其申请非营利组织的地位。申请程序启动之后，我了解到，最基本的要求之一是组建一个董事会。这也太郑重其事了吧！有人建议，是否可以考虑邀请一些镇上的企业主加入，或者从当地大学里邀请一些专家参与进来。尽管这些听起来颇有建设性，但对我却没有多大吸引力。多年来，我们的朋友巴德·里德和凯莉·凯尔索每个月都会上门，帮助我和兰迪通过头脑风暴的方式想点子。巴德尽管已经七十岁了，但做起事来却像三十岁的年轻人一样富有激情，从一开始就是我们这项事业的坚定支持者；凯莉是我们的好朋友，陪着我一同去过越南和海地，还在范与塔图姆曾经生活过的孤儿院领养了一个儿子凯。不久后，我们的朋友沃伦也加入了进来。很久以前他就开始关注我们的工作了，而且他还有非常不错的商业头脑，我猜兰迪之所以拉他"入伙"，是因为他每次在说服凯莉、巴德和我不能一听到什么风吹草动就慷慨解囊时，都需要一位支持他的盟友。一天早上，我一边吃着巴德亲手做的著名美食——香肠鸡蛋肉卷饼，一边环顾整个屋子，看到朋友们仔细审查着基金的财务记录，讨论着下一步行动方案时，我突然意识到，这不就是现成的董事会吗？当我把这个激动人心的消息告诉他们时，他们都欣然应允（不过，非常乐意加入的巴德提出一个条件，那就是用不着随时都要穿上西装出席各种场合）。

　　一连几个星期，我们都在讨论"点亮生命"未来的走向，反复地讨论着一个孩子需要什么条件才能被认定为"点亮生命"应该资助的对象。这没有现成的公式，因此在我填写申请文件使其成为一家独立机构的过程中遇到了一点小麻烦。

请填写你希望为之服务的人群

孩子

如何界定你所要父母的目标人群？

你瞧，这很难解释得清楚，你是否曾经有过这样的感觉……

最后，我们还是用"阴谋诡计"解决了这个问题，成功获得了非营利组织的身份，这意味着我们也可以申请政府拨款了（见鬼去吧，我根本不抱希望）。但即便如此对我来说也是个好消息，因为这让我不得不考虑更大规模的行动计划了。其中之一就是我到过的地方越多，我越是想去一趟非洲。我总是觉得，这就是我人生中最大的冒险——那是一个多么有趣、多么能够改变一生的地方，甚至比月球还要更有吸引力。当然，那里孤儿领养的需求也很大。我花了很多时间阅读了很多报道，无不显示这是一片极度贫穷的大陆，还有数量惊人的孤儿急需帮助。

读过的报道越多，我就越想了解更多。经介绍，我们认识了一对来自利比里亚的夫妇——考尔玛和茜茜莉亚，他们正在这里的一所大学攻读硕士学位。一天晚上，我和兰迪邀请他们到我们家吃饭，顺便也可以多了解一下他们的国家。这对夫妻都是四十多岁，平易近人。当我们坐在池塘边，烤着牛排，看着他们的两个儿子与范和塔图姆一起玩追逐游戏，他们对我们讲述了在利比里亚亲眼所见的残忍暴行：光天化日之下强奸妇女、大规模屠杀、部族战争……茜茜莉亚自己也曾被当众强奸，还被敌对部落成员疯狂暴打。她逃到了一所难民营，在那里遇到了考尔玛。在美国完成学业之后，他们计划回到利比里亚国内，建立一所孤儿院，以帮助那些在部族冲突中沦为孤儿的孩子们。

到了吃甜点的时候，我告诉他们，我对非洲的兴趣非常浓厚，一直都在考虑筹措资金，以便在那里拓展我们的事业。听完这番话，我在考尔玛的脸上看到一丝诧异的表情。他半晌没有说话，放下了手中的叉子，虽然还坐在椅子上，但把身子前倾，向我这边靠了靠。

"帕姆，我必须问你一个问题，"他说，"你为什么还说需要筹措资金呢？"他把手向池塘那边挥了挥，越过大片草坪，指着我们的房子，"你们已经非常富足了，在我看来，你们需要的一切都在这里。"

我永远也忘不了这一刻。一开始，我感到很不舒服，甚至还有点生气，心里想："嗨，等一下，伙计，别对我妄加评判，我还在救助着很多孤儿呢！"但那天晚上，当我收拾好餐具，把剩下的食物打包装好时，考尔玛的话依旧在我的脑海中挥之不去。我试着站在他与茜茜莉亚的角度审视自己：住在一座约510平方米的大房子里，享受着远比需要大得多的空间，一边过着衣食无忧的生活，一边还在请求每一个我们认识的人给予帮助。

我给自己倒了一杯酒，走出房门，又一次站在池塘边，把脚放进了温暖的池水中。我突然想到七年前，当我们刚刚从阿肯色州搬回尼欧肖时，我也在做着同样的事情。记得那天晚上，我也是坐在另一所并不那么豪华的房子前，急切地盼望着做出改变人生轨迹的决定，从而让它变得富有目标和意义。

如今想来，已经恍若隔世，我已经彻底变成另外一个人。我觉得，自己和心目中的女神仿佛又更近了一步。但是考尔玛的话还是对我有所震动，让我不得不承认，尽管我和兰迪已经开始了人生的一段全新旅程，但我们依然还是被这么多的俗事所牵绊。长久以来，我一直愚弄着自己，为这所房子而骄傲。为什么不呢？它这么宽敞，这么漂亮，每个人都会对它赞不绝口。但问题在于，我已经不再为之感到自豪了，相反，它已经变成了一个沉重的负担，除此之外，我对它再没有其他想法了。住在这里，我们耗费了多少精力啊。所有的房间都要有人打扫，散落在各处的玩具需要有人整理。还有不菲的银行按揭贷款，难道这都值得吗？我们有很多需要花钱的地方，难道一定要为这座房子背上债务，因而放弃其他事情吗？那天晚上，我竟然能站在这种角度第一次考虑这个问题，连我自己都很吃惊，这座房子对我们而言是不是十分必要？至少我从来都没有想过这个问题。没错，我们需要一座房子，但是不是一定就要住在这里呢？

回答是否定的，就这么简单。当我和兰迪谈及此事时，他立即表示了赞同。我们一拍即合，都觉得应该考虑缩小居住面积，根本用不着犹豫。尤其是对于兰迪来说，银行按揭他已疲于应付，毕竟支付贷款的钱都是从他的薪水中抽出来的。

后来，我们找到了一所非常合适的房子。我们的朋友克里斯和丽萨·帕克斯一直都很喜欢我们的房子，最近他们也把自己的房子在房产市场挂了牌。他们家的面积差不多是我们的一半，那完全足够了。几个月后，我们两家相互买下了对方的房子，感觉相当不错。不过，又过了几周，这种感觉就被打上了大大的折扣，因为我和克里斯塔花了大把大把的时间整理打包的行李箱子，还有撕下新家里的墙纸。为了撕墙纸，我们租了一台专用的蒸汽清洁机，结果手臂上到处都是被这台机器烫出的伤痕。撕下的墙纸越多，我越是觉得只有在地狱里才会有这么辛苦的活计。到了一个房间，看到那些十五年前贴上去的墙纸，似乎要用一千年才能够清除干净。到了另一个房间（比如我们的新卧室），又得清除那些二十年前的墙纸，而且还曾被粉刷过一遍。简直没完没了，我甚至做梦都在撕墙纸。搬家那天也好不到哪里去，我肯定不会建议别人再用这种方式置换房屋了。一边是克里斯和丽萨忙着把他们的家具搬出去，一边是我们把自己的家具搬进来；一边是他们搬家的面包车想要从车道上倒出来，一边是我们家的车同时也准备开进去。

但是住进新家的第一个晚上，当我一个人坐在厨房里，我知道尽管经过了这么多波折，但这个决定却让我们无比欣慰。兰迪刚刚和我分享了作家兼诗人约翰·鲁斯金所说的一句话：多一份财产，多一份辛劳。从前，我根本没有这样的想法，但那天晚上，我才真正意识到这句话中蕴含的真谛。在搬家之前，我丢掉了很多东西——其中很多根本就用不上。多年来，我第一次全身心地感到如此轻松。

现在回想起来，我知道搬家的这个决定为生活中更多精彩的机遇创造了先决条件。卖掉房子后仅仅过了几周，我和兰迪就和沃伦，还有他的妻子谢莉出发前往纽约去看《妈妈咪呀》。也正是在那里，我偶然看到了《纽约时报》上那篇一个名叫马克·科瓦德沃的加纳男孩被卖为奴的报道。我相信，真的相信，正因为我无论在经济上、情感上和精神上都已了无负担，所以将要发生在马克身上的一切，最终必将成为现实。

那天早上，当我看到《纽约时报》上马克的那张照片，读完他被迫沦为幼奴的故事后，我马上就意识到，他就是"点亮生命"所要援助的孩子之一。我不知道该怎样帮助他，甚至不知道是否有能力帮他，但我知道如果能让他离开沃尔特湖，离开那个他每天打渔十四个小时的地方，我一定会竭尽全力。我也知道，在加纳，马克并不是唯一一正在受苦的孩子。从我所读到的报道来看，那里还有数以千计的其他孩子也生活在同样恶劣的环境下——被父母卖给渔民，整日在湖上劳作，缺少家庭的关爱，更不用说受教育了。年幼的时候被卖到那里，一过就是许多年，所以有的孩子竟然忘记了自己的姓氏和出生的村镇。尽管加纳政府已经颁布禁止贩卖幼奴的法律，然而一旦被发现买卖儿童，面临的刑罚也不过只是五年监禁，而且相关法律根本得不到严格执行。对于那些已经被卖掉的孩子而言，被抛弃和忘却的命运已经无法改变了。

我第一时间就按照网上找到的电子邮件地址给《纽约时报》发了一封信，很快就收到了一封自动回复的邮件。上面说这篇报道在读者当中得到了热烈的反响，并建议有意向这些孩子施以援手的读者直接与国际移民组织（IOM）取得联系，他们的总部设在瑞士，过去两年里，已经组织了近600名孩子的救援行动。

我也给IOM发去了电子邮件，几天后，收到了该组织一位协调员的回复。他表示该组织希望筹集至少10万美元，在新年之后立即展开针对二十五名孩子的营救行动，随信还附上了一个地址，以便邮寄支票。

新年？还有整整两个月呢，而且10万美元这么一大笔钱，我根本没有办法筹到。以我目前拖着那台幻灯机到处奔波筹款的速度，就算干到200岁，也无法筹到哪怕一半。我当天又写了封邮件，询问是否可以有更加快捷的办法直接对马克·科瓦德沃进行援助。我知道，在他看来我的形象很可能非常不堪：心肠虽好，但根本搞不清该怎样做，对解决问题毫无帮助。然而，我已经没有时间去担心这些了。

那个IOM的协调员再次回邮，信中一方面因为我对马克的关切表示感谢，另一方面他解释说，就"成本效率"而言，一次营救一群孩子，远比多次营救单个孩子要更加合理。什么叫成本效率？难道我们讨论的问题不是事关一个孩子的性命吗？这样的邮件往来几次之后，我觉得我的那一套"密苏里疯婆子"策略已经行不通了，应该彻底放弃。这倒不是说IOM所做的一切没有必要，或是无关紧要，而是觉得这对我而言并不是适合的一条出路。同时我也给撰写《纽约时报》那篇报道的记者莎朗·拉弗兰尼耶尔发去邮件，希望她能帮我取得我需要的联系方式。尽管杳无音信，但我没有放弃，每隔几天就给她发送一封邮件。在我对她就要彻底放弃希望的时候，她终于回复了。莎朗说当时她正在南非，为了完成在整个非洲大陆采集报道资源的工作，她往往一出门就得耗去好几个星期。因为刚刚去过塞拉利昂，所以看到了我留下的信息。

如果没有莎朗的帮助，之后的一切都不会发生。她建议我联系一下乔治·阿奇布拉，正是在这个加纳人的协助下，莎朗才得以接触马克和报道中提到的其他孩子。乔治曾是一名教师，在加纳北部沃尔特湖畔一个叫基特·克拉奇的小镇工作，现在则是在当地的教育机构的行政部门供职。几年前，他创立了一个小规模的非营利组织Pacodep，全称是"社区发展合作伙伴"。最近他又开始在沃尔特湖沿岸的村庄普及政府新颁布的《反贩卖人口法》，那些地区也正是被卖为奴隶的孩子们整日辛勤劳作的地方。

我立刻就给乔治写了一封邮件，当天晚上就得到了他的回复。我的主动联系让他很高兴，还说很想知道为什么那篇《纽约时报》的文章在美国人当中引起这么大的反响。我原本以为很多其他人早已通过莎朗的介绍找到了乔治，但他说，我是第一个与他联系的人。他还说自己愿意不惜一切代价把马克从沃尔特湖的牢笼之中解救出来。第二天打电话给他的时候，我很快就喜欢上了这个小伙子。尽管有时差，尽管他的英语口音很重，给我们彼此之间的沟通造成了不少困难，但对我们来说这根本不是问题，乔治还告诉他已经有了现成的方案。虽然政府颁布了新的法律，但那些买下孩子的渔民根本不会释放任何一名幼奴，而且因为政府缺乏执行这部新法的必要资源，谁也不怕受到法律制裁。因此，乔治建议我们用某种好处，从马克主人那里换取他的自由。但是不能用钱，因为他很可能会用这笔钱去买下另一个男孩，但只要能抵消马克的工作量，就完全行得通，比如修补他的渔船，或是给他买几张新渔网。

"听起来真是不错的方案，"我说，"你需要多少钱？"

"如果是美元的话，"他想了几秒钟说，"大概350块吧。"

350美元。他解释说，除了购买捕鱼装备，这笔钱还能支付马克的医疗费用、购买新衣服以及他前往马克所在村庄的交通费。至于自己花费的时间，乔治分文不取。

"我明天就把这笔钱寄给你。"我说。

"太好了，"他一下子笑出声来，"但是还有一个问题，马克重获自由后该去哪里呢？"

乔治说，他认为那些被父母卖掉的孩子不应该简单地让他们回家了事。他已经见过太多活生生的例子——那些历尽千辛万苦，不是自己逃脱，就是被慈善机构所营救的孩子，到头来还是逃不了被父母再次卖掉的命运。"那些卖掉亲生孩子的父母不会再接纳他们，因为他们根本就不爱这些孩子。之所以卖掉孩子，就是因为无法养活他们，"他说，"不要评判他们的行为，对于很多父母来说，是卖掉孩子，还是把他们留在自己身边忍饥挨饿，实在太难以做出抉择。除非这样的局面得以改观，否则当别人找上门来买孩子做工的时候，他们还是很有可能答应下来。我们需要为他们找到另外一条路。"

那天晚上，范和塔图姆已经睡着之后，我把自己与乔治的这番对话告诉了兰迪。在上床睡觉之前，我们做出了一个决定：花3600美元营救七个孩子，再找到足够的资金资助他们未来的生活。但我还是需要想办法为他们找到合适的栖身之所。

我的大伯子麦克是一位牧师。第二天早上，我打电话问他是否曾经和加纳的某个孤儿院有过联系，看看是否可以把那些营救出来的孩子安置进去。让我吃惊的是，他居然说确实有这么一家。"希望村"，距离加纳首都阿克拉约一小时车程，基本是一座由来自美国的捐款兴建起来的孤儿院。麦克听说这是一个非常不错的地方，由一个名叫弗雷德·阿萨里的加纳人创办。和我去过的孤儿院相比，"希望村"这个名字听起来就很有些与众不同。孩子们和一位管理员一起住在不同的宿舍里，可以进入设在孤儿院里的学校读书。他们所接受的教育质量非常不错，以至于周围村庄的父母都跑来询问是否可以花钱让自己的孩子到这里就读。尽管弗雷德一直在不断筹措经费，以图给更多孩子提供家的温暖和学习的机会，但这里已经收容了116个孩子，超出了可以容纳的限度。

第二天，我原本打算和佩妮一起去做圣诞节的大采购，但是我取消了这个计划，留在家里，在加纳时间早上九点给"希望村"的弗雷德打电话。他接了电话，我告诉他有关马克和其他孩子的遭遇，并对他说，尽管我知道这所孤儿院已经严重超员，我请求他能为另外七个孩子腾出空间。我向他承诺"点亮生命"基金将按月支付他们的生活开销。我早已习惯了在向别人寻求帮助之后以失望告终，如果他告诉我无能为力，我自己也做好了这样的心理准备。但在他安安静静地听完我的长篇大论之后，居然爽朗地放声大笑。"帕姆，"他说，"我们还在招生呢。尽管把他们带来吧。"

就在圣诞节的前四天，也就是马克的那篇报道刊登在《纽约时报》上的七周后，乔治来到马克所在的那座村庄，随身还带着一张名单，上面列着七个孩子的名字。我知道要圈定这七个人的名字，需要乔治做出艰难的抉择。凭什么选择这七个人作为营救的对象，而把更多其他的孩子抛诸一边？

乔治和他的团队深思熟虑了好几个小时，才最终确定了这一份名单。除了马克，还带上了他的两个同胞兄妹科菲和哈格尔。约翰·亚瑟是一个十二岁的小男孩，已经被父母卖了两次，让乔治对其非常同情。还有萨拉，除了哈格尔，她是这个村子里唯一的女幼奴。一个严酷的事实是，像她这样被迫劳动的女孩子，往往都有被性侵犯的危险。理查德和科乔住在湖中心的一座小岛上，乔治很担心他们会受到特别残酷的虐待。

这七个孩子乘上乔治的面包车，踏上一段长达十一个小时的艰难行程，开始向"希望村"进发。他用手机拨通了我的电话，"帕姆，"他说，我从背景中听到孩子们的笑声和歌声，"你恐怕不会相信他们的转变，实在太快了，我原本以为他们连怎么笑都忘记了呢！"

还有几天就是圣诞节了，克里斯塔从得克萨斯给我打来电话，她已经在那里开始了第一年的大学生活。"妈妈，我知道你迫不及待地要去加纳。"她这样说道。她说得没错，从我听说营救行动即将开始的那一刻起，我就止不住地想要出发去见见这些孩子。在我们家，他们已经被称为"标致七人组"。乔治寄来了他们的照片，被我们贴在冰箱上，下面则是塔图姆的绘画作品，我的书桌前也有一些。我也曾打电话给"希望村"，希望能和马克以及其他孩子说说话，但我们无法交流。尽管英语是该国官方语言之一，但他们说的都是不同部落间的方言。

"你应该去看看，"克里斯塔说，"不过把我也带上吧。"

现在，一张从密苏里飞往阿克拉的机票要花费1500美元，换作过去，哪怕只买一张，我都不会考虑。但在那个时候，我一点儿也没有犹豫。在搬进一座小房子之后，我们的生活（谢天谢地）终于很快就要摆脱债务的纠缠了，因此完全可以弄到这笔钱。毕竟，我们最初决定营救加纳这些孩子，为的就是等来这样的机会。

不过我又要再一次面对这样的难题：如果身边没有我的宝贝丈夫，到底该如何是好？因为兰迪答应留在家里照顾范和塔图姆了。接下来的一周，我发疯似的忙碌着：在最后一刻搞定签证，想办法找到注射黄热病疫苗的医院，在大包小包里装满拉菲太妃糖、吸管、泡泡糖，还有至少两种不同品牌的抗痢疾药物。

2007年1月3日，佩妮开车把我和克里斯塔送到机场。当我和她拥抱道别的时候，简直无法抑制内心的激动。每经停一个中转站——先是芝加哥，再是伦敦，直到抵达阿克拉——我的兴奋之情在逐渐递增。我一直都很喜欢机舱里的感觉，让我感到宁静，似乎一切都与我不再相关。我很高兴能与克里斯塔一起分享这种感觉，让她的头靠在我的肩膀上。当飞机上的灯渐渐昏暗下来，开始播放第二部机上电影，我把她抱在怀里，闻着她头上那股洗发水的香味。她微微颤了一下，在睡着之前，仿佛看透了我的心思。"妈妈，我们一起走了很远，不是吗？"她问，接着吻了吻我的肩膀，"我可不仅仅是说去非洲这件事啊。"

离开密苏里，我们飞行了超过二十四个小时，终于降落在阿克拉。当时还是晚上，一踏上灼热滚烫的机场跑道，温度陡然升高到近华氏90度（约合32.2℃），连呼吸的空气都炙热难当，就好像置身桑拿房一样。不大的航站楼外面，面包车和小汽车的喇叭恣意嘶鸣着。很多汽车的挡风玻璃上贴着胶带，车门要用绳子捆绑才能关上，却在人群中费力地开辟出一条前进的道路。街道对面的小草坡上，焚烧着堆积如山的垃圾，带着一股刺鼻的酸味，一团团白烟飘浮在空气中。我周围的人与其他抵达的乘客们拥抱着，说着奇异难懂的语言，听起来仿佛来自远古，其中还夹杂着重重的喉音。

乔治在人群中发现了我们，一下子冲过来给了我和克里斯塔一个大大的熊抱。"哈啰，帕姆拉！"他兴奋地叫道，除了他，从来没有人这么叫过我的名字。"你好，小克里斯蒂（克里斯塔的昵称），欢迎你！"打了无数电话，发了数不清的电子邮件，现在终于面对面地见到了他，这种感觉真棒！乔治身材很高，有些驼背，一副运动员的体格，还有爽朗的笑容。他一把抓过我们的行李包，领着我们坐上一辆停在附近的皮卡车。我正从额头上抹去汗水，他说："你们来得正是时候，现在这里的天气比较冷。"

一条铺好的路，只有两个车道，却贯穿整个城区，我们的车就在这条路上一点点地向前挪着。这一年，是加纳脱离英国统治并成为撒哈拉沙漠以南第一个取得独立国家地位的十五周年纪念，该国所有居民都对此非常重视，也成为他们国家荣誉的来源之一。每一根电线杆上都挂着红、金、绿三色国旗，很多建筑物的外墙上也刷出这三种颜色的旗帜图案。乔治告诉我们，这一整年里，加纳都会举办各种各样重大活动以示庆祝。

阿克拉是这个国家最大的城市，但这里却没有一丁点儿西方世界的元素。道路两旁大多数的建筑，看上去都像是军营，根本没有一国之都的气派。商店就像窝棚，建筑材料不是锡皮就是木板。店面前，尘土飞扬，老板们把手工制成的摇椅、冰箱、色泽明亮的布卷、床垫摆在外面贩卖。水泥墙上，有人用油漆写下了奇怪的告示：此处禁止小便。男人女人们和着车流跑着，敲打着我们紧闭的车窗，推销着他们顶在头上那些碗碟中的货物：有糖果、瓶装水、玻璃纸包装的小蛋糕，更奇怪的是居然还有美国国旗。一个妇女甚至头上顶着一只笼子，里面还有不少活着的小鸡。

加纳的公共交通系统是由一群小巴士构成的，每一辆看上去都像是从垃圾站里回收的报废汽车一样。很多车辆都缺少两侧和后视窗，里面装的乘客更是多得不可思议。母亲和孩子，还有瘦小枯干的婴儿们挤作一团，胳膊和脑袋都伸到了窗外。还有人坐到了车顶，但当车向前疾冲时，他要竭力地用手抓住什么，才不至于让自己掉下来。坐在相邻那辆车里的人们目不转睛地盯着我们，从他们的眼神中，我也能对比一下自己的状态：用安全带固定在座位上，享受着空调和车里的舒适，真是这座城市里最幸运的人啊！

在路上，乔治向我们详细介绍了这七个孩子的情况。目前他们已经适应在"希望村"全新的生活。一开始，他们七个形成了自己独立的小团体，但现在情况发生了变化，他们开始结交新朋友了，和二十五个其他孩子、两个宿舍管理员罗兰德和格莱迪斯住在一起。每天上午，大家一同就餐的那间舒适的食堂就会变成一间教室，一位名叫马蒂尔达的妇女会在那里给六个最年幼的孩子上课。一个名叫约翰·亚瑟的十二岁男孩，将进入幼儿园班，他也是这几个孩子中最年长的一个，而马蒂尔达则传授其他孩子一些最基本的知识，以便为将来进入幼儿园打好基础。要知道，他们大多数人连铅笔都没有拿过。

差不多一个小时之后，我们开车穿过了一个名叫戈莫阿·菲特赫的小村庄，沿着一条芳草如茵的小道向"希望村"前进。两个手持步枪的人挥着手，把我们引进大门。经过几幢有着大大水泥门廊的白色小房子，弗雷德正在等着我们。他很健壮，也很内向，快到四十岁的年纪。他让我们看了看接下来这周我们要住的地方，那是这块地皮上建起的旅馆，来自全世界去往"希望村"的志愿者都住在这里。这里还有一个主厨房和起居室，以及放着双层床的独立卧室。我们甚至还有自己的厨子——一个慈眉善目的妇女，名叫莱迪西娅，她会帮我们准备一日三餐，用的都是瓶装水。不过为了这些，我们每天得付十五美元。

第二天早上，当克里斯塔和我醒来的时候，新一天的学校生活早已开始了。从尘土飞扬的草地，到孩子们的宿舍，我们都走了一遍。马蒂尔达正在上课，教孩子们背诵着英语单词，孩子们用轻轻的声音，顺从地跟着她一遍遍地重复着。

"跳跃，跳跃，行走，行走。"

我们不想打扰他们，站在门廊上静静地看着。科菲、科乔、理查德、哈格尔、萨拉和其他几个孩子坐在一起。看着这些孩子，我下意识地想起在这次营救之前，我第一次看到通过乔治邮件发给我的照片上他们的样子：胀大的肚子，过度发育的肌肉，还有充满恐惧的眼神。然而我在这里看到的孩子，则围坐在一张大木桌前，桌上铺着纸，上面涂写着英文字母表。他们坐在有大垫子的椅子上，身上穿着浅灰白色的校服，已经完完全全彻底变了个人了。

科菲抬起头来，看到了我和克里斯塔。之前我也曾把我们全家的照片用电子邮件发给了乔治，我疑心他是否和这些孩子一起看过那些照片。答案很明显是肯定的。科菲扔下手中的铅笔，从椅子上跳下，冲出教室向我们奔过来，力量大得差点把我撞倒。他牵着我的手，把我们带进教室，其他孩子也围了上来，几乎把我们压倒在地。

"帕姆妈妈！帕姆妈妈！"他们一边喊，一边相互推搡着，为的就是更靠近我们，直到围拢在我们腰部和手臂旁，就像风铃的吊坠一样。"克里斯塔姐姐！"每个孩子都递给我一张他们的绘画作品。萨拉念道："致帕姆妈妈：我非常爱你。"马蒂尔达兴奋地拍着手，直到孩子们"释放"我们之后，我们才和她拥抱问好。她告诉孩子们，这时应该安静下来继续上课了，而我和克里斯塔也在桌子旁坐了下来，怀着极度惊奇的心情旁观着眼前的一切。每次有人正确地回答了马蒂尔达的问题，其他人则会马上拍手以示鼓励。接着他们会转头看着我，眼里既不乏骄傲，也还有几分羞怯。

尽管见到所有这些孩子，让我感到很高兴，但马克却让我尤其牵肠挂肚。马蒂尔达告诉我，因为疟疾，他已经病倒了。当我看到他的时候，他还卧病在床，身上紧紧裹着毯子。他已经两天不能进食了，而且正在发高烧，躺在床上几乎动弹不得。虽然看到他病恹恹的样子，但让我为决定来到这里感到更加欣慰。"希望村"确实有着让人开心快乐的环境，但此时此刻，马克最需要的则是来自母亲的关怀。我抱起他，走过院子，回到旅馆。在那里，我和克里斯塔用冷毛巾给他洗了个澡，想把他的体温降下来。接着把他放进一张空床上，给他盖上一位朋友即将离开"希望村"时送给我的毯子。他这一睡就是好几个小时，每次醒来，我和克里斯塔都站在旁边，喂他吃点咸饼干，喝点冷雪碧。

就这样过了两天，在他醒来前，我感觉简直是度日如年。他瘦小的身体上还有很多伤疤：额头上有被打过的痕迹，脚底板裂得很厉害，由于长期处在沼泽般的水域里，脚上长了很多癣，而且瘦得皮包骨。渐渐地，他的高烧退了下去，但是嘴唇上却长满了令他痛苦不堪的脓疮。一位老师说，这意味着他的病情已经进入了最后一个阶段。第二天，他已经痊愈了。我去格莱迪斯那里看望他时，他竟然在和其他孩子一起吃早饭。"你看上去精神极了，"我说着，送上一个拥抱，"我想你现在应该回去上课了。"

但他却皱了皱眉，"也许明天吧，"他一边说，格莱迪斯一边在旁边翻译，"我觉得要是能再喝上几瓶雪碧，会感觉更好的。"

尽管这七个孩子都让我吃惊不小，而我最喜爱的是那个叫约翰·亚瑟的孩子。他很阳光，也很友善，同时内心充满动力，行事非常严肃。有一天，我和克里斯塔正在操场上散步，两个小男孩看到我们，把我们带进他们的教室。老师因为担心另一个学生也患上了疟疾，所以就带他去了医务室，剩下的人就只能自由活动。一个孩子拿走了我的相机，给其他同学拍照，一下子教室里气氛就热烈了起来，像是开起了派对。男孩子们用手拍着桌子，女孩子们则站在前面，随着节奏左右摇摆，跳起了一支优美的非洲舞蹈。随后大家一起合唱《如果感到幸福你就拍拍手》。大家都很开心，不过场面有点乱糟糟的。载歌载舞了十五分钟后，我看到约翰还是无动于衷地坐在后面的一张课桌前。我朝他走了过去，看到他正在画着线的纸上一丝不苟地抄写着字母表。

"你好，约翰。"我说。

"你好，帕姆妈妈。"他说，说完就再次低头看着纸，明显就是在告诉我，自己正在做功课呢。后来，他上完课经过旅馆的时候，特意找我打了个招呼。我正坐在门廊处和莱迪西娅聊天，约翰也在我们旁边坐了下来。"很抱歉，今天你来我们班的时候，我正在学习。"在莱迪西娅翻译的帮助下，他告诉我，"我并不想显得很没有礼貌。"

我让他放心，这没有什么。在回"希望村"之前，我让他和我多讲讲自己的经历。他坐在我旁边的台阶上，眼睛直视着草地上正在踢球的男孩子，将他的故事娓娓道来。

约翰来自索弗林，在那里他和很多其他孩子一起劳动，不过作为年龄最长的幼奴之一，他承担了更多的工作压力。和别的孩子一样，白天他都要下湖捕鱼，但是到了晚上，当其他人都在休息的时候，他却被迫要走五英里的路程赶往基特·克拉奇，守在医院门外卖主人老婆做好的油炸圈饼，挣取额外的收入。有一天，由于在船上捕鱼耗尽了体力，他坐在医院门口睡着了。醒来的时候，发现油炸圈饼和钱都被偷光了。

"我知道自己逃不过一顿打，"他告诉我，语气有些激动，"我害怕极了。"想到这些，他忍不住流下了眼泪。一个从医院里走出来的护士发现了他，约翰就把自己的遭遇讲述了一遍。这个护士带着他走到马路对面的警察局，乔治刚巧住在隔壁，看到约翰在向警察陈述案情。乔治注意到他身上只穿着脏内裤和薄薄的T恤，立刻就明白了这是个被卖为奴的孩子。乔治走过去表明了自己的身份，请求警察给予约翰应有的帮助。然而尽管法律要求他们采取行动，但他们似乎对约翰根本无动于衷。

乔治把约翰带回了家，带着他回到索弗林。他用手紧紧地扶着约翰的肩膀，正告他的主人科瓦德沃·塔基，他的所作所为是违法的，而且警察已经对他发出了警告。然而这个身材高大、面目狰狞的三十多岁的年轻人却一笑置之："我们待他很好，如果他否认的话，那就是在撒谎。"

乔治别无他法，只得把约翰留下。他和妻子安娜有三个孩子，都已经长大，开始自食其力。之后他们又领养了三个家庭困难的孩子，已经无力再收下约翰。不过乔治告诉科瓦德沃·塔基，他会经常回来看望约翰。

几周后，约翰又回到了医院门口，继续卖油炸圈饼。这一次，一个男人找他要圈饼，却没有付钱。当约翰拿着一只空盘子和一半钱回到家中，科瓦德沃·塔基再也无法容忍了。他让约翰横躺在一张长凳上，递给约翰最好的朋友一根树枝，要他抽打约翰，但被这个男孩拒绝了。科瓦德沃·塔基很失望，"你们这些没用的东西。"说着，一把夺过那根树枝，狠狠地把约翰揍了一顿，直到打得他血肉模糊。我记得在《纽约时报》的那篇报道中，也曾有过这种毒打的描写。现在我明白了，原来就是在叙述约翰的经历。那天晚上，等所有人都睡着的时候，约翰逃跑了。他一路跑到基特·克拉奇，一刻都没有停，直到认出了乔治的那栋房子。

当乔治打开门，看到约翰就站在那里，满脸泪痕，背上尽是血污，身上除了内裤，什么都没穿。乔治把他领进门，给他洗了个澡，让他换上自己儿子的衣服。后来，他们又去了一趟警察局，让警察亲眼看了看约翰背上的伤。

约翰在乔治家里住了几天。在意识到警察对此采取不了什么行动，也不会有什么行动之后，乔治直接去了趟索弗林。他告诉塔基："你必须告诉我怎样找到约翰的父母，否则我会带着警察再上门找你。"

几周后，乔治将约翰带回他的父母家里。约翰满心以为，他能从此走进学校读书，但相反，他的家庭还需要他的帮助，村子里渔民打来的罗非鱼和泥鱼，他得陪着母亲一起清洗干净。他或许在想，虽然不能上学，但至少他已经重获自由之身，不再是奴隶了。

第二年，他的父母离异。父亲离家没多久，一个男人就站在了母亲的家门口。他要带走约翰，因为他说，约翰的父亲已经同意把儿子再次卖掉，这一次不是去沃尔特湖，而是去海上做渔民。约翰原本以为从前受到主人控制，整日捕鱼的那些日子已经一去不复返了，但听到这个消息，他的神经几近崩溃。就这样，他又在海上干了一年活。

两个月前的一天，他正在海滩上修补渔网，看到一个身材高大的人在沙滩上向他跑来，他立刻就认出来，那是乔治！尽管当时约翰并不知道他的情况，但乔治已经花了一周时间四处找他。他已经听说了约翰再度被卖的消息，所以在接到我的电话后，决定不惜一切也要找到约翰。这并不是轻而易举的事——他先是坐巴士前往约翰母亲居住的村庄，但就连她也不知道自己的儿子身处何方。然后他又找到约翰父亲的住处，他同样也是一无所知，只是说他在海上干活。手里拿着约翰的照片，乔治一个接一个村子地寻找着约翰的下落，见到谁都跑上去问问是否见过这个十二岁的小男孩。最后，就在他即将放弃希望时，无意中在海滩上的一叶小舟上看到一个孤独的身影。他立刻认出来，这就是约翰！"我简直无法形容当时的感受，"约翰告诉我，"但我就是知道他一定会回来找我的。"

乔治把约翰带回了他妈妈的家里，但这一次，他请求得到她的允许，把他带到"希望村"。在那里，他不但会很安全，而且还能上学读书。约翰母亲最后签字同意将儿子的监护权托付给乔治，几天后，她陪着约翰乘巴士一同踏上了前往"希望村"的路。

"你现在在这里开心吗？"等他说完，我这样问他。

"非常开心，"他说，"简直比梦中的天堂还要美妙。"

"如果要你选择的话，你是愿意留在这里，还是和妈妈住在一起？"

"当然是这里，"他不假思索地回答，"我爱妈妈，但是对她来说，我是一个沉重的负担。"说到这里，他顿了一下，问道："你会把更多像我一样的孩子带到这里吗？你会让他们离开那个湖吗？"

其实我也一直都在考虑这样的问题。我当然想让更多像约翰、马克、科菲、哈格尔这样的孩子远离湖边打渔的生活，但是他们将何去何从呢？沃尔特湖上总共有几千个孩子，不可能全部进入"希望村"啊。

我还没来得及回答，他又说："我希望你会这样做，那个地方太可怕了，我能活下来真是奇迹。"

这一周过得飞快。每天早上，我和克里斯塔帮孩子们做好上学前的准备工作，到了晚上，我们一起坐在格拉迪斯的大餐桌前共进晚餐——炸土豆、鸡肉、白薯和花生黄油炖菜。几乎每顿都会吃富富，这是一种厚厚的糊状食品，由玉米和土豆反复捶打制成，就像培多乐玩具一样黏性十足。我花了很长时间才明白，你根本不能用牙去嚼富富，只能让它像牡蛎一样从你的喉咙里滑进去。

上完课后，每个孩子都要在下午做一点家务活。一些男孩女孩们会在偌大的空旷草地上用柴刀劈柴火，别的孩子则用大木锤捶打富富，或是在房子旁支起大锅大灶煮豆子，还有在一桶桶的水里用手洗衣服。当这些都做完之后，每个人都要洗个澡。弗雷德在附近的地方打了一口水井，孩子们会用各自的水桶打满水，然后走到外面空旷的平台上，分成两组，男孩女孩各占一边。所有的事都是在露天完成的，这也是我最喜欢这个国家的地方。在这里，人们的生活总是和自然如此亲近，这一点和越南人很相似，我也能想象得到，要是我也能过上这样的日子，那会多么有趣——让范和塔图姆在房子外面为全家准备晚餐，而不是生拉硬拽地让他们远离每天晚上电视台播个不停的卡通片。

当孩子们都做完手中的活计，我们会聚在一起，坐在一个门廊在夕阳留下的阴影中。我看到萨拉总是那个最害羞的孩子，弗雷德告诉我，她花了很长时间才确定自己在这里确实是安全的。这七个孩子来到"希望村"之后没过几天，圣诞节就到了，这里的工作人员准备了一顿特别的晚餐。吃完之后，萨拉仔细地检查了每一个盘子，把所有剩下来的食物都装进了一个塑料袋中。格拉迪斯看到后问她为什么这样做。"我得保证至少明天不会饿肚子。"她说。

萨拉和哈格尔并没有什么血缘关系，但她俩就像是一对亲姐妹。其实，这七个孩子已经亲如一家人。尽管约翰只有十二岁，但在年纪更小的其他孩子眼中，他俨然就像是个父亲的角色。做了什么错事，就得挨约翰的骂；如果受了伤害或委屈，他也会好生安慰一番。萨拉和哈格尔，还有其他很多女孩子都交上了朋友，她们会手牵着手，领着我和克里斯塔在学校里闲逛，告诉我们每天下午他们会在哪棵树下上课，或是展示卧室里衣架上那些叠放得整整齐齐的衣服和裙子。在洗澡之前，我们还会一起走到那口水井前看个究竟。这口井未免也太简陋了一些，不过是地上凿个洞外加一个手动水泵而已。尽管如此，这口井对于孩子们的健康意义却很重大。在世界上少数几个国家，人可能因为饮用受到污染的水而患上一种被称为"麦地那龙线虫病"的传染病，加纳就是其中之一。这是一种很可怕的疾病，一旦极小的跳蚤一样的小虫进入人体，并在肠子里生长成为蠕虫，就可以长到足足三英尺长。蠕虫还会爬行到皮肤表面，形成极其痛苦的水疱。当皮肤最终破裂之后，蠕虫就会伸出头来，而所谓的"治疗方法"之一就是将其在一根棍子上卷成一团，缓慢地拉出人体。这个过程可能要花费数周时间，而且还要视这种蠕虫生长的程度而定。在加纳，如果没有安全的饮用水，随时都有极高的风险感染这种疾病。

我和克里斯塔打点行装准备前往机场的那个早上，谁也没有为此做好心理准备。我们向大家一一道别，然后走向弗雷德的面包车。克里斯塔回头望了一眼格莱迪斯的房子，把行李往地上一放，说："你知道吗，我要再和他们说一次'再见'。"

返程回家的飞机上，尽管精疲力竭，但依然感到十分振奋，我最强烈的感觉却是一种由衷的幸运。不仅仅因为我能回家，与健康的家人共享生活在美国的便利，而且还在于我能荣幸地给那些孩子带来安全的生活环境。我忍不住要去想，如果他们还在沃尔特湖那样艰苦的条件下劳动，最终会是怎样。想到这里，我不禁又要感叹，如果我能营救七百个孩子，而不只是七个，那该有多好。我并不喜欢在数字上斤斤计较，而是更关注于一个个具体的孩子，一个个具体的人。马克、科菲、科乔、理查德、约翰、哈格尔和萨拉，真不愧是"标致七人组"啊。

我昏昏沉沉地睡了过去，我们的飞机正在飞往伦敦，接着返回密苏里，我脑中只有一幅画面，那就是马克的眼睛。曾经让我无比动容的惊恐眼神已经荡然无存了，在那双一度渴求着解救的眼眸中，我看到了更为强大有力的东西，那就是希望。

CHAPTER 10
基特克拉齐·现实如此震撼

亲爱的詹特森:

　　我从未如此强烈地感受到你的存在。为了帮助这些孩子,哪怕让我赴汤蹈火也在所不辞。他们每一个都应该有实现梦想、改变命运的机会。我看着这七个孩子,还有每一个受到"点亮生命"基金资助的孩子,他们都像是你生命的延伸。你英年早逝,但他们身上,我依然还能看到你的影子。

爱你的妈妈
2007年1月

　　回到家以后,我依然还是对约翰·亚瑟说的那句话念念不忘。"你会不会让更多的孩子离开那个湖?"在加纳的许多个夜晚,在孩子们入睡之后,乔治和我依然还会久久长谈。他告诉我,他一直以来都有一个梦想,那就是在北边的基特·克拉奇也建立一所类似于"希望村"的孤儿院,以便接纳那些被解救出来的孩子。为了劝说那些买卖幼奴的人释放被拐卖的孩子,乔治费尽了心机,同时他也担心这些人最终误以为自己的团队并不是要把这些孩子带到安全的地方,而是转手再把他们卖了。因此,在当地找到一个合适的地方,让人随时参观,并看到那些被解救出来的孩子正在受到精心照顾,而且还在接受教育,就显得十分重要了。他甚至还向我展示了自己绘制的建筑方案,对于校舍和孩子们居住的小屋也进行了详细的描述。他将这个计划命名为"生命村"，第一阶段需要投资三万美元。有了这笔钱，他可以建造一座能容纳二十名孩子的小屋、支付管理员的薪水、打一口水井以及支付其他诸如铺设电力设施和修建道路的相关费用。

在接下来的一次董事会议上，我提出了这一方案，大家都同意为乔治筹集资金，把"生命村"建起来。这个对我来说绝对重要，哪怕是多从沃尔特湖解救一个孩子，也足以让我兴奋好几周的时间，但这个项目工程量太大，难免让人感到心有余悸，毕竟我们从来就没有进行过如此大规模的计划。虽然乔治将会总管全局，但我们对工程的各个环节同样负有责任，而且我们必须保证，到这里来住的孩子都能在有生之年丰衣足食，有所依靠。

当我告诉大家，我们决定将三万美元寄给乔治的时候，很多人都觉得我疯了。把这么多钱，交给与我只相处短短一周的一个非洲人？我能信任他吗？我觉得答案应该是肯定的，虽然我也没有百分之百的把握，但我已经越来越相信自己的直觉了。这一次，直觉告诉我乔治就是我要帮助完成这个计划的人，如果我错了（事实上从未发生），那么好吧，我甘心情愿冒这个风险。

几周后，乔治就为"生命村"选择了一大块绝佳的地皮。在加纳的绝大部分地区，村长控制土地，要想弄块地可不是一件容易的事。由于法律禁止买卖土地，因此至少理论上不能产生转让金。取而代之的是，村长会说为了得到在某一块土地上建房的许可，申请人需要支付他一定的"酒钱"。如果土地未来的新主人对此没有异议，那么他要再去一趟村长家里，送给他一瓶诸如杜松子酒之类的礼物，此外还有一万美元现金。

乔治说，村长卖给他的土地，并不是他们之前申请的那块。相反，在得知乔治和他的团队购买这块土地的用途之后，村长给了他一个更好的地块：足有几公顷，离城里也很近，在一座小山上，可以尽享沃尔特湖美丽的风景。

这么好的条件，我也得亲眼看看。几周后我再次来到加纳，距离首次加纳之旅仅仅过了两个月。这一次我带上了艾米·莫洛伊，她是一位记者，也想去了解更多有关沃尔特湖幼奴的故事。三月初，当我们抵达阿克拉时，天气依然和我上次离开时一样炎热难当。"希望村"的弗雷德·阿萨尔又来接我们了。当我在人群中看到他的身影，简直高兴坏了，差点就要扑过去与他热烈拥抱。但我还是忍住了，因为尽管弗雷德为人和善慷慨，却非常职业，身上总有一种权威气质，就像在说："你要明白，我从不接受拥抱。"

他一把接过行李包，让我们钻进他的面包车，里面还有个司机在等着我们。车刚刚驶出阿克拉，开上那条通往戈莫阿·菲特赫的灰土路时，弗雷德就开始和我们讲起了这七个孩子的近况。只用了两个月，约翰·亚瑟就在英语学习方面取得了很大的进步，开始上三年级的课程，而且在新班级里也被认为是成绩最好的学生之一。马克进入了幼儿园的普通班，其他孩子依然还在马蒂尔达的教导下学习，现在都是一年级的学生了。多么让人开心的消息啊！我们沿着那条坑坑洼洼的路，一路颠簸着向孤儿院前进的时候，我已经迫不及待地想要见到他们了。

来到"希望村"的时候，马克正在旅馆等着我们。我一下车，他就冲过来和我热烈拥抱。每天早上，我都要把牛奶从冰箱里拿出来，倒在范和塔图姆的燕麦片里。马克的照片就贴在冰箱门上，所以每天早上我都能看到他在向我微笑，但现在几乎认不出他了。曾经弱不禁风的小小身躯看上去已经相当圆润，很健康。他的皮肤也很有光泽，从前被殴打留下的伤，如今连疤痕都已经不见了。

我急着要见约翰·亚瑟。听完弗雷德的那番话，我想亲眼瞧瞧他所取得的成绩。因为他已经是三年级学生了，每堂课的时间也比低年级要长一些，所以我要一直等到下课才能找到他。当时我看到他正一个人走过尽是灰尘的草地。这个男孩子就是这样，走起路来总是一副信心满满的样子，我从来没有在别的十二岁孩子身上看到过这种气质，他的脸庞，如果登上任何一本杂志，都足以为之增光添彩。

看到我正朝他走去，约翰一下子冲进我的怀抱。"我知道你今天会来，都等不及了。"他用几乎无懈可击的英语对我说。随后他从天蓝色短裤后面的口袋里摸出一张纸，上面写着我的名字，下方则是两只手捧着一个看上去……像是鸡蛋一样的东西？也许我并没有自己期望的那么苗条，但也不至于像个鸡蛋吧！所以我让他解释一下。

"你像保护一只鸡蛋一样照顾着我们，所以我们再也不会被打破了，"他对我说，害羞地笑了，"谢谢你，谢谢你给我带来了崭新的生活。"

在"希望村"的第三天下午，我和艾米决定晚饭之后步行到戈莫阿·菲特赫镇上看一看。当时在"希望村"还有不少其他志愿在当地医院里工作的美国人，他们善意地告诫我们，天黑之后，两个女人在镇子里闲逛是件并不安全的事。但是我们不在乎。我们想去镇上瞧瞧，看看这里居民的生活，更多地体验当地文化。好吧，我们还想喝点啤酒。"希望村"并不严格禁酒，但无论如何也不可能随随便便在街角找到一家小店买到一箱六罐装。这时候，我知道自己的行为很可能将自己至今为止所做的善果毁于一旦，因为我们要向大家撒谎才能溜出这所基督教孤儿院，而且忍不住酒精的诱惑去喝啤酒。为了达到这个目的，我已经不顾一切了。最后两晚接连停电，那意味着房间里无法使用电扇，我敢说，旅馆里的气温足有华氏一百度。

所以在吃完稻米和豆子做成的晚饭之后，我们就出发了，从保安身边经过（我一直搞不懂，他们为什么要戴着粉红色的针织帽子，就好像有人会把他们挑出来一起去滑雪一样），直奔镇上走去。现在，如果你有机会置身西非，那么就让我传授几条有用的建议吧：带上疟疾药；不要喝水；小心腰上缠着绳子的人，他们有可能会直接在你身上撒尿。

有人告诉我们，这些绳子是当地一种风俗，用来识别患有精神疾病的人。在戈莫阿·菲特赫镇上有个叫卡谢的人，总是喜欢对着别人撒尿，人人谈之色变。当我们走进镇子，距离"希望村"大约一英里，远远就看到他走了过来。他身上的那根绳子很显眼，因为除了这根绳子，他一丝不挂。

"听着，"艾米说着，用她的胳膊钩住了我，"帕姆，不要可怜他，千万别停下询问他的遭遇。只管朝前看，和周围风景融为一体，若无其事地走过去就行了。"

我和艾米刚认识不久，但很快就变得相当熟络。我们的第一次见面，是几周前在曼哈顿的一家小咖啡馆里，但一个小时之后，我们就一起坐在我所住酒店的房间里，光着脚，一起喝咖啡，亲密无间地将彼此生活中的诸般细节倾囊而出。几周后，我们决定结伴前往加纳。在机场那段短暂的时间里，我们的友情又得到了进一步的加深，我遗失了行李，所以此行最后三天，她慷慨地把自己的内衣借给我穿。因为我很喜欢艾米，而且我还穿着她的内衣，应该加倍对她好，所以尽管她说我们应该与周围风景融为一体，我却不会说自己从没有听到过这样无厘头的建议。理论上这也许是个好想法，但我们所面临的现实情况却让这个建议很难实现：想想看吧，太阳已经下山了，两个白种女人行走在非洲一个偏远村庄的灰土道路上，更糟糕的是，一群孩子聚在我们身后，用脚将灰尘踢得老高，在一片黑暗中大喊着"奥布若尼！奥布若尼"，意思是"白人！白人"。要是在美国，这就是非常粗鲁的行为，但他们并不是故意这么做，只因为这个村子太过偏僻，我们很可能是这些孩子第一次见到的白人。夸张一点，哪怕是路上的山羊和鸡，都会因为看到我们而感到吃惊。

不管怎样，我还是决定听从艾米的建议。当卡谢站在我们面前，挡住去路，我看也不看，只想摸黑从他身边绕过去。这里的大部分房子都没有通电，只有少数几个门廊上挂着几盏孤零零的荧光灯泡，光亮的主要来源则是我们身后那些男孩子们手中的火把。道路两边，一群群的妇女席地而坐，或是坐在粗木长凳上，有些冲着我们微笑挥手，但大多数人投来的都是漠不关心的眼神，依旧忙碌着自己手中的活计：给孩子喂奶，在脚边的水桶里洗衣服，或是将玉米粉掺水揉成面团，作为第二天全家的早餐。孩子们从我们身边走过，头上顶着大桶大桶的海水，或是从"希望村"那口水井里打来的地下水——村子里的人都可以自由取用。

"你肯定自己知道这是什么地方吗？"当我们靠在一边，给一只病恹恹的山羊让行时，艾米这样问道，语气中不乏质疑。

"当然。"我说。上一次来到这里时，有一天下午，我和克里斯塔就曾走过这个村子，还在附近的一家旅馆的酒吧里喝了一杯可乐。我们经过一间窝棚，男人们坐在板凳上喝着苏打水和啤酒，另一间窝棚上则有一个药店的招牌。我停下来瞥了一眼，狭长的架子上，摆放着满是灰尘的瓶子，里面装着什么药根本辨别不出来，闻起来满是尘土的味道。

最后，在这条路上走了大概半英里，我看到一个路标：一个大大的黄箭头指向了另一条灰土路，直通蒂尔斯海滩酒店。我相信，蒂尔斯有着世界上最棒的一家小餐馆。就在大西洋旁边，很多游客都没有来过，在西非，这样的地方还不多。全部都是露天餐馆，没有围墙，只是用几根大柱子撑起一片茅草屋顶，当地人将其称为：夏天的帽子。餐厅除了一张桌子以外，再没有其他东西。七个身材高大壮硕的白人男子围坐在一张桌子前，上面摆满了盛着蒸龙虾的盘子，还有波旁威士忌和伏特加。他们抽着香烟，开杯大笑着，直接抱着瓶子喝酒。我和艾米每人点了一瓶非洲啤酒，他们朝我们这边看了一眼。"联邦调查局的。"我非常肯定地说。其中一个人向我们招了招手，说了几句话，听起来有点像俄语。服务生端上了我们的两瓶啤酒，加了几块冰，艾米说："好吧，也许是前克格勃的。"

置身于西非的一家酒吧，我很乐意与这七个前俄罗斯"间谍"好好聊聊，但还是和艾米决定从绿草如茵的小山坡走到海滩旁边喝完这瓶啤酒。海滩上空空如也，抬头看看天，每一颗星星都像着了火一样明亮，耳朵里听到的只有海浪拍打海岸的声音。我脱掉拖鞋，和艾米走向岸边，一起走进海水里，感到像洗澡水般温暖，海浪也浸湿了我们的短裤。最后，海洋的诱惑实在无法抵挡，我们俩潜进了水里。

我们躺在浅浅的海水里，让海浪淹没头顶，我痴痴地看着天空。"我从来都没有看到过这样的黑暗。"艾米说道，打破了周遭的沉静。

我默默地点了点头，把头埋进柔软的沙子，水灌进我的耳朵，这样我就只能听到回旋在脑袋里那些地球的旋律了。

"帕姆，你感觉怎么样？"她问道。

这个问题已经变成了我俩之间的一个玩笑。我和她聊了很多自己的生活，还有詹特森和我们在越南的工作。她常常打断我，询问我对于一些事情的感受。而每当她问到我这个问题，我总会拿她开玩笑，告诉她别再什么事情都要拿来仔细研究分析一番了。但这一次，我却对这个问题进行了认真的思考。

我想到了那七个孩子，现在一定已经进入甜甜的梦乡了，多么安全啊！也想到自己与兰迪之间的感情，三天前离开美国之后，我就再也没有和他说过一句话了。他在为范和塔图姆上学做准备的时候，说不定也正在想我此刻在做什么。克里斯塔也许正在宿舍里做功课。我还想到自己非常渴望帮助乔治把"生命村"建起来，可以让数以百计的其他幼奴也能居有定所。午夜时分，我身在此处，躺在几内亚湾的海水里，任其漫过我的胸前和脸庞，嘴唇上则带来了咸咸的味道。

也许，我这辈子终于第一次真正了解了自己内心的感受。

"我就是觉得……很满足。"我说。

第二天，破晓之前我们就起床了，准备赶一整天的路前往基特·克拉奇和沃尔特湖。按照原来的计划，我们此行大部分时间都将在湖上度过，和那些被卖为奴的孩子们倾心交谈。我的朋友戴夫·列托，前一天晚上也来到了这里。他是一位摄影师，志愿到这里记录下所有的采访，以及"生命村"建设初始阶段的影像资料。乔治当时正在阿克拉参加一个会议，但他依然给我们安排了汽车和司机。我走出门，见到那个司机。他身材高大，而且我从来没有见过像他这样戴着这么多金链子的人。站在他身边的是乔治的侄子科菲，一个孔武有力的二十多岁的帅小伙。科菲和我握了握手，说他将和我们一起前往基特·克拉奇，纯粹就是陪同的角色，以确保我们路上的安全。到了基特·克拉奇之后，他跳上一辆巴士，坐一天的车回到阿克拉，他在那里上大学。这个事例，充分说明了在加纳人眼中，热情待客是多么重要的一件事。就好比你去旧金山拜访某人，他们却开车带着你去西雅图机场一样——那可是十一个小时的车程啊！

当汽车驶出孤儿院大门，穿越戈莫阿·菲特赫寂静的街道时，太阳正在天边升起。前三个小时，司机相当轻松随和，但接着，平整的马路突然中断，变成了尘土沙石遍布的小路，而且没有路标，一路都是坑坑洼洼的。换做在美国，没有人会在这种路况下，行车时速超过三十英里，但我们的司机不是勇敢无畏，就是彻底疯了，那辆SUV被他开到了时速九十英里。后排座位上，戴夫、艾米和我紧紧抱在一起，生怕小命就这么没了。有好几次，SUV被路上的凹地弹得老高，我们的脑袋都撞在了车顶上。"抱歉！"司机的嘴里嘟哝着，油门踩得更厉害了。

我们经过了很多在越南和柬埔寨才见到的房子。大部分孩子什么都没有穿，和他们的妈妈坐在土房子前的地上。这里没有电，也没有自来水，当地人住的房子连棚屋都算不上。女人们在道路两边走着，把重重的柴火绑在一起，顶在头上。硕大的巴士嘎嘎作响地从我们身边经过，里面的乘客挤得满满当当，车顶上则系着大碗大碗的熏鱼。

要理解加纳文化，你必须搞清楚一件事：当你向某人提出一项建议时——比如"你应该尝尝这块鸡肉"或者"你应该买下那双鞋"——你最好不要只是嘴上说说，因为别人会把你的建议当做你对他们作出的承诺。在我的第一次加纳之旅中，我好不容易才明白了这个道理。当时每遇到一个很想去美国的人，我都会说："你应该来美国。"其实我根本不知道这样的表达，在他们看来，就等于我承诺为他们购买机票，再到机场把他们接回家，一直住到老。所以这一次，我发誓再也不能犯同样的错误了。不过同时，我也渐渐才知道，这其中也有一些细微的差别。那天早上，我们还没有到早餐时间就离开了"希望村"，我知道一路上不可能找到那种免下车的快餐店，所以随身带了一些格兰诺拉牌麦片棒和一些其他零食，以备充饥。我把手伸到前面的座位取包，准备把它们拿出来，当时我、艾米和戴夫一口都还没吃。"来点点心吧。"我对司机说。

他接过包，拿出一包坚果巧克力，然后把包塞到了自己座位底下。我们面面相觑，无言以对。几分钟后，他又伸手从两腿间拿出了另一包点心，自顾自地吃了起来。

"把包拿回来！"艾米小声说道。但我知道已经太晚了，如果这样做的话，会显得很不礼貌，那包食物已然属于他了。

车一直开了七个小时之后，我们来到了一个叫做达姆拜的小村子。这个村子就坐落在沃尔特湖畔，坐轮渡可以直通前往基特·克拉奇的路。司机把车停在乱石密布的湖岸上，可以看到渡船就在湖对岸。一个年轻人朝我们的SUV走来，和科菲说了几句话。科菲点点头，然后告诉我们渡船再过两个小时才能返回湖的这一边。两个小时？这辆SUV的空调可坚持不了那么长的时间。我们别无他法，只得关掉引擎，打开车门，陷入无聊的等待。

在达姆拜，这一天正好是赶集的日子，湖岸上熙熙攘攘，聚集着上百号从周围许多个村庄赶来到这里兜售工具、买鱼和农产品的居民。沿着湖岸，妇女们穿着长长的、五颜六色的衣服，包着头巾，坐在毯子上，旁边则摆放着盛满土豆、熏鱼、牙膏和水果的盘子。孩子们来来往往，叫卖着袋装水和蛋糕。当司机从我的包里掏出最后一包点心的时候，科菲去买了一串看上去很奇怪的肉和豆腐。我们饿坏了，但从那些待售的食物旁边经过，还是什么都不敢吃，因为根本看不出那些究竟是什么东西。

外面的温度很高。艾米、戴夫和我从车里爬出来，想伸伸腿，舒展一下筋骨，顺便也逛一下这个集市。但是我们根本靠近不了那里，因为相比之下，我们显得太异类了。大家瞅着我们，竟然半路停下了脚步。环顾四野，我们是绝无仅有的白人，正如科菲所说，对于大部分村民而言，这也是他们这辈子第一次见到白人。慢慢地，有一群人（其中大部分是孩子）小心翼翼地走近了我们的SUV。他们只是站在那里，在刺眼的阳光下带着复杂的情绪呆呆地看着我们，有怀疑，有消遣，也有几分恐惧。

我试着和他们打招呼，但是没有人会说英语，所以我们对他们笑了笑，挥手致意。大人们也加入了孩子们的行列，很快，我们的SUV旁就渐渐聚集了一大群村民，足足有一百多人。

他们就是这样一声不吭地盯着我们，一开始的几分钟里，感觉有些怪怪的。之后，我们就觉得浑身不自在了。有一些妇女把孩子也抱了过来，以便近距离观察我们，而那些还在襁褓中的婴儿，看到我们的样子，顿时被吓得放声大哭起来。

我们就这样面面相觑，大概过了半个钟头，我觉得实在憋不住要上厕所了，就问科菲："你知道这附近哪儿有公共厕所吗？"一副怪异的表情掠过他的脸庞，转而向围在汽车旁边的一位村民打听了一下。那个村民指了指附近的小山，上面有一排木头盖的窝棚。

"来吧，"我对艾米说，"我们一起去上厕所。"

现在，在上厕所这件事上你一定得原谅我。在后面几天里，我会毫无顾忌地脱下裤子，随便找个什么地方就蹲下来方便，如果能找到一棵树那就更好了，但是这个时候我还没法接受。我和艾米顶着热浪，爬上那座小山，经过了一个污秽不堪的烂泥坑，六头猪正在里面打滚，还看到几个袒胸露乳喂孩子的妇女，直到站在那个公共厕所的门前。艾米站在我的身后，我打开一个小间的门。一个大大的金属罐，立在一摊烂泥里，里面堆满了臭烘烘的人类粪便。直到这时，我才慢慢缓过神来，这就是村民们解决大便问题的地方，他们的房子里不可能拥有下水管道。如果是小便，那就另当别论了。男人们可以就地解决，就在那儿，就在人群当中，甚至可以一边和你谈话，一边排空膀胱里的液体。有时候，我甚至能看到穿着长袍的妇女一边走路，一边张开双腿排尿，一步也不耽误。

"这实在太恶心了。"我听到艾米在背后说道。

可是已别无他法，我屏住呼吸，走进了那个窝棚。一股恶臭传来，简直难以形容，但我只得憋着气，根本顾不上去想会不会有什么细菌或病毒侵入我的大脑，只求尽快搞定了事。我在那个小间里，恐怕待了不到一分钟就仓皇逃了出来，却像被判了无期徒刑一样饱受煎熬。完事之后，艾米在湖边等着我。

"怎么样？"她问道，我本想和她说"还行"，还准备告诉她，我和她可不太一样，是一个勇敢的旅行家，从来不害怕因地制宜干一些出格的事。但是我刚准备开口说话，厕所的恶臭就直冲我的鼻孔，感到一阵恶心。我以为自己要吐出来了，但是还好，我只是觉得很恶心而已。

艾米抓住了我的胳膊，"你没事吧？"

只要我想说话，都控制不住地一阵干呕。

"我感觉好像得了几内亚龙线虫病了。"我费力地说。

但艾米却明显觉得非常好玩，笑得几乎喘不过气来，而我也被逗乐了。我们这两个认识没多久的新朋友，站在沃尔特湖岸边，茫然不知所措。我竭尽全力想要"融入"这里的文化，但如今却笑得气喘吁吁。接下来的几分钟里，我站在湖边，时而放声大笑，时而感到一阵阵反胃，眼睛里满是泪水。

"哦，天哪，"她说，一边拍打着我的背部，一边还在歇斯底里地狂笑，"我可从来没见过像你这样一边恶心，一边开心的家伙。"

"我得赶紧到车里躺一躺。"我好不容易才说了这么一句话。

戴夫走进了湖里，忙着拍摄照片，而我则在后排座位上躺了下来，用吃奶的力气想把聚集在鼻子里的臭气排出来。车外，艾米开始教孩子们学跳一种她侄子侄女很喜欢的舞蹈，他们管它叫做"小鸡舞"。一群男孩子拎着水桶走了过来，他们把桶倒扣在地上，当做鼓来敲打。一个女孩则把头伸进车窗，抓住了我的手，把我带到她朋友们站着的地方。这回，轮到他们当老师了：他们教我们怎样优雅地移动着自己的胳膊和双腿，跳起非洲当地的舞蹈。我们尽了最大努力，但是表现非常拙劣，惹得这些孩子一个个倒在沙滩上，咯咯地笑个不停。最后，耳畔传来一阵铃声。我抬头一看，发现渡轮已经启航，朝我们这一侧的湖岸驶了过来。

坐上轮渡，湖上的微风吹走了些许反胃的感觉，谢天谢地，因为我们距离基特·克拉奇还有两个小时的路程。途中我们路过了卡汤加，一个位于山顶的小村庄。车开到这里，我们经过的大部分都是硬地和草原式的路面，但这里却到处都是郁郁葱葱的灌木。我们摇下车窗，让凉爽的空气灌了进来。在一个颠簸的转弯处，我们看到四个人站在路边，身上的衣服已经被撕得破破烂烂，而且浑身是血。我从来都没想过让车停下来，看看他们究竟是怎么回事，但科菲对司机大声喊了几句什么话，后者大踩一脚刹车，SUV发出一声刺耳的尖叫，在马路边缘的地方停住了。"来。"科菲对我们说，接着打开车门跳了下去。

我们跟着他，回到了那些人刚才站着的地方。在介绍我们自己之前，科菲和其中一人拥抱致意。他就是克拉奇区最高长官穆帕拉酋长，他和我们每个人都紧紧握手，我感觉他的手掌里汗气很重。"能见到你们真的很荣幸，"他说，"对于'生命村'的计划，我们每个人都感到很兴奋，我会尽全力帮助你们。"接着他为自己狼狈的模样表示了歉意："今天我们出门打猎，以便存点粮食。"在他身后的地上，摊着一张血淋淋的报纸，上面有一个切下来的硕大野猪头，旁边一只铁碗里，煮着一对猪腿和猪排。"放声大哭吧，"我对自己说，"今天真是让我恶心得不能再恶心了。"

抵达乔治家，已经快要到下午六点了。我们身上都是难闻的汗臭味，热得要命，而且饥肠辘辘。在这座镇子里，与其他房子相比，乔治家算得上豪华了。只有一层楼，设施比较简单，但至少还有下水道和三间卧室。我们从铺着草坪的车道走进前院，一棵巨大的芒果树下，四个女人正在忙着做饭。草地上挖出的炉灶上，正煮着一大锅冒着泡的浓汤，旁边摆着一小堆木炭。在这里，当地居民会用烟火熏烤木头制炭，直到变黑变脆。乔治的女儿艾瑞卡，已经二十二岁了，正在阿克拉一所大学学习餐饮。不过我们在基特·克拉奇逗留期间，她专程回到家里为我们做饭。她对我们表示了欢迎，并把我们领进家，屋里乔治的妻子安娜正在等候着我们。安娜已经五十多岁了，但看上去依然很漂亮，是个体格魁梧的女人。她颇有几分害羞地向我们问好，帮我们接过背包。她领着我们走进一个舒适的小房间，里面摆着两张床。还强调一定要把纱门关好，别让蚊子飞进来。我们这个房间外面的草地上，一群小鸡和公鸡正在咯咯乱叫。

艾瑞卡准备了一桌丰盛的晚餐，欢迎我们的到来。正在整理行李的时候，阿尔伯特·门萨也来了。他是个身材矮小，却笑容可掬的人，现在作为志愿者和全职翻译，为Pacodep工作。由于在我们访问期间，乔治大部分时间都在阿克拉，所以阿尔伯特会作为向导陪着我们。当我们坐在前院草地的塑料桌前，在烛光下吃着米饭和鸡肉，享用这顿美妙绝伦的晚餐，阿尔伯特告诉我们，他已经租了一艘名叫"克拉奇女王"号的摩托艇，另外还雇了两个水手。第二天一大早就得出发，因为我们想见的孩子们通常也会在日出之前开始工作。而且我们要花近两个小时才能抵达湖中心，大部分的捕鱼作业都是在那里进行的。

那天夜里，我们坐在草地上，一边拍打着恼人的蚊子，一边呼吸着阳春三月暖暖的空气，感觉自己好像回到了在越南的时光，怀里抱着正在号啕大哭的婴儿。"不敢相信我真的来到了这里。"我想，此时此刻，别的什么地方，我都不想去。

尽管天色已晚，我们都很累了，但那天晚上，我还问阿尔伯特是否可以带我们去看看他们为建"生命村"所购买的那块地。他走着去了一趟镇上，乘着一辆出租车回来（或者说，就是一辆有着四个轮子、发动机噼啪作响、绑着绳子才能把车门关上的汽车而已）。开出镇子几英里后，又经过一段乱石密布的小路，沿途垃圾遍地。在Pacodep的团队买下那块地之前，无论从哪一点上来看，都不过是基特·克拉奇当地的垃圾场罢了。这里没有垃圾集中处理的公共系统，当地居民把垃圾带到这里直接焚烧。成堆成堆的废纸、食物残留和饮料罐还在那里焖烧着，散发出一股浓重的酸腐味。绕着这座垃圾场，我们盘旋着上了一座小山。

到了山顶，我们下了出租车，那里摆放着几百块水泥板，排列得整整齐齐。这些都是工人们手工做出来的，他们把水泥、泥浆和水倒进一个很大的独轮手推车里，然后将混合物倒入一个模子，做出来的水泥板将作为建造"生命村"第一间小屋的建筑材料。站在小山顶上，我能够将侧卧在沃尔特湖畔的基特·克拉奇尽收眼底。这是个很美的地方，身后就是很多枝繁叶茂的参天古树，阿尔伯特说在建设过程中，任何一棵都不会被砍倒。他们希望"生命村"能成为一个绿树成荫的花园。他在周围转了一下，指着各个设施所在的具体位置说："这里是要造第一栋楼的地方，这里是蔬菜园的所在地，这里是我们饲养山羊和奶牛的牧场，这里是供孩子们玩耍的游乐园。"

我跟在他后面，简直难以相信这一切将会成为现实。我看过这块地皮的照片，乔治之前用电子邮件发给过我。但是站在这里，呼吸着非洲的空气，脚下实实在在地踩着这片土地，我突然有了一种梦想成真的感觉，甚至还幻想着我和兰迪，还有我们的孩子一起在这里过上几周时间，结识那些在这里找到家园的孤儿们。范和塔图姆一定非常开心。范会像马克那样，把芒果当作足球，玩出各种花样。塔图姆则会用水彩绘画，追寻着远处沃尔特湖的上游河流，给它们描上漂亮的祖母绿。

沃尔特湖畔最不缺的东西，那就是垃圾了。第二天早上七点，当我们来到岸边时，太阳就像是正在被一圈雾霭拉出水面一样。我们从一座小沙丘走下来，必须得踩着一堆垃圾，才能渐渐向湖面靠近。一堆堆垃圾到处都是，一直延伸到石头岸边，黑色的塑料袋紧紧地扣在又大又圆的石头上，就好像刚刚从沙子里爬出来，不愿再被埋下去一样。我看到远处有几个男人，等着想要搭上一艘船去湖上的几个小岛。其他人则躺在沙子上睡觉，脸上盖着毛巾或T恤遮挡阳光。海滩上，几十个人赤条条地站在浪花里，在身上头上涂满大块白色的肥皂泡和洗发水后，一头扎进水里冲洗干净。在他们身边，孩子们用大桶和盆装满湖水，高高顶在头上，转身翻过小山回到镇上。这似乎是他们用来做饭或是派清洗什么的用水。我疑心，他们会不会直接喝下去。基特·克拉奇是加纳少数几个拥有公共过滤自来水的地方。但是我后来了解到，要喝上自来水，家里必须有管道系统。虽然乔治家有这样的系统，但很多家庭却没有。

"卡拉奇女王号"正在等候着我们，在微微的浪花中上下摆动。我们卷起裤管，蹚着水爬上了一个吱吱呀呀的楼梯。这是一艘中等大小的船，没有任何花哨的装饰。船上有一台生锈了的舷外马达，铺着木头甲板，踩在上面好像一不小心就会断裂。两张可以坐下八个人的长凳，被草草地钉在甲板两侧。船顶上搭着一个白色和粉色的天棚，勉勉强强地挡住了些许阳光。因为我们要在湖上待好几天，所以这个天棚就显得非常必要了。如果无遮无挡，船上的温度可以很快达到华氏90度（合摄氏32.2度）。

阿尔伯特雇的两个人，分别叫布莱特和穆罕默德，他们已经在船上了。未来几天，他们将驾船带着我们在湖上四处游览。二十三岁的布莱特身材高大，显得很热情，一笑起来和他的名字相得益彰（Bright，有明亮、阳光之意）。穆罕默德二十一岁，不过看上去要稚嫩得多。他相对瘦小，活泼开朗，浑身上下全是肌肉。

戴夫、艾米、阿尔伯特和我小心翼翼地在船上坐下，穆罕默德爬到船头，布莱特则到了船尾，用力扯了扯马达上的绳子，扯了几次之后，马达总算嘎啦嘎啦地发动起来，冒着一股柴油的黑烟，在船上散开来。船向深水处驶去，湖上的薄雾让我的脸也冷却下来。

沃尔特湖真是个奇妙的地方。作为世界上最大的人工湖泊之一，它占地达到3000多平方英里。在地图上，看上去就像一个位于加纳东部角落里一颗胀大的心脏，并以其为核心，蜿蜒曲折出一套复杂的静脉和毛细血管群——从很多方面来讲，这是个很有用处的比喻。1965年，加纳政府决定在一个叫阿克索姆博的小镇上建起大坝，拦截白沃尔特河与黑沃尔特河的河水用于发电。对于这个刚刚获得独立的国家而言，这座大坝被认为是该国在走向未来经济繁荣的过程中民族进步的表现和推动力。但是这也有不利影响。建起大坝意味着沃尔特河盆地将会被湖水淹没，相当于该国4%的土地将从此消失，7000个村庄里的80000名居民将被迫背井离乡。这个区域大部分土地原本都是农田，另外大片的热带雨林也被湖水吞没。直到今天，湖面以下还有很多树，清楚地记录着当年的这段历史。

在我们周围，有很多树冠伸出水面：粗大的古木只剩下光秃秃的树干，上面长着很多树节，已经没有树枝了，就像是一根根图腾柱。有的地方树冠非常密集，要从其中穿过，布莱特只得关掉马达，用一根长长的竹竿伸到湖底，把船撑过去。穆罕默德则是在船靠近这些残枝时，用双手把船推开。

这些树不仅成了湖面上一道奇特的景观，也给我们的这次旅行留下了极其深刻的印象——这片原本也曾孕育滋养着万物的土地，以民族进步的名义被无情吞噬，而所谓的民族进步却直接造成了沃尔特湖上不断泛滥的奴隶贸易。我忍不住想，尽管这个湖让加纳人民的生活前进了一大步，但与此同时，也称得上是人类道德文明的一大倒退。

船行驶了大约两个小时之后，阿尔伯特站了起来，向布莱特挥手示意放慢船行进的速度。眼前漆黑的湖水中，几十个塑料容器或沉或浮，那是渔民们前一晚上设下渔网之后留下的标记。在近处，我渐渐能够看到几只独木舟的轮廓，里面坐着三四个人。我们又往前开了几分钟，然后布莱特关掉马达，阿尔伯特朝着一只不远的独木舟打着招呼。那只船里有三个人，年龄最大的看上去也不过二十岁。阿尔伯特扔过去一根绳子，他一把抓住，拽着绳子让船渐渐向"克拉奇女王"号凑近过来，直到靠在一起。

我想，自己已经为这个时刻做好了准备，但是当我看到其他两个如此幼小的孩子时，我的呼吸都堵在了嗓子眼。一个看上去大约九岁，另一个恐怕只有五岁。那个最小的孩子坐在船尾，用一只大桨和船边的一只小桶平衡着船身，一只脚则在黑乎乎的水里荡着。他全身赤裸，当我看着他、冲他微笑时，他把脸别了过去，用另一只空着的手挡住瘦小枯干的身体。还有一只露在外面的脚，上面的趾甲漆黑，里面都是脏东西。他的腿和膝盖，也都长满了老茧。身体其他部分也与他的实际年龄严重不符：肩膀和手臂上肌肉的轮廓相当明显，厚厚的胸肌让他看上去就像是一个常常进行举重训练的成年男子。

阿尔伯特用当地方言和他们说明了我们的身份。他说自己为基特·克拉奇的一个组织工作，该组织希望了解湖上的情况，和那些因为捕鱼而无法上学的孩子们聊聊天。不过在他说话的时候，谁也没有停下手里的工作。两个年长的用一把小尖刀把那些被网缠住的鱼切下来，已经在他们脚下堆成了一座小山。这些活，他们得心应手，干得有条不紊。只需要用很轻巧的动作，就能把还在挣扎的鱼切下来，丢在船上。最小的男孩坐得笔直，眼睛时而看着那只小桶，他需要不断地舀水倒在独木舟里，以保持船身平衡，时而盯着远方，面无表情，眼神空洞。

最年长的男孩子说他们都是堂兄弟，一起住在一个附近的岛屿上，跟着父母干活。其实他们三个谁也不知道自己究竟有多大，这一点让我非常吃惊，难道他们不过生日吗？我还记得最近一次参加生日派对的情景，虽然我不记得那个孩子的名字，但他是范的一个朋友。一个夏天，我至少要参加十个这样的派对，每一次都有大蛋糕、气球和一桌子礼物。

这个孩子向我们讲述了他们的平常一天具体是怎样度过的。清晨四点起床，摸黑走到湖边。五点之前，把船划到前一晚撒下渔网的地方，花四个小时把鱼捞上船。由于渔网常常被水面下的树桩缠住，所以他们就轮流潜下水把网解开。他一边说，一边还用手拍着水，以便解释得更清楚。今天轮到那个最小的孩子了，这就是他什么衣服都没穿的原因。汗衫和短裤在水里只会变得更重，给他们的工作带来不便。在把渔网收上来之后，他们会把船重新划到岸边，下午剩下的时间，他们会坐在沙滩上，用粗线和临时备用针把渔网上被扯破和缠绕起来的部分补好。之后再回到湖面，重新撒网，以便到第二天早上重新开始新一天的捕鱼作业。通常，他们一天只有一顿晚饭，而且没有一天休息，哪怕是生病的时候也是如此。

他面无表情地叙述着所有细节，就好像这是世界上再普通不过的经历了。这让我想到，詹特森也曾用这样轻松的语气和我描述他的橄榄球训练，塔图姆也曾这样宣布拼写已经成了她最喜欢的科目。艾米问，他们对于自己所从事的工作有何看法，但这个问题却让那个最年长的孩子第一次笑了，笑容中并没有妒忌，却像是在说，这或许是他听到的最愚蠢的问题。

"这就是我们所知道的生活，"他说，"父母需要我们的帮助，我们必须工作。但是现在湖上捕鱼的人太多了，打上来的鱼却越来越少。也许父母会重新考虑未来的生活，我们也将再也不用干这些活了，也许我们还会去上学呢！"说着，他指了指船尾光着身子的那个男孩，"尤其是他。"

阿尔伯特和年长的男孩握了握手，感谢他抽空和我们聊天，然后转头对我们说，应该继续前进了。因为这些孩子和父母住在一起，所以我们也帮不了他们什么。对待这个问题，阿尔伯特和乔治都非常小心。尽管这些孩子的处境和被拐卖的孩子一样极端恶劣，但Pacodep的团队却无意将他们从父母身边接走。"我们可不能绑架孩子。"乔治曾经这样对我说道。

"很抱歉，"阿尔伯特对我们说，"我知道要说再见不容易，但我们得离开了。"

布莱特又回到船尾，重新启动了马达，我则拿出那天早上包好的一袋糖果，送给他们一些"瑞典鱼"耐咀嚼糖。那个光着身子的孩子立刻伸出手拿了一些。当然，这是多么微不足道、毫无用处的礼物啊！而且我还特意选择了鱼形的糖果，但这就是我们力所能及的事情了。离开的时候，我看到这三个孩子默默地打开袋子，一边研究着果冻状的糖，一边把五颜六色的包装纸丢进了湖里。一丝不挂的男孩看到我还在看着他们，随即举起手，冲着我腼腆地挥了挥手。

我们没花多长时间就碰到了另一条独木舟，这一次船上只有两个人：一个二十多岁的小伙子，还有一个看上去大概只有七岁的小男孩。小男孩光着上身，穿着一条过于宽大的浅蓝色短裤，在膝盖以下摇摇摆摆。他实在太瘦小了，必须向下拉长了身子，佝着背才能让船桨触及水面，以便让自己使出力气，完全地划出去。和其他孩子一样，他的肌肉非常发达，但肚子却向外鼓着，营养不良的明显表现。头上有几块秃着的伤疤，卷卷的头发乱糟糟地缠在一起，在太阳光的照射下，已经渐渐褪成了淡淡的赭色。

阿尔伯特喊话让他们靠过来，并得到了他们的同意，与此同时，他向我们解释说，有时候你可以通过观察头发的长短来辨别被拐卖的孩子。因为加纳天气很热，大多数孩子，甚至是女孩，都会把头发剃光降温。但是被拐卖的孩子却得不到这样的待遇，所以头发很长，完全就是一种被漠视的表现。

阿尔伯特再次和年长的男孩聊了起来。他叫阿图，已经二十五岁了。阿图为人坦诚，平易近人，他说自己为父亲工作，而那个年幼的孩子，也叫科菲，是父亲花钱买来在湖上干活的奴隶。

"我父亲找到这个孩子的父母，给了一笔钱，但我不知道具体多少，"阿图说，"我不知道他必须要为我们打多久的工，但他现在和我们一起住在村子里。"

科菲站在船尾，冷漠地呆望着我们。我问阿尔伯特是否可以直接和那个小男孩对话。他看上去实在太瘦了，所以当他一张口，接着一口气说了很多话之后，我惊奇地发现他的嗓音竟然如此甜美，就像蜜糖一样沁人心脾。

"我叫科菲，今天七岁，我的工作就是站在船上，控制它的方向，把漏进来的水舀出去，"他说，"我也会把鱼从网上弄下来。主人总共买下了二十个像我这样的孩子。我和他们住在一起，但并不是他们家庭的一员。我们就是主人花钱买来的奴隶。自从我两年前来到这里之后，就再也没有见过爸爸妈妈了。"

"你是不是想和他们一起回家呢？"阿尔伯特问道。

听到这句话，阿图向科菲靠了靠，一脚踩上了科菲脚上的渔网，像是在恐吓科菲。科菲不再说话，默默地埋头干起活来。阿尔伯特继续问其他的问题。你会游泳吗？在湖上工作你感到害怕吗？科菲一声不吭，偷偷拿眼角瞥了瞥阿图。

我弯下腰，让身体凑近科菲。"没关系，"我一边说，阿尔伯特一边翻译，"和我们说吧，很安全。"

"不，一点儿也不。"科菲说，一转头，目光移到别处，谁也不看。

"告诉我，在这里工作有什么不开心的地方吗？"阿尔伯特说。

"我很喜欢在这里干活，非常喜欢。"

他不会和我们说真话了。

"你会游泳吗？"

"我会，"说着，用双手掬起一捧湖里的脏水，喝了下去。这个动作让我有点反胃，"但是也有人不会，他们掉到湖里，就再也找不到了。"

"这样的孩子，你见过多少？"

阿图从独木舟里站了起来，用极快的语速和阿尔伯特说着什么，他们说的是方蒂语，当地的一种方言。阿尔伯特一言不发，直到阿图讲完。然后说我们得离开了，因为科菲很可能因为对我们所说的话而受到责罚，在那种情况下，我们对他的处境同样无能为力。阿尔伯特已经得到了他需要的信息：科菲住在哪个村子，主人的名字叫什么。回头他会和乔治以及其他人提及此事，将这座村子也划入他们工作所涉及的范围，并开始漫长的教育过程，告诉那些大人们，贩卖儿童是非法行为。

我从心底感到难过。尽管我知道对于阿尔伯特和其他人来说，这样的工作会带来怎样的难度。但同样，遇到像科菲这样的孩子，却这样转身离开，实在是一件难以接受的事。我又把身子向独木舟靠了靠，送给他一些糖果。

"再见，"我对他说，"说不定我们还会再见面。"

科菲充满悲伤地看着我，接着他开口对阿尔伯特说："也许有朝一日，会有人把我从这个湖上救出去，"他用近乎恳求的语气说，"我想过他会是什么样的人，但我并不知道。或许妈妈会来把我接走，但我不清楚这会不会成为现实。但如果能去上学，那该多好啊，说不定我还能成为一个很棒的足球运动员呢！"

刚到十点，但我已经筋疲力尽了。我拿出阿尔伯特之前为我们包装好的一袋纯净水，咬开塑料包装袋，让水流进嘴里，顿时感到一种厚重温暖的滋味，微微地还能尝到盐和矿物质的味道。我躺在长凳上，用手挡着阳光，以免直接照射在我的脸上。大概一个小时后，布莱特关掉马达，我看到船正在靠近一个湖心小岛。小岛的名字叫老恩科米，而我们到这里有两个原因。一是因为这里是理查德曾经住过的地方，我希望多了解一些他在从事儿童救援工作之前的生活；另外，阿尔伯特想让我们见见一位住在这里的妇女。她叫豪瓦·贝拉姆，已经卖掉了自己的两个儿子，他们现在正跟着一个主人，在另一座小岛上干活。当她听说了Pacodep正在从事的工作之后，与乔治、阿尔伯特取得了联系，希望得到他们的帮助，让两个儿子回家。

我们再一次挽起裤脚，顺着梯子爬下来，蹚过浅浅的湖水上了岸。一群小男孩正坐在沙滩上的一只独木舟里缝补渔网。一看到我们，他们就停下了手中的活计，向我们招手。走着走着，沙滩变成了草地，我们沿着一条狭窄的石子路继续前进。从湖边到村子，这条路不知道被人们走过多少遍。一路上，山羊和小鸡在我们面前绕着圈，左手边，在一片干涸的泥沙地里，村民们用石头画出了一个长方形区域。阿尔伯特说，这就是村子里的足球场。

从湖岸走了五分钟之后，爬上一座小山，我们走进了一个看上去像是村子中心的地方。这里的偏僻落后让我大受震动。从阿克拉坐车到基特·克拉奇，我们一路经过不少处于极度原始状态的村落，但这里却是一种完全不同的与世隔绝：房子就是一群小棚屋的集合，似乎只有在《国家地理》杂志上才能看到。有些房子是用泥巴造的，搭上茅草屋顶，上面开了一个口，用一片破布遮着。其他的屋子则根本算不上建筑物，只不过用八根大树枝不可思议地撑起用草搭成的屋顶而已。屋顶很脆弱，似乎一阵风就能刮走。这里没有通电，也没有自来水。一个体态丰满的女人赤裸着身体，站在一道低矮的土墙后面，头发和身上涂满了肥皂泡沫，接着她提起一桶水从头淋到脚，冲走了那些泡沫。站在那里的她一丝不挂，我无意让她感到尴尬，但是当我们四目交汇时，她一点儿也不避讳。

"阿克瓦巴。"她说。意思是，欢迎你来这里。

十几个人漫无目标地四处乱转，在他们周围，都是公鸡、小鸡和无精打采的狗。四个妇女穿着长裙，把婴儿用一大块布包着背在背后，在茅屋下的阴凉处洗鱼，或是在一只满是泡沫的水桶里洗衣服。干燥的地面上，造了很多泥土做的锅灶，其中一口灶里熏鱼的味道四处弥漫，哪里都能闻到。

一看见我们，她们就朝我们大叫"阿克瓦巴"，接着让孩子们（其中很多什么衣服都没穿）为我们准备一个开会的地方。他们搬来了长条木凳和塑料椅子，高举过头顶，放到一个茅草屋顶下的阴凉处。我们向他们表达了谢意，各自找了一个位子。在我们身后，洗过的衣服晒在一根晾衣绳上，一只看上去快要病死的小猫出现在我们面前，在我的脚边摔了一跤，虚弱地倒作一团。我们很明显成了村子里所有人好奇的对象，三个男子凑了过来，在一条长凳上坐下。阿尔伯特闪到一边打电话去了——在那些没有自来水、没有通电的地方，居然还有手机信号，这一点总是让我感到惊诧不已——而我们只能很不自在地坐在那里，茫然地看着对方。

其中一个男人，穿着一件亮绿色和白色的非洲风格亚麻套装，他会说一点英语，费力地要和我们说话。他告诉我们，他是一个渔民，另外两个和他一起的则是农夫。在加纳的大部分地区，种地依然是人们的主要生活来源。在很多房子前，我看到地里种着番薯和其他蔬菜。我想，要是给这些田里浇水，该要付出多少辛苦的劳动啊！

艾米慢慢地向他解释，我们此行的目的就是要询问一些有关拐卖儿童的事情。我原本还有那么一点儿担心，这会不会让他们感到尴尬或羞耻（就和让一个贼公开谈论自己如何违法犯罪时的反应一模一样）。但是那个渔民好像一点儿也不在乎。相反，他饶有兴致地谈起了自己买来两个孩子的经历。但是几年以后，当他们长到二十岁时，就把他们放了。后来，这两个孩子造了一条独木舟，编好渔网，自己买了几个孩子为他们干活。

我努力地想象着理查德当时住在这里时的情景，就问那个渔民是否认识这个人。他笑了。"理查德？真是个既勤快又强壮的好工人啊。"我想："是啊，作为一个八岁孩子，他确实配得上这样的夸赞。"他指着旁边的一位妇女，她正坐在一个小凳子上给一个婴儿洗澡。"这就是他主人的妻子，"他说，用手指了指那个女人旁边的一间小土屋，"那儿就是他当时睡觉的地方。"我站起身来，向那里走了过去。

"可以进去吗？"我问。那个女人点了点头，向我挥了挥手。

屋里很黑，除了几个用金属编成的、用来装鱼的篮子，里面空空如也。空气中有一股强烈的刺鼻气味——那是混合着泥土、汗水和罗非鱼干的味道。在这个小村子里，地上到处铺着纸和毛巾，上面晒着成堆成堆的罗非鱼干。看着这些鱼堆，我很想知道这些能卖出多少价钱，能给村民们带来怎样繁荣舒适的生活。还有，到底要用几堆鱼才能买下理查德呢？

阿尔伯特打完电话，又回到我们中间。我坐下的时候，他把身边的那个女人介绍给我们认识。她看上去四十多岁，皮肤却依然如同凝脂般光滑，有着焦糖一般的肤色，身上穿着黄绿色相间的裙子。那条裙子在她身上显得太大了，露出了两根又厚又脏的胸罩肩带。她的头发向后梳着，用一根黑白相间的发带绑在脑后，耳朵上还有两个硕大的银质耳环。一个穿着粉色T恤、浅蓝色内裤的小男孩跑到她的身边，趴在妈妈的背上，隔着她的肩膀窥视着我们。我和他打招呼，而他却抱着妈妈的脖子，把自己深深地埋进了她的怀里。

几个月前，豪瓦·贝拉姆刚刚从库马西搬到这里，那是一个大镇子，离这里大约两个小时车程。她从出生就一直住在那里，和一个当地人结了婚，生了三个儿子。去年，丈夫因心脏病，年仅四十一岁就撒手人寰。"失去他，让我几乎崩溃了，"她平静地说，"我不知道该怎样照顾三个年幼的孩子，甚至怎样才能活下去。"

丈夫死后，她还得接受一个至今仍在很多加纳村庄实行的"寡妇礼"。根据这个传统，一旦女人失去丈夫，她就必须进行为期一周的清洁仪式。整整一周时间，她被关在一个黑暗的房间里，甚至看不到自己丈夫的尸体。只有周围没有声音的时候，她才能够进食。如果吃东西的时候有人发出一声噪音，比如孩子哭泣或是有人敲鼓，她的食物就将被夺走。一周快要结束的时候，村长会派她家里的某一个长者去"清洁"她。具体说，就是用含有加纳辣椒的液体清洗她的阴道，而这样常常会导致严重的感染。忍受完这一切之后，她只能用冷水再去洗一遍，因为她没有肥皂。

而这种传统最悲惨的部分，则发生在七天炼狱的最后时刻。尽管豪瓦并没有执行这部分的仪式，但很多其他妇女则被迫陪着一个陌生男人睡觉，而且必须发生不受保护的性行为，以示自己已经恢复单身，可以再和别的男人结婚。不用说，因此感染上艾滋病的概率将会非常大。乔治说，他正在和很多部落首领合作，力求取消这种可怕的传统仪式。很多克拉奇的寡妇在丈夫去世后很快就步其后尘，让不少孩子从此沦为孤儿。

豪瓦说，在仪式后期，她根本就没有办法为其孩子找到足够的食物。一个叫伊萨克的男人，当时正在库马西看望自己的父母，亲眼目睹她的惨况，就提出把她大儿子和二儿子带到基特·克拉奇，他和妻子孩子住在那里。伊萨克告诉豪瓦，他会把两个孩子带到自己的家里，并把他们送进学校上学。这样的情况在加纳并不少见。尽管豪瓦并不想放弃自己的儿子，但她也知道，他们根本没有办法靠自己的力量生存下去，所以她非常感激伊萨克的帮助，就同意了。

几个月后，豪瓦依靠在村子里干零活，渐渐可以自给自足。她决定前往基特·克拉奇去看望自己的两个孩子，看看他们在学校里的学习生活怎样。等到了镇上，她遇到另一个相识的妇女，向她打听伊萨克的家住在哪里。那位妇女告诉她，伊萨克带着她的儿子，已经离开基特·克拉奇，去了沃尔特湖上一个偏僻的小岛，现在正在他的船上打渔、干活。豪瓦难过极了，因为伊萨克欺骗了她。随即她来到湖边，乞求一个渔民用船把她带上那座小岛。她在那里又见到了伊萨克，但是伊萨克告诉她，两个孩子正在外面工作，只有这样才能获得收入，抵偿过去几个月自己为他们提供食物和住宿的花销。

"不，"豪瓦说，"你不能这样欺骗我，我要把我的孩子带走。"

她就这样等着，直到两个孩子完工从湖上回来。当看到妈妈和小弟弟，他们冲上岸投入了她的怀抱。到了晚上，他们一起住在老恩科米，豪瓦认识了几个住在那里的村民。他们都愿意让她留下，在小小的棚屋里为他们母子空出睡觉的地方。

几周后，就在豪瓦苦苦思索着如何回到库马西的办法时，她病倒了。"我觉得自己的心脏可能出了点问题，"她告诉我们，"我去基特·克拉奇看了医生，他告诉我要服用治疗心脏病的药。"但是她没有办法支付医药费。所以她只得做出一件令人匪夷所思的事：回去找伊萨克。

"好吧，"她说，"你可以留下我的两个儿子，但他们为你打工，你必须付钱给我。"接着他们谈妥了交易条件。伊萨克以每年支付约20美元的价格，让两个孩子为他干整整六年的活。

那是发生在几个月前的事，豪瓦说。这一段时间以来，把儿子卖掉的决定让她悔恨不已。她的身体已经渐渐好转，希望能把他们接回到自己身边。所以当听说乔治、阿尔伯特和其他人正在从事营救幼奴的工作，她再次赶到基特·克拉奇，和他们一起谈到此事。她问，如果可以挣到足够的钱去赎回儿子，他们是否可以给予她帮助？乔治他们同意会尽全力，之后他们找到伊萨克讨论价码问题。

豪瓦正说着话，她的小儿子却躺在她的大腿上睡着了，而她则心不在焉地用指甲抠着孩子背上的疮痂。讲完她的故事，豪瓦带着我们走进她所居住的小窝。这里和理查德与别的孩子共同住过的棚屋很像，空间很小，和一个大衣柜差不多大小，只能放下一张临时搭起来的床。说起来是张床，其实只是一块条形木做的床板，晃晃悠悠地放在一堆泥砖上，再在上面铺上一条污秽不堪的白床单而已。顶着墙壁的还有一张木头小桌子，除此之外，能供人走路的空间已经微乎其微。桌子上垫着一块浅蓝色的破布，上面放着一只空着的玻璃杯，还有一支红色的牙刷。四处都是泥灰的地面上，放着一双拖鞋和几支蜡烛。屋子里没有窗户，门上也罩着一层布。尽管这一天阳光明媚，但屋里却是漆黑一片，充斥着一股无法忍受的汗臭味。

一个高大的男子走进了这所黑暗的屋子。他冲我们点点头，说了句"你好"，和豪瓦的儿子说了几句话，接着他就冲出房子，在炙烤的阳光中狂奔而去。豪瓦坐在床上，告诉我们这是她的男朋友，也是湖上的渔民。我的心忽地一沉，她已经有男朋友了？她的故事让人如此伤感，充满绝望，而爱情却又成了她生命中的一部分，这种感觉，实在……有点怪。大家沉默了一阵，接着艾米问了一些简单的问题——他叫什么名字，多大年纪，直到问出了大家都颇为好奇的问题：豪瓦是不是想再生几个孩子？

她笑了，摇了摇头。但即便如此，她也没有使用避孕措施。豪瓦知道在基特·克拉奇，女人们可以注射避孕针，她却不太敢去尝试，因为有传言说注射之后，身体会变得非常虚弱。在这些小村庄，每每谈到女人，总能够听到这样的话题。

"我知道自己必须非常小心，"她说，"但事实上很难，尤其是我的男朋友希望我能生更多孩子。"她还说，她和男朋友还有儿子都睡在这张床上，只有等儿子睡着了之后，他俩才能亲热。

这是我感到最为迷惑的一幕。不管我花多少时间、费多少精力，不带任何偏见地评判一个人，我都无法抑制内心的好奇：这个女人为什么可以一方面声称为卖掉儿子的决定而自责，另一方面却让自己处于随时可能再度怀孕的境地？我想，我们怎么才能确定她的所言不虚，确实希望儿子回到自己身边？是因为她想念着他们，还是因为她的男朋友觉得，如果把他们放在自己的船上，与他一起干活，能更好地发挥他们的作用。

下午一点的时候，我们重新回到了"克拉奇女王"号上。太阳的暴晒使得我的胳膊和脖子留下了灼伤的痕迹，而我穿在拖鞋里的双脚，也因为不时地踩在脏水里而奇痒无比。阿尔伯特告诉我们，该返程回到镇上了。由于我想让自己分分神，所以就来到船尾，有一句没一句地和布莱特搭起讪来。他用流利的英语告诉我，自己已经在这艘船上干了好几个月了。尽管自己上学上到了五年级，却不得不中途辍学，因为父母已经再也供不起他读书了。

当我们回到基特·克拉奇的岸边，这里除了几个在湖里洗澡的孩子以外，已经别无他人。我们蹚着湖水，爬上小山，向镇上走去。街上到处都是站在众多店铺前购物的人，店铺的主人们也在朝着我们打招呼，大声叫卖着。一群孩子跑过来，聚在我们身后，叫着我们已经熟悉的"奥布若尼！奥布若尼"。我们经过一家小咖啡屋门前，看到前面有一个手写的标志，上面写着"望远镜"。这里的墙被漆成了鲜明的红色和黄色，茅草屋顶上有几个吊扇正在转动，让屋里的空气保持着一定的循环。屋子里有六张一点儿也不牢靠的木桌子，还有一些塑料椅子。三个男人坐在一张桌子前，一边放肆地笑着，一边大杯大杯地喝着啤酒。除此之外，店里没有其他客人。

我看着艾米，说："我觉得现在我们需要为自己找点平衡。"

阿尔伯特、布莱特和穆罕默德也加入了进来，几分钟后，我们在一个吊扇下面的桌子前坐下，每个人手里拿着一瓶冰凉的斯塔尔牌啤酒。因为我们当天的工作，阿尔伯特向我们表示了感谢。他说："我知道这对你们来说或许很困难。"但他说第二天的行程会更加紧张。"我想让你们尽可能多地见到那些被拐卖的孩子。明天我们五点出发，船已经包下了一整天。我还想带你们去一个村庄，我们一直在那里工作，解救了不少孩子。要知道，那里的幼奴主，因为残酷虐待手下的孩子，早已经远近闻名了。"

一天都没怎么吭声的戴夫，向他的椅子前靠了靠，"阿尔伯特，我必须得问你几个问题。"他说，小心翼翼地选择着自己的措词，"我知道你们都在很努力地与那些幼奴主谈判，但是今天我一直待在船上，总是忍不住想要把每一个孩子都抢过来，让他们坐着这艘船来到这个安全的地方。我无法理解，为什么每个人都对现状如此泰然处之，这根本是错误的。那些孩子是奴隶，处境很悲惨，我们应该更直截了当地挡住他们。你们的谈判多延续一天，那些孩子们就得多受一天这样的罪。你有没有想过拿着一把枪，或是别的什么武器，就这样告诉他们，孩子们已经受够了。"

阿尔伯特静静地喝着啤酒，说："我完全能够理解你所说的话，我也明白你急切地想用更加强有力的方式解决问题，但是你必须明白，我们的目标是让所有的孩子远离这个湖。如果我们冲进村庄，使用威胁的手段要求幼奴主立即将孩子们释放，并被我们带走，或许确实会解救一部分孩子，但这种方式最终还是会有损于我们的事业。"他进一步解释说，避免采取极端方式，还出于几个主要考虑。一是如果威胁报警（这本身就是个毫无威慑力的办法，因为警方根本没有执法能力），一些依赖幼奴为其卖命的主人很可能为了躲避执法而选择搬到另一个村庄或另一个岛屿上去。这是无论如何都应该避免的情况，否则可能几个月的细致工作都将因此付诸东流。

另一个问题是，如果采用一种更加威胁性的手段，幼奴主会对他的团队产生敌对情绪，以后再也不会告诉他们哪些是被拐卖的孩子。他已经遇到了这样的问题，幼奴主们越来越频繁地声称被拐卖的孩子就是他们自己的孩子。自从莎朗·拉弗兰尼耶尔将她的报道刊登在《纽约时报》上之后，谣言开始满天飞，大家越来越不愿对阿尔伯特说实话了，尤其是当他带着一群白人的时候更是如此。假如阿尔伯特他们采取更加极端的手段，他们说谎的可能性也会大大增加。

"相信我，"阿尔伯特说，"我们正在用最适宜的方法做着应该做的事。当然，不管是强迫还是协商，在我们为他们找到归宿之前，还有很多孩子需要营救。"

院子里的公鸡对我们可是没有丝毫怜悯之心，第二天早上四点就开始打鸣，引得一群小鸡和狗一齐在我们房间的窗户外吵吵嚷嚷叫个不停。我也被惊醒了，看了看艾米，她正在用一个枕头捂住头。"你还记得昨天戴夫说过要拿枪对付那些幼奴的主人吗？"我说，"不如我们去把那把枪弄来，对着那只公鸡练练靶子？"

我很快洗了个澡，除去身上的汗渍，在门廊前和其他人一起吃了点面包、黄油、奶酪和咖啡，权作早餐。太阳还没有升起来，空气中还残留着几分凉爽。艾瑞卡正在前庭刷牙，在她白色的睡袍外面，罩着一块大大的粉色棉布，以抵挡黎明前的寒气。

阿尔伯特大约五点赶到乔治家里，胡乱喝了点艾瑞卡倒给他的咖啡，就把艾瑞卡准备好的袋装水和一篮食物装在他的摩托车上，然后我们摸着黑向湖边走去。镇子还在沉睡，路上空无一人。当我们来到岸边，船已经在那里等候着我们了，但不幸的是，船上没有马达。我们也不知道布莱特和穆罕默德在哪里。阿尔伯特在沙滩上踱来踱去，不停地打电话，想着解决的办法。一个小时之后，太阳已经从地平线上探出头来，布莱特和穆罕默德终于来了，还用一辆破旧的四轮马车拉来了一个马达。突然撞上了一块大鹅卵石，马车翻倒在一边。大家齐心协力，一起把马达从沙子上抬起来，嘭的一声巨响，重重地重新放回到马车上。如果这个受损的马达突然在湖中心"罢工"的话，我们该如何是好，但事到如今，我也只能竭力地控制着自己不去这么想。

"好了，"阿尔伯特笑着说，"我们该干活了。"

我们相继在"克拉奇女王"号上找到了自己的座位。开了不到两个小时，我们就看到一只只独木舟在远处的水域上缓缓移动着。布莱特关掉了马达，一个男孩站在旁边一条船上正在朝我们挥手。他穿着一条长裤，还有一件大人穿的拉链夹克衫。身旁还有一个男人，完全是截然相反的两种打扮——除了一条亮黄色的短裤之外，再没有穿其他衣服了。船的两头，还有两个小男孩拿着船桨，保持着船的平衡。

当两条船渐渐靠拢，我们相互打过招呼之后，阿尔伯特和那个最小的孩子聊了起来。他叫科瓦西，看上去大概七岁，身上穿着一件长袖抓绒衣，上面还有一个卡通造型，下面则穿着一条宽松运动裤，两腿分叉的地方有很多大洞，被人用米黄色的粗线缝了起来。他的头发很长，挡在了他的眼睛前。

那个穿着黄色短裤的男人，大约三十出头的年纪，根本不想搭理我们。他告诉阿尔伯特他们正忙着干活，让我们不要打搅他们。但阿尔伯特还是向他问到了科瓦西。

"他是我儿子。"他回答说。他们正在谈话，科瓦西则是时而看看他，时而看看阿尔伯特，一言不发。接着，两人的谈话突然变得气氛紧张起来，嗓门都提得老高。阿尔伯特一边说，一边指着科瓦西，冷冷地盯着那个男人。布莱特走了过来，向我们翻译说，阿尔伯特正在指责那个男人，在这个孩子的问题上撒了谎。"他正在争辩说，他俩之间长得一点也不像，"布莱特说，"他要这个男人别再制造谎言了。"

但这个穿着黄色短裤的人却毫不松口。他说："我有七个孩子，这个是最小的。"

最后，阿尔伯特只得放弃，沮丧地说："算了吧，我们这是在他身上浪费时间。"他回头又看了一眼那个男人："他知道自己正在违法，他这么做一定要付出代价。"

我们遇到的第二条船上，载着两个男孩和一个大人，大人的说法也很类似。他说这两个是他的侄子，以前一直在上学，不过学校最近关门了。

村里的长者正在寻找老师，新建另一所学校。在此期间，他们到湖上给他帮帮忙。坐在船中央的那个男孩，大概十岁，身上只穿着一条白色短裤。阿尔伯特想问他几个问题，但每次都被那个男人抢先回答了。而那个孩子坐在那里，呆望着水面，身子冻得直哆嗦。他的裤子和头发都湿透了，只能用细细的胳膊搂着自己取暖。看着他真让人心碎！我想递给他一些糖果，但他没有接受，甚至没有抬起头看上一眼。

那个男人还是在不停地插话，他说："我不是告诉你了嘛，他是我的侄子。"阿尔伯特向他凑近了一些，轻声细语地对他说话，就好像要用一种友好的方式缓解一下紧张气氛。他豪爽地笑着，把一只手搭在那个男人的肩上，还不停地把他说的话翻译给我们听。他不再打扰我们的谈话，这让人很高兴。我这时候才意识到，阿尔伯特是故意把那个男人拉到一边，以便让我们有机会和那个男孩单独聊聊，于是我把布莱特叫了过来。

"帮我们做翻译吧，"我说，"问问他多大了。"

布莱特这么问了，但是他却没有回答。"你能告诉我你几岁了吗？"我问道。布莱特轻柔地再次问道，但依然没有得到答案。艾米从长凳下取出一件我们带来的白色长袖T恤，伸手递给这个冻得直发抖的孩子。他第一次抬起了头，但是好像并不明白她这么做是什么意思。

"拿着吧，"布莱特说，"赶紧穿上。"

他看上去有些疑惑，就好像来自他人的施舍，根本不可能发生在他的身上一样。但很快，他的眼神里似乎发生了一点儿变化。他怯生生地伸出一只手，干瘪的手指上带着潮气，接过了那件衣服。一开始，他就这样拿着它，看着它，然后他把T恤盖在头上，双膝抱在胸前，在柔软的白色棉布之下紧紧地缩成一团。他把脸埋得很低，尽管有了这件衣服，依然还在发抖。然后他伸出手，摸了摸我放在船沿上的手。

过了几分钟，阿尔伯特又说，我们该走了。"他拒绝提供任何我们希望得到的信息。"他说。尽管没有人想离开，却也别无他法。

"有没有弄清楚他现在住在哪个村子里？"我问道。

"他说是说了，但是我并不相信，"阿尔伯特说，"下周我会去那里看看，自己找一找。"

布莱特回到自己的岗位，重新启动了马达。坐在船尾的那个小男孩抓起船桨，把两条船推开。直到这个时候，那个男孩才松开了我的手，分开的那一刻，他挥了挥手向我道别。

之后我再也没有见到过他。

直到中午时分，我们才抵达下一站目的地——一个在小岛上名叫阿拉万约的村庄。这里也是Pacodep团队最为担心的地区。有一次，他们在这里见到了一个十几岁的小男孩，叫科瓦西·特沃拉尼姆。他的头上有一道长长的伤疤，那是被他的主人用船桨殴打而造成的。在这里，Pacodep的成员投入了大量的精力，竭力想劝服村子里的长者，释放一些被拐卖的儿童。

我们爬上一座石头小山，阿尔伯特说："不知怎的，我们的会见总是感觉有点剑拔弩张。"然而，我们却明显没有受到这样的待遇。一走进村子，大人们友好地和我们打招呼，一个小女孩则带着我们，走到一棵大树的树阴下。在那里，凳子已经为我们准备好了。在我们旁边，熏鱼散发出的黑烟在空气中弥漫，飘荡出一种粗犷而又刺鼻的气味。

没过多久村长就来了。他和我们每个人都握了握手，还与阿尔伯特热情拥抱，就好像他们是多年的老朋友了。他穿着栗色的棉布裤子和一件黄色的网眼紧身短背心，脚上则是一双蓝色的拖鞋。他拖了一把塑料椅子，坐在我们面前。他娶了两个妻子（其中一位正坐在附近另一棵树下的凳子上打瞌睡），总共生了十一个孩子。他本人并没有使用被拐卖的孩子，倒是他的大儿子却在湖上为他干活。

阿尔伯特和村长寒暄了几句，询问了他家人是否健康等等，从始至终都是笑容可掬。但是随后语气就变得严肃起来。到这时，又有六个男人聚在我们身边，有的坐在空着的凳子上，还有的站在那里一声不吭，却在密切关注着我们的对话。"你们大家肯定知道我们为什么来这里,"阿尔伯特向大伙说,"我们已经和大家谈了很久,在这个村子里住着很多被拐卖的孩子,应该让他们去上学。"接着,他把我介绍给大家,说我们正在齐心协力建立一个叫"生命村"的孤儿院,以便让这些孩子们有一个安全的住处,那里有充足的食物,还有机会接受良好的教育。男人们的眼神与我交汇,有些人笑着点了点头。

"你们在朝她微笑,"阿尔伯特不失时机地说,"但是你们打算怎么处理这个问题?美国的报纸上已经对此进行了报道,加纳整个国家都应该感到耻辱。尽管你们站在那里微笑,但与此同时,你们也是这个问题的根源。"

有几个人很不自在地在凳子上挪了挪屁股,我看到两个人相互使了使眼色,也注意到他们脚边的地上摆着好几把大砍刀。"他们是不是故意把刀放在那里?"我想,也意识到自己现在正置身于一个多么危险的境地。我看了一眼戴夫,此时此刻,感谢上帝身边还有一个前美军海豹突击队队员。他同样也在看着那些砍刀。他慢慢地把身体向椅子前面移动了一下,在两个膝盖之间紧紧地握住双手。看着这样一个身材魁梧、长着一双锐利的蓝眼睛、剃着光头的家伙,那一刹那,连我都感到有些害怕。

"以下是我们的建议,"阿尔伯特继续说,"一开始,我们需要四个孩子。你们先同意将他们释放后转交给我们,等"生命村"落成之后,我们再回到这里领走他们。"他的话还在空气中回荡,每个人都在等待村长的答复。

就这样一直等着。

隔着那些砍刀,村长和阿尔伯特就这样瞪着对方,谁也没有动弹。最后,还是村长发了话:"那么,你会给我们什么补偿?如果我们放了这些孩子,你们会给我们带来什么好处?"

听到这些,阿尔伯特站着没动,从衣服后面的口袋里摸出一叠卷起来的纸。"这就是我给你们的补偿,"他说,接着就开始把《反贩卖人口法》的前几段大声地念了出来。过了一会儿，他没有再念下去。"很简单，你们停止违法行为，我也就没有必要叫来警察。"

村长用衣服的下摆抹了抹眉毛上的汗水，然后扭头看了看靠在树上的一个男人。光他一个人，家里就有十二个被拐卖的孩子。一种无声的默契就在这样的眼神中传递了过来。村长做出一副将要说话的样子，但是他没有开口。相反，他慢慢地摇了摇头。不行！

就这样，这个有些怪异的"峰会"就这样戛然而止。村长站起身，向我走了过来，伸出一只手。"谢谢你！"他说，随即转身扬长而去。

回到船上，我们又重新聚在了一起。艾瑞卡为我们准备了一碗烟熏金枪鱼和西红柿，还有一小串甜甜的绿香蕉。我们打开那只碗，每人拿了一把叉子。"现在该怎么办？"我问道，阿尔伯特呷了一口水，又朝船的一边吐了出去。

"我们还会来的，"他说，"不过同时我们也会祈祷他们有朝一日会良心发现，"但是又摇了摇头，"我必须承认，这种可能性微乎其微。"

"那么如果他们拒不释放那些孩子呢？"戴夫问。

"我不知道，我们会去报警，但是那里谁都知道这种威胁一点作用都没有。"

午饭之后，我们又继续向湖的深处进发，和更多的孩子交流沟通。我们看到远处有一条载着四个孩子的独木舟，站在船中间的两个孩子把衣服盖在头上，遮挡火辣辣的阳光。"他们很可能正在回家路上，"阿尔伯特说，"我们不要打扰他们，他们需要休息。"

我看了看布莱特，觉得他一整天都有些不对劲，不像往常那样友好和善。"你怎么了？"我问道，递给他一袋水，"是不是天太热了，让你有些受不了？"

他笑了，"不，"他说，"我很好。"

"好吧，"我说，"你可千万不能打着瞌睡，然后一头栽进湖里啊。"

布莱特哈哈大笑起来，"我一点也不困，"他说，"只是觉得有点难过。"

"有什么不对劲吗？"

他凝视着远方，"我在这条船上工作了七个月了，和乔治、阿尔伯特一起来来回回经历了无数次这样的旅程。但是今天，我为湖上正在发生的一切感到尤其痛心。看看这些孩子吧，他们的未来在哪里？有谁能给出答案？"

我用手握了握布莱特的胳膊，说："我能理解。"尽管我从来都不曾质疑为什么要建立"生命村"，但是亲自来到这个湖上，我才真真切切地感受到这样做的必要性。是的，看到现实的残酷，想到营救工作带来的挑战，难免会让人打几分退堂鼓。但如果要把每一个孩子都从湖上解救出去，恐怕我们一辈子都不可能完成这样的任务。

但是我很快就抛掉了这种正在不断加强的质疑。那又怎么样？这就是我毕生为之奋斗的事业。一路上，也许我会磕磕绊绊（事实上，这是肯定会发生的事），但尝试过，总比冷眼旁观要好得多吧。

我听到阿尔伯特在向布莱特喊话，要他停船。冥冥之中，我不知道自己是否会遇到另一个前途无望的孩子，但那时，我站起身来，看到一位穿着蓝色紧身短背心的男孩子，他的眼睛足足有盘子那么大。

CHAPTER 11
阿提刚果姆科普村·带我们走吧

亲爱的詹特森：

　　我无法相信，此时我正置身于自己都不知道何处的非洲大陆。冥冥中，忧伤就像一根丝线，牵引着我直到天边。但是，时光到底流向何处？随着每一天的逝去，我都知道距离与你重逢的那一天又近了一步。我再也不会纠结于没有你的日子里我所承受的煎熬，而是感念于你生前与死后，给这个世界带来的充实与满足。我亲爱的孩子，你永远都活在我们心中。我爱你！

妈妈

2007年3月

　　他的名字叫特特，竟然不知道自己的年龄。他长得精瘦，浑身脏兮兮的，顶着一团乱蓬蓬的头发。与很多其他我们见过的孩子不同，特特上过一年学，但随后他的妈妈告诉他不能再念书了，必须去工作。这是发生在几年前的事，尽管他已经记不清到底过去了多久。他只记得，在辍学短短几天之后，一个男人就接走了他，一年前另外一个男人也是这样带走了他的哥哥。他被带到了一个叫阿提刚果姆·科普的小村子，沃尔特湖上星罗棋布地散落着很多芳草如茵的小岛，而这个村子就坐落在一个岛上。尽管特特每天都在寻找他的哥哥，希望能在遇到的其他船上看到哥哥，但从来就没有见过。

特特大概只有十岁，和其他两个男孩一起工作，而特特的主人就是他俩的父亲。第二个男孩，和特特差不多年纪，长着两条像细竹竿一样的长腿和一嘴又大又歪的牙齿。他穿着品蓝色的短裤，淡蓝色的汗衫，因为实在太脏了，所以看上去就像是棕色。船里最年长的男孩子叫依玛，穿着件亮黄色的紧身短背心和短裤。

特特告诉我们，在阿提刚果姆·科普有很多被拐卖的孩子，他和其他五个孩子一起住在一个棚屋里，睡在泥地板上。当他第一次来到这个村子时，根本就不会游泳。一开始当他被逼着跳下水，解开被缠住的渔网时，常常号啕大哭。但是之后他越来越坚强，告诉自己只需要闭上眼睛，屏住呼吸，然后使出全身力气跳下水。

自从离开父母，他的生活就被无穷无尽、千篇一律的工作填满：在日出前起床，徒步走到海滩，将船划到撒下渔网的地方，回到岸边修补渔网，最后在夜晚降临之前重新把网撒下去。一般情况下，他每天能吃两顿饭，但如果表现不好，或者没有捕到足够的鱼，就只能吃到一顿。他说，有时候，自己还会因为这些事被主人用藤条毒打一顿。

"我总是感到肚子很饿，"他说，"大家都是这样，他们给我们多少，我们全都吃个精光。"

和其他孩子一样，他也看到很多孩子就这样沉了下去，其中有些还是他的朋友。

"有多少？"阿尔伯特问。

"我不知道，反正有很多。"

他毫无表情地和我们讲述着他的故事。在我们聊天的这一个小时里，他一次都没有笑过，也根本没有停下手里的活计——不断地用他的黄桶将船里的水舀出去。同时，依玛则坐在船中央，拿着一把大剪刀剪着纸，然后塞到船底的漏洞里。真是一个失去理智的工作小组！两个孩子竟然一连几个小时用纸和水桶保证一条船不至于下沉。

特特的父母都是农民，他很想他们。他说，自己每天都在思念着他们，还在为自己曾经做过让他们生气的事而感到自责。

"你这是什么意思？"阿尔伯特问。

"我想，他们之所以把我送到这里，是为了惩罚我，"他说，"我不知道哪里做得不对。我经常和妹妹打闹，也许这就是我父母把我卖掉的原因吧。每天晚上我都会在梦里见到妈妈，向她认错，接着她就会过来告诉我，我又能去上学了。去上学，这就是我的希望。"

"有没有什么事是你特别喜欢做的？"我问。

"我喜欢踢足球，"他一边平静地说着，一边揭着脚上的伤疤，"如果我们不是太饿或太累，活干完之后，有时我也会和朋友们一起踢球。"

他正说着，我的眼睛却一动不动地盯着另外一个孩子身上的那件蓝色汗衫。他沉默地坐在那里，眼神空洞地看着特特把鱼从网上切下来。尽管他和父母住在一起，但很明显，他的日子比起特特，也好不到哪儿去。

阿尔伯特没有再和他说话，带着我们到了船的另一头，远离那条独木舟。"我知道特特住在哪个村子，那也是我们正在努力工作的社区之一，"他说，"我觉得今天应该去一下他所在的村子，和他的主人谈谈。"

"你的意思是，让他立刻放了特特？"我问。

"是的，"他顿了顿之后说，"你也有兴趣去试试吗？"

岂止是"有兴趣"？我想，如今这就是我最感兴趣的事了。

"没错，"我说，"我们很想去。"

"我不想有人对此寄予太高希望，"阿尔伯特说，"但至少我们可以尝试一下。"

他回到船上，孩子们正在分着我们送给他们的"瑞典鱼"。"听着，"他对特特说，"我们准备去你的村子，和你的主人谈谈，你愿意和我们一起去吗？"

听到阿尔伯特的话，我的心顿时一沉，如果他的主人不放人，或者不在家，我们该怎么办？他或许有一百个理由拒绝我们带走孩子。我们是不是让他充满了虚无缥缈的希望？但是当我们看到特特的脸，就知道他除了相信我们，已经别无他法。他的大眼睛睁得更大了，却也在控制着自己的眼泪。"拜托你们，"他用蚊子都听不到的声音说，"请把我带走吧，只要你们能给我个机会，我一定会在学校里认真学习，好好表现。"

推开那条小船，我们坐在"克拉奇女王"号的长凳上。阿尔伯特递给每个人一包水，静静地坐着，吸着咸咸的水，祈祷着他的主人就在村子里。我回头看了看那条独木舟，特特站在上面，向我们挥手告别，这一次他的脸上带着开心的微笑。

那个穿着蓝汗衫的男孩也在看着我们，我们四目交汇，我向他招手，但他只是转过头，望了望远处的那条天际线。

下午三点，我们来到了阿提刚果姆科普村，一群一群的男孩子们坐在湖边的独木舟里修补着一张张渔网。很多孩子都是赤身裸体，留着又长又乱的头发，在烈日的长期照射下显得十分干枯。阿尔伯特对这个村子相当了解，去村子的一路上，都有提着水桶的村民停下来和我们打招呼。在这里，住着大约四十位大人，但孩子的数量却是这一数字的五倍。那些还不能干活的孩子更是到处都是：背在母亲的背上，睡在树下，或是围着土灶互相追逐。一些大一点的孩子拿了几把塑料椅子，放在一个小小的茅草遮雨棚下，旁边有一张木头长凳，四只山羊正在那里睡觉。孩子们赶走了那些羊，其中一个伸出手，示意请我们坐下。

一个男子走了过来，和阿尔伯特拥抱在一起，用英语彼此问候。这个人，继承了村长的位置，长得很高，而且特别英俊。他大约四十岁，穿着一件浅蓝色的亚麻开领汗衫和白色短裤，还有一双阿迪达斯的拖鞋。一位体态魁梧的妇女，穿着一条长长的花裙子，戴着大大的耳环，推着一台冷柜也向我们走了过来。她递给我们每个人一袋纯净水。我知道，这些水并不安全——有些公司已经被查出售卖事实上并未经过净化的脏水，但是如果拒绝这份好意，则显得很不礼貌。我们一人拿了一袋，用牙齿咬开了塑料袋。一群孩子朝我们围了过来，我就从包里给他们拿出用吸管吸的饮料。他们看着饮料，不知道该怎么用，连封套都没有拆，就直接用舌头吸起来。我拿起一袋，给他们做了一下示范，当他们尝到糖的甜味时，高兴地一下子尖叫起来，递给伙伴们一起分享。

村长说，自己一直都想在这个村子里建一所学校。他指了指我们左手边的一块空地，沙子和泥灰的土地上，已经用石头围成了一个圆圈。那里也是村民们周日集会在一起做礼拜的地方（大多数加纳人都信奉基督教）。当孩子们干完湖上的活之后，有些妇女也会和他们一起在那里做一些别的工作。但是大多数担任老师的妇女自己都没有接受过什么教育，没几个人会读书写字，也不认识几个英语单词。即便是这位村民里最德高望重的村长，早在五年级时就已经辍学回家，成了一名渔夫。"我们家当时很穷，我也要为父母减轻生活负担。"正说着，他女儿拿着一个没有头的玩具娃娃走到他身边，站在了他两腿中间，"从那以后，我就一直在湖上打渔，也许，这辈子就将这样度过。"

他告诉我们在这个村子里，有很多被拐卖的孩子，虽然他并不知道确切的数字，但买卖儿童的现状让他忧心忡忡。我很想知道，既然他对此非常关心，那为什么却允许村民们买下幼奴，并把他们带到这里呢？毕竟，他还是有权力阻止这种行为的啊！他似乎从我的脸上看到了这样的疑问，说："我一直在向那些幼奴的主人们进行宣传，告诉他们现在我们国家已经颁布了一部禁止买卖儿童的法律。"如此偏远的小乡村，我也理解，多数村民根本不可能了解到有这样一部法律。他们没有电视，也不看报纸。在一个我们曾经去过的小村子，与一位妇女谈话的过程中，她说自己从来就没有听说过什么是"美国"，对于当时发生的国际大事，比如"9·11"恐怖袭击事件，她也一无所知。在这座非常原始的村子之外，他们了解这个世界的唯一途径就是每隔几个月去一次基特·克拉奇或杜姆拜的大集市。"这是一个缓慢的过程，"村长说，"就算有人知道这部法律，也根本不愿遵守。"

我向他问到了特特。"是的,"他说,"我想我知道他是谁,尽管在这个村子里,叫特特这个名字的远不止他一个人。"这并不奇怪,因为在加纳有一个传统,那就是孩子们常常会以出生的那一天命名。接着,阿尔伯特就小心翼翼地将我们的来意慢慢说了出来。

"这些人非常关注湖上孩子们的情况,"他向村长的身边靠了靠,轻轻地说,"我和他们此行的来意是看看是否可以把特特带到基特·克拉奇,让他上学读书。我们希望帮助他,给他一个充满希望的未来。"

这位村长没有说话,只是用手抱着女儿。在他身后,一只公鸡吵闹地打着鸣。最后,他终于开口了。

"我觉得这是个好主意。"

我看了看艾米,他是否是说已经同意释放特特了?艾米似乎读懂了我的心声,向我点点头,就像在说:"我觉得就是这样。"

"但是,"村长继续说,"他的主人现在不在,所以今天不可能。"

"这没有问题,"阿尔伯特回答说,"我们可以和他的妻子谈谈,她肯定在村子里。"对于这种情况,他早有心理准备,所以并未放弃,而且对答如流。

"是的,她确实在村子里,不过我不知道她会怎么说。"

"好,"阿尔伯特说,"但问一下总归不会有坏处。"

村长沉默了下来,我能从他的眼神中看到一丝犹豫。最后,他用双手一拍膝盖,颇有几分无奈地说:"既然已经有了这样的法律,我们除了遵守,也就别无他法了。"

他站了起来,告诉我们跟他一起走。当我们沿着茅屋之间一条满是灰尘的狭窄小路一直前进时,遇见了一个小女孩,独自站在一棵大棕榈树的树阴下。她身上有股独特的气质,让我不由自主地停下了脚步。她大概只有十岁,长得非常漂亮,四肢修长,肌肉强壮,头发修剪得很整齐。她穿着一件印有绿色和红色小花的裙子,背上缠着一条橙色和淡黄绿色的头巾,裹着一个看上去只有几周大小的婴儿。婴儿睡得很香,而他的头因为没有支撑向后仰着，几乎和后背形成了一个直角。他的双臂没精打采地耷拉在一边。这些孩子真是在哪儿都能睡着。

"哈啰，"我对她说，同时伸出手，想要摸摸她的肩膀。"你叫什么名字？"

"雷吉娜。"她回答说，声音轻到我不得不跪下来才能听到。

"你好，雷吉娜，我叫帕姆。"说着，我从包里拿出一包饮料递给她。她接了过去，但眼睛却一直盯着地上。

不远处，一座茅草房子下的阴凉处，村长的妻子和另一位妇女正坐在一张凳子上洗鱼。在她们脚边的几个金属盆子里，鱼已经堆得太满，甚至溢了出来。我们经过的时候，她们就这样直勾勾地盯着我们。就在这时，村长指了指另外一间茅屋："住在这里的人刚刚去世，他活了七十五岁，但是他娶了七个老婆，生了至少四十个孩子。我们村里很多被拐卖的孩子都是被他买来的。"一个茅草搭成的遮雨棚下，村长用手指了指摆在下面的几条长凳。那里坐着两个妇女，周围还有好几个孩子。村长说，她俩都是特特主人的妻子。

乔治娜刚刚三十出头，而另一个妻子法蒂玛，可能比她还要年长十岁。乔治娜块头很大，慈眉善目，有着平易近人的笑容。她坐在一张矮凳上，靠在一辆破烂大马车的轮子上，怀里抱着一个正在酣睡的婴儿。她身上裹着一块浴巾一样的布，露出厚厚的白色乳罩肩带。法蒂玛看上去则显得不太容易亲近，长得骨瘦如柴——她实在太瘦了，我都怀疑她是不是有病。和乔治娜一样，她身上也只是裹着一块布，鲜艳的橘黄色和深蓝色。头上戴着一顶黄色的针织帽，双眼旁边则是一圈象征着部落属性的疤痕，共有六条狭长的裂痕，看上去就像一只猫一样。她一直耷拉着脑袋，双手捧着两个腮帮子，没有和我们任何人产生眼神交流，而是不停地摆弄着自己的脚趾。

大部分时间里都是乔治娜在开口说话。她出生在这座岛上，几乎就没有离开过，十九岁时她嫁给了自己的丈夫。当我问她，她的丈夫有多少个孩子时，她笑了笑，朝周围看了看，向大家求助，因为她确实不知道。她掰着指头，飞快地列数着孩子们的名字。最后，在村长的帮助下，最终得出了答案——十二个。我问乔治娜，是否还想生更多的孩子，她又笑了，说："我觉得这么多已经够了。"即便如此，她也没有采取任何避孕措施，因为她也听说避孕也许会得病。我问是否可以抱抱她的孩子，她让自己一个稍微年长的孩子跟着我们一起进屋，出来的时候取出一块脏布。乔治娜就用这块布包着婴儿的屁股，权作尿布，然后极其小心地把这个婴儿放在我的怀里。

她并不知道，为了得到特特，她的丈夫付了多少钱，也不清楚特特的劳务合约有效期还有多长时间。但阿尔伯特问她，是否把特特当作儿子看待时，她又笑了。"不知道，"她说，"我想是吧。"至少有一点，她给予特特和其他孩子的待遇是一样的：那就是如果表现不好，她就会尽力帮他们改正，而方法，很多时候都是藤条和鞭笞。

"那你是怎么做到的？"我问。

乔治娜指着我们头上的树说："我会折一根树枝，狠狠地抽他一顿。"

当她说完，阿尔伯特再一次从头开始，表明我们此行的来意，希望乔治娜和法蒂玛能够让我们把特特带到基特·克拉奇去上学。此时，在我们周围已经挤过来大约十几个人，而这一次，他直截了当地将这样的意思传达给了这两个女人，就好像并不是在请求她们的同意，而是传达一项最终已经敲定的决议。他大谈了一番特特未来的发展机遇。

"如果特特走了，你们会想他吗？"我这样问道，因为我想搞清楚这样的提议是否真的会成为现实。

法蒂玛吃吃地笑了，对着地面皱起了眉头。乔治娜又笑了，她说："我不知道会不会想他。"

直到这时，至少又有十个孩子加入到人群之中。很多人身上污秽不堪，也没穿上衣。看上去，他们刚刚从湖上打渔回来，有些就默默地坐在树阴下，听着我们的对话。有三个大约九岁或十岁的孩子，似乎特别感兴趣。他们中有一个穿着亮黄色短裤和橘黄色拖鞋，另一个穿着蓝黄T恤，因为是大人的尺寸，所以穿在身上空空荡荡，就像是裙子。另一个孩子个子很高，也很瘦，不过让人吃惊的是，他还会说一点英语。他试着和我们说话，但我们显然无法理解他的意思。他示意艾米，拿过她的笔记本和笔，用一丝不苟的笔法写下了他的名字：艾泽基尔。

"你是怎么学会写字的？"我问道。

"在来到这里之前，我上过一段时间的学。"他说。接着，他又写下了旁边两个男孩子的名字：伊斯瑞尔和艾本内泽。

村长提出和阿尔伯特单独聊聊，他们走出人群，谈了几分钟。阿尔伯特随后向我们走了过来。"有个绝好的消息，"他说，"好心的村长已经答应在这里释放特特了，除了他，还有伊斯瑞尔。"

什么？

阿尔伯特指了指穿着蓝黄T恤的那个男孩，说伊斯瑞尔已经在阿提刚果姆·科普村住了七年，他的主人从那以后就离开了这座岛。其他的村民很难保证他有饭吃，有衣穿，不想再养他了。

伊斯瑞尔好像有点蒙了。阿尔伯特把手搭在他的肩膀上，单膝跪在地上，把这个消息告诉了他。"你和特特要跟我们走了，"他说，"你们想上学吗？"伊斯瑞尔回头看了看艾泽基尔和艾本内泽，默默地点了点头。

其实我也和伊斯瑞尔同样困惑，我们难道就这样把他带走吗？周围的大人似乎都不太关心，一点儿也不在意。伊斯瑞尔说，他已经至少五年没有见到父母了，他也不知道自己究竟几岁。"你喜欢这里的工作吗？"阿尔伯特问。

他垂着眼睛，摇了摇头。随后艾泽基尔和艾本内泽也来到伊斯瑞尔坐着的地方，压低着声音彼此说着什么。我不明白他们说了什么，但是伊斯瑞尔好像正在向他俩解释发生的事，而且我也听出了"学校"这个词。艾泽基尔伸出手，放在伊斯瑞尔的腿上，就在做出这个亲昵的举动时，他的眼睛里噙满了泪水。

"你为什么这么伤心？"我问道。

他嘴里轻轻地说了些什么，这次村长给我做了翻译："他们三个是最好的朋友，他之所以伤心，是因为他要把另外两个人抛下独自离开了。他们还是同一支足球队的成员，伊斯瑞尔是队长。"

艾本内泽和艾泽基尔看上去难过极了。就在这时，我开始怀疑将他们三个拆散，是不是一个正确的决定。难道我们一定要带着这些孩子离开唯一的家，离开这个他们一起肩并肩、不断战胜悲伤的集体，未来却不能在一起？我们怎么能胡乱地选几个孩子作为营救对象，而把其他孩子抛诸脑后？那些没有被选中的孩子会不会最终觉得，他们根本不值得去救？在我的脑海中，这种感觉越来越强烈。但很快，我想起了曾经和约翰·亚瑟的一段对话。他当时对我说："拜托你，一定要竭尽全力多救几个孩子。"

阿尔伯特花了近一个小时才处理完所有的文件：他们填得很小心，以便使自己免遭法律指控，说自己就是拐卖儿童的罪犯。填完之后，我们在酷热和阳光暴晒下挥汗如雨，身上衣服都湿透了。我们就想着赶紧带着这些孩子离开，但是问题在于，我们无法找到特特的踪迹，他很可能还在湖上，但我们已经等不了了。船开回基特·克拉奇还需要两个小时的时间，因为船上没灯，所以我们必须在天黑之前返回。

半小时后，我们必须做出艰难的抉择，一定要上路回去了，明天再来阿提刚果姆·科普。当伊斯瑞尔听到这个消息，就问我们是否可以等到第二天再走，这样他就可以跟艾本内泽和艾泽基尔再多待一个晚上。这似乎是个正确的选择，尽管在我内心深处，还很担心这样是不是会冒很大的风险。在这里什么事都可能发生：船主可能不会来接我们，村长可能改变主意，我们回去的时候孩子们很可能找不到踪影。但是我们都觉得再也不能等了，所以当我们沿着那条草路向湖边走去的时候，我轻轻地祈祷着，期待一切顺利。

回到基特·克拉奇之后，我们个个又累又饿，但是我们都决定，以后要将去"望远镜"咖啡屋喝一杯斯塔尔啤酒作为每天的保留活动。大家都没怎么说话，只是朝着无边无际的黑暗呆望着，挥手驱赶着蚊子。我站起身，想要去一下厕所。说是厕所，其实不过是一道石头墙后面，在水泥地上开了一条排水沟而已。不过比起这几天我们方便的地方，比如树丛中或岛上的空地，已经算得上是一种奢侈了。

"你一定得去趟这里的厕所！"我回那张桌子时对艾米说，"非常不错，而且很干净。"

几分钟后艾米回来了，"帕姆，"她说，"那里只有地上的排水沟和一道石墙，我想你大概是在加纳待得时间太长了吧。"

那天晚上，我辗转反侧睡不着。黑暗中，我就这样躺着，聆听着蟋蟀和青蛙在窗前院子里表演的"奏鸣曲"。特特和伊斯瑞尔的面庞，不断地在我脑海中浮现。如果一切顺利的话，第二天晚上，他们就能坐在乔治家的草地上，美美地饱餐一顿。但是当我沉沉睡去的时候，脑海中出现的却不是他们的脸孔。相反，我似乎只能看到那个穿着蓝汗衫、被我们遗弃的的男孩子，从他的眼里，我只能看到空洞和无助。

时睡时醒地过了一个晚上，但是我浑身仿佛充了电一样精神焕发，紧张的情绪一扫而光。大家大清早五点就起床了，迫不及待地想要上船，重返阿提刚果姆·科普。一个小时后，我们就来到了湖边，但是"克拉奇女王"号并不在那里，也看不到布莱特和穆罕默德的踪影。我躺在沙滩上，用一条毛巾罩住了脸，汗水顺着我的脖子流进了沙子里。又过了一个小时，还是没有船经过。一位年轻的妇女走过来，头上顶着一个巨大的提桶，向我们兜售里面装着的橘子汁软饮料。两个孩子朝我们大叫："哈啰，奥布若尼！你们叫什么名字？"

最后，直到中午十一点的时候，阿尔伯特的手机终于响了，是布莱特打来的电话。他说，出现了一点小误会，那一天他们公司租下了"克拉奇女王"号去参加一个别的派对了。我们别无他法，只得放弃原订计划。实在让人伤心。阿尔伯特向我们保证，第二天船一定会到位，但我却一直想着特特和伊斯瑞尔坐在岸边，苦苦地等待着我们，最终误以为我们已经抛弃了他们。

步行登上小山返回镇上，我不断地告诉自己，我们无能为力，毕竟主动权不是掌握在我们手里。我已经渐渐明白，这就是加纳人的做事方式。现在只能期待，第二天再到湖边的时候，船、马达和船夫都会在那里各就各位了。还有一个好消息是，乔治确定第二天早上也会返回基特·克拉奇，这样的话就能加入我们，一起展开这次救援行动。阿尔伯特又给布莱特打了个电话，我能明显感觉到他的嗓音里透着深深的沮丧，一再强调第二天一切都要准备妥当，这一点非常重要。布莱特也一一答应了下来。

当我们回到乔治家中，我觉得这一天不能就这样荒废，所以就问阿尔伯特我们是否可以去一趟索弗林，马克、约翰、科菲、萨拉和哈格尔就住在那个村子里。阿尔伯特同意了，说我们可以坐车去，接着又回到湖边寻找出租车。几分钟后，一辆汽车就停在了乔治家的门外。这是一辆看上去"久经沙场"的车，后面的挡风玻璃没了，罩上了一层硬纸板，前面的挡风玻璃则遍布着裂纹和破洞。司机告诫我们不要踩在后排座位的地板上，那里空荡荡的，透过去可以看见下面的地面。我们费了半天力气挤进后座，这可不是一件简单的事，因为连地板都不能踩。司机一发动汽车，后排座位就满是柴油发动机释放出的油烟。"别担心，"司机说，"大概只要半小时就能到了。"

通往索弗林的是一条灰土路，将一大片田地一分为二。和在别的村子一样，我们抵达之后，得到村民们的热情欢迎。尽管我之前觉得这里的贫困程度，应该不如那些岛上的村子，因为索弗林的村民能够更方便地前往基特·克拉奇和其他村镇。但事实上，这里的人，尤其是孩子，却是我见过的最贫穷可怜的人。他们的腹部高高凸起着，赤身裸体地到处乱跑。但我想，这也许主要因为他们都是被卖为奴的儿童，并不是真正的穷，而是没有得到好好照顾而已。

正在等待那些大人们的时候，我让阿尔伯特告诉我，马克、约翰和其他孩子们都睡在哪里。他指着那些土灶旁边不远处的一幢土房子，土灶里堆满着熏鱼。尽管阳光普照，但那幢土房子里面还是伸手不见五指，墙上胡乱凿了个洞当做门，还有一个小窗户，用一块薄布挡着。屋子里，一股死鱼腐烂的臭味让人喘不过气来，几个桶里放着被丢掉的鱼块，分不清是哪个部分，引得苍蝇围着嗡嗡乱叫。地板上满是尘垢，天花板则是茅草搭成的，我疑心这样的屋顶究竟能不能挡雨。房间很小，长宽大概都只有四英尺。经历了一整天繁重的体力劳动之后，他们可能更愿意在太阳底下站着睡觉。

回到大家一起会面的地方时，我跟在一个强壮的男人身后。他看上去快四十岁了，穿着一件粉红色的短袖T恤和白色短裤。他牵着一个小男孩的手，看上去简直是一个模子里刻出来的，在一张长凳上坐了下来。我从来没有见过像他那样黑的眼睛，可能以前患过皮肤病，所以在脸上也留下了一些疮痕。阿尔伯特在把我们介绍给他之前，他俩用自己的语言亲切地互致问候。他就是科瓦德沃·塔伊，那些孩子们的前主人。他静静地坐在那里，用眼角的余光瞅着我们，好像根本不愿意与我们四目相对。

科瓦德沃·塔伊从来没有上过学，不会读写，甚至连铅笔都没有拿过。他五岁的时候，就被派到祖父的独木舟上，和他父亲一块儿干活。慢慢地，当他长大以后，他也买了两条自己的船。四年前，他和妻子已经有了两个孩子。由于吃饭的人多了，他觉得自己也需要更多人帮忙。他去了趟阿保齐，那是一个非常贫困的乡间小村子。他放出话来，出钱购买愿意跟他回索弗林帮忙干活的孩子。一时间来了很多报名的人，在他们当中，他挑选了约翰、马克、哈格尔、科菲和萨拉。由于当时约翰年纪尚小，他只付了400万加纳塞地就签了四年合同带走了他（约合430美元），这个价格只相当于其他孩子的一半。

他自己的孩子并没有在湖上工作，而是去了基特·克拉奇读书。每天早上，他们都要自己步行半小时去上学。他说："我不想让我的孩子干活，而是让他们去上学。失去了这些幼奴，我没有了帮手，日子过得更困难了。"他指的当然就是约翰、科菲、马克、萨拉和哈格尔，"但我还是会尽力让我的孩子们读书。"

一直以来，总有一个问题困扰着我，我决定亲口问问他。"如果我想出钱买你的儿子，"说着，我指了指站在他两腿之间的那个打着瞌睡的小男孩，"你会同意吗？比如我开价一亿两千万塞地。"在加纳人看来，这简直是个天文数字，将近一万三千美元，绝大多数加纳人一辈子都挣不了这么多钱。

但是，这位父亲毫不犹豫地给出了他的回答。

"不会，我绝不会卖掉自己的儿子，买卖人口是不对的。"

"但那五个孩子被营救之前，你不就是这么干的吗？"我问。

"当然不是。我只是在帮助他们的家庭。他们的母亲根本没有能力照顾他们，所以我同意把他们带到这里，教会他们工作技能，填饱他们的肚子。我给他们家里的钱，是帮助他们解决贫困问题的一种方式，一种馈赠。"

"但这种馈赠，你们难道没有讨价还价吗？比方说，你为了约翰付了400万塞地。"

"当然有。"他说。看着我的眼神就像在说"你真是个蠢货"。

"那么，这就不像是什么所谓馈赠了。人是不会为赠送的东西讨价还价的。"

"你不懂，"他说，"我的所作所为，对他们的家庭来说是一种福利。这些孩子，还有他们的父母，如果不是我施以援手，就得挨饿。"

他正在说话，他的弟弟也走了过来，在塔伊身边的凳子上坐了下来。一个大概只有三岁的小男孩，走向塔伊的弟弟，一下子哭了起来，希望有人能够把他抱起来。那个男人试着让他安静下来，但是孩子丝毫没有停下来的意思，接着他就抓起一把沙石，朝孩子的脸上砸了过去。

坐车来这里的路上，我已经为见到这个人做好了心理准备。我看到了这么多的加纳人，尤其是这些小村庄里的村民，在何等恶劣的条件下生活；看到他们为了孩子，也为了自己填饱肚子，承受着多么大的痛苦；看到了沙滩上堆积如山的鱼，想到村民们的处境竟然如此绝望，连这些鱼的价值都要远远大过一个孩子的终生命运。看到这些，想到这些，我渐渐明白造成目前这一现状的原因——奴隶贸易，它的产生不仅是可能，而是一种必然。

但是当阿尔伯特在提到马克、约翰和其他孩子时，用了"主人"这个词，我的怜悯顿时荡然无存，我只能感到无边无际的憎恶。我想到约翰曾和我说过他的经历——每天都要被迫工作很长时间，没有多少饭吃，不仅是因为没有足够的食物，还因为他的工作表现"活该"挨饿；有时候，他还被逼着躺在一张长凳上，任由坐在我面前的这个男人用木棍抽打。那张《纽约时报》的照片里，马克空空荡荡的眼神，记录着他曾经在这个男人的掌控下所经受的磨难。我不在乎他也曾饱受贫困之苦，也不管当他与马克年纪相仿时也有类似经历，更不相信他的所作所为是在给予那些被迫卖孩为奴的家庭以帮助。这些丝毫不能引起我的恻隐之心。此时此刻，我只是有一种莫名的冲动，想要走到他面前，狠狠地把他暴揍一顿。

不过还好，艾米在那一刻站了起来，她原先坐着的凳子一端翘了起来，而我却摔了个屁股蹲儿，而这也打断了我的思绪。大家都站起身扶着我，摆好凳子，擦去我手肘和膝盖上的尘土。"你没事吧？"科瓦德沃·塔伊用英语说，直视着我的眼睛，伸出一只手，要把我拽起来。

我握住了他的手，站了起来。

半夜时分，我突然惊醒，不知道身在何处。停电了，但透过百叶窗，吹来了一股凉爽的微风。我很庆幸，这一次居然不是因为汗湿透了衣服而醒来。屋子外面种着几棵树，树枝时不时地拍在外面的墙壁上，一声声惊雷让整个房子都为之颤抖。床边的地板上，我摸索着拿到了我的手表。现在是午夜两点，三个小时之后，我们就得起床吃早饭。因为七点钟乔治一到，我们就要马上动身。我再也睡不着了，就从包里拿出日记本，给詹特森写了一封信。

在公鸡打鸣之前，我又睡了大约一小时，一个晚上也就这样过去了。在门廊外，艾瑞卡已经准备好了我们的早餐，阿尔伯特正在那里喝着茶。谢天谢地，雨已经停了，但风还是很大，空气也有点凉，差不多华氏60度（约摄氏15.6度）吧。房前的那条马路上，行人来来往往，紧紧地裹着夹克衫。加纳最冷的时刻，恐怕也莫过于此吧，我又想到正在湖上工作的孩子们，说不定早已经冻僵了。

大家在等乔治的时候，艾米、戴夫和我都已经在打包整理衣服了。很难相信，时间过得飞快，第二天我们就要返回"希望村"，然后乘飞机回国了。早上九点，乔治在路上打来电话。他开了一整晚的车，暴风雨让很多道路变成泽国，让他吃尽了苦头。"别担心，"他说，"我会到的。"话音中透着几分愉快的语气。

半小时后他就到了，看到他，我们别提多高兴了。他开着车驶上车道，车里还有他的儿子小乔治，这次从阿克拉回家帮忙。"哈啰！"乔治大声喊道，和每个人一一拥抱。这一天，我一直在担心会出什么状况，但到了这个时候，我的忧虑多少得到了一点缓解。这就是乔治的魅力，只要有他在，一切都会充满希望。

在阿克拉的那段时间，他打印了几封电子邮件，发信的都是一些得知他在湖上营救幼奴的人。喝完最后一口咖啡，我们内部传阅了那几封邮件。有一些来自密西西比河沿岸的学生孩子询问他们可以提供什么帮助，有一封来自新泽西的一位单身母亲，甚至还有一封的发信人是一位科威特妇女，她说自己代表三十个人发出这封邮件，他们都想竭尽所能帮助乔治及其团队解救更多的孩子。每一封邮件都是这样动人心弦，满怀希望，而这些恰恰就是现在我们所需要的东西。在那个门廊处，我们浑身充满了力量，就好像能够点亮整个基特·克拉奇的夜空。这些邮件确实起到了很大作用，因为直到现在，这里依然在停电。

袋装水、糖果和饼干，在把所有物品准备妥当之后，乔治带着我们在一棵芒果树下做祷告，而艾瑞克则在旁边为孩子们准备班库①做晚餐，完成这些之后，我们开始向沃尔特湖进发。

抵达的时候已经是早上十点了，比我们原先的计划晚了很多，我能感觉到大家都或多或少地有些焦虑，尤其是我们这些没有耐心的美国人。但至少昨晚的暴雨之后，天空变得很纯净，阴冷的空气在太阳的炙烤下，产生了一种潮湿的蒸汽薄雾。

我很快估计了一下眼前的形势。我看到了布莱特和穆罕默德，不错！"克拉奇女王"号正从远处缓缓驶来，这也很好！但是真糟糕，我没有看到马达！这东西哪儿去了？我的心一沉，然后静静地告诉自己，凡事总得慢慢来，尽量让自己变得耐心一点，尽管这不是我的长处。

阿尔伯特已经开始对着手机大喊大叫了，他用手不断地对着"克拉奇女王"号指指点点，就好像电话那一头也能看到船上没有马达的事实。艾米、戴夫和我一屁股坐在沙滩上。大约半小时过去了，我们看到小个子穆罕默德从小山上朝着海滩的方向跑下来。在他背上，正背着那个硕大的柴油马达——那玩意儿足足有120磅重！他弯着腰跑着，双手费力地扶着马达，又细又长的两条腿好像随时都有可能被压垮。来到岸边，他把马达往沙子上一扔，痛苦地喊了一声。

所有人都奔跑着从沙滩跳进了水里，布莱特开着船，载着我们朝阿提刚果姆科普驶去。我向湖面望去，一种怪异的感觉再次让我震撼。就好像来到一个被遗忘的地方，根本不可能与密苏里的尼欧肖置身同一个时空。我想知道，此时范和塔图姆正在做什么？克里斯塔在哪儿？我非常想念他们。

正当乔治和艾米讲述着自己对于"生命村"的期望时，我想到了自己

---

① 一种加纳特色食品，玉米面和木薯面混合在一起发酵后包在塑料膜内煮出来的，加上鱼和汤汁一起吃。

读到《纽约时报》那篇文章之后的那个晚上，在互联网上搜索沃尔特湖时的情景。距离那个时候，难道仅仅过了短短五个月？在这段时间，发生了太多太多的事——我两次来到加纳、决定建立"生命村"、见到特特和伊斯瑞尔等等。回想起那天我坐在桌前，喝着一罐健怡可乐，了解着这个国家、这座湖泊，如此遥远和陌生，就好像是上辈子发生的事情。

下午一点，我们终于来到阿提刚果姆·科普。沙滩上的孩子们正在向我们招手，挥动的双手也从缝补渔网的劳动中得到了片刻的休息。走进村子，我们又坐在了两天前放在那里的椅子上。村长的妻子走了过来，又一次从冷柜里拿出袋装水递给我们。乔治娜背着她刚出生的孩子也来了，头上还顶着一桶肥皂水。"阿克瓦巴。"她说，接着就在一张长凳上坐下，把孩子放进了肥皂水里。

我扫了一眼周围，想找到特特或者伊斯瑞尔，但是都没有看到。乔治正在和村长小声谈话，最后竟然说起了英语："放孩子们走吧，放孩子们走吧。"最后，我终于看到伊斯瑞尔从一块泥地里朝我们走来。他还是穿着我们第一次见到他时的那件蓝黄色T恤，但是看上去已经没有那么恐惧了，这让我安心不少。我叫着他的名字，请他坐在我旁边的凳子上。他走了过来，羞涩地不敢与我正视，浅浅的笑容却在他的脸上舒展开来。他抬起皮包骨似的胳膊，用手指了指。那是特特，正朝我们走来。身上一件大人穿的短袖T恤，衣领上扣着纽扣，但下摆几乎就要拖到地上了。乔治走过来，向两个孩子做了一下自我介绍，和每个人都来了一个大熊抱。"你们想跟我们离开这里去上学吗？"他问，他俩都默默地点了点头。

"很好，"他说，"那么现在去收拾好你们的东西吧。"

乔治开始和与我们坐在一起的人聊天，用自己充满魅力的演讲方式，告诉大家将这两个孩子托付给我们是一个绝对正确的决定。他告诉他们，这个团队将好好照顾他俩，会让他们上学读书，拥有和太阳一样光明的未来。就在村里的大人们听着乔治说话的时候，我看到艾本内泽和艾泽基尔站在邻近的一棵树下，也在默默听着，看上去难过极了，眼中痛苦的神色，明显在用一种无言的方式乞求着我们把他们也一起带走。稍大一点的艾泽基尔，随后跑了过来，坐在艾米旁边的板凳上。

"你好。"艾米说，接着我看到艾泽基尔靠在了她的身上，轻轻说着什么。

艾米看着我，"帕姆，"她说，"他也想跟我们走。"

我们该怎么办？村长告诉我们，这些孩子是和父母住在一起的，我们没法带走他们。我没有去想其他事，就是让乔治专心处理营救特特和伊斯瑞尔的事，至于艾泽基尔和艾本内泽，我还没有来得及多想。

不过很幸运，随后发生的一切转移了我的注意力。村长向我们走来，抓住雷吉娜的手臂。她就是我们两天前见到的那个漂亮姑娘，此时背上还背着个孩子。她有一双锐利的眼睛，但是一直盯着地上。她看上去确实很不一般，既像是充满期待，也似乎内心空无一物。

接着村长站在我面前说："我们想把这个小女孩送给你。"

把这个小女孩送给我？

"对不起，"我说，"我不太明白。"

"我们想让你把她带走，和伊斯瑞尔和特特一起。"他和我说着话，雷吉娜长长的睫毛下的一双眸子，也在注视着我。"她太笨了，主人总是打她，现在对我们来说，她已经成了很大的负担。"

我双膝跪在地上，用手轻轻地抬起她的下巴。"嗨，"我说，但是没有回答，"我叫帕姆，还记得我们那一天曾经见过吗？"还是没有回音。

"她的名字叫雷吉娜。"村长说，他看着她，问了点什么，而雷吉娜也只是喃喃地给予了回答。

"她今年十二岁了。"村长接着说。自从雷吉娜的母亲用两百万塞地（约合200美元出头）将当时正在生病、需要医治的女儿卖给现在的主人，她在这个村子里已经住了三年。当母亲将她丢在阿提刚果姆·科普村时，她告诉女儿，等筹到了钱就把她赎回去，但是却从此一去不复返。雷吉娜最后一次看到妈妈，还是三年前她登上一条湖岸上的独木舟离开，向她挥手告别时。

"雷吉娜，"我一边说，一边抬起她的脸，让我们四目相对，"你想和我们一起走吗？"

村长把我的话翻译了一遍，她的眼睛第一次泛出了光芒。这并不一定代表着开心快乐，而是闪动着一种如释重负的轻松。我站起身，把艾米也叫了过来。"你还记得雷吉娜吧，"我说，"她也和要我们一起走了。"

我看到艾米的表情。她偷偷看了眼乔治，而乔治也在轻声地与伊斯瑞尔谈着话。我懂了，这个消息很棒，但又多了个孩子。我们当然非常想带走她，每一个孩子都想带走，但我们不仅仅是把他们带回家，在"生命村"完工前的几个月里给他们填饱肚子那么简单。这时，我想起了第一次给IOM的那位工作人员发电子邮件时，他曾和我用到的一个词：成本效率。但是我会找到这笔钱……我们都会，不管用什么方式。

我站起身来，把手放在雷吉娜的肩上。而她也以最甜蜜的方式回应了我：她把我的双手放在她的胸前，后背紧紧贴着我的肚子和腿，我的心也和她靠得更近了。当范和塔图姆感到羞怯和危险的时候，他们也会这样站在我的身前。雷吉娜紧紧地抓着我的胳膊，我把面颊贴在她的头上，用我的皮肤感受着她那头粗糙的短发。

就在那时，村长又带来一个孩子，一个很小的男孩，看上去差不多只有四岁，因为营养不良，肚子胀得老高。他身上只穿着一条亮黄色短裤和石灰绿的拖鞋，胳膊和腿上尽是老茧和污垢。第一眼看到他，我立刻就想到了马克，还有他在那张照片里的样子。村长告诉我们，他叫科比，脸上那种充满恐惧的表情，和当时的马克一模一样。

"想不想把这个孩子也带走？"村长这一次对乔治说，"他太小了，干不了活，对我们来说百无一用。"

我简直不敢相信。科比站在那里，呆呆地望着我们，自顾自地拨弄着手指。乔治在科比身边跪下，把手放在他的肩上。村长说，科比父母双亡，之后他就被他的叔叔卖掉，来到了这个村子。"你好，科比，"乔治用英语对他说，"你要跟我们一起走了，一切都会好起来。"随后阿尔伯特牵着科比的手，带着他找了个地方坐下，在另一个大人的帮助下，填好了必要的文件。科比此时此刻感觉如何？对他而言，我们只不过是另一帮在这里付钱把他领走的陌生人。

整件事情变得离奇而又费解。为什么村长直截了当地将这些孩子交给我们？因为他们确实已经成了大家的负担？或是没有办法给予他们足够的粮食？或是源于那部法律的震慑力？是不是害怕如果不予以遵守，就会遭到惩罚？

竟然发生了这样意想不到的变故，也让艾泽基尔和艾本内泽的事变得更加难以取舍。先是雷吉娜，再是科比，他们无言地目睹着这一切，然后，他们一声不吭地拉着彼此的手，走进了那间他俩与特特和伊斯瑞尔一同居住的茅屋，默默地看着他们收拾行李。过了一会儿，特特走了出来，手里拿着一个黑色的塑料袋，上面打了一个结。后来我才知道里面装了些什么：一件脏T恤，一个还没写字的小笔记本，还有一支我们两天前送给他的钢笔。而这一切，就是他的全部家当。

艾泽基尔和艾本内泽又回到了他们的位子上，慢慢地挪着屁股，一点一点地向我们这边靠过来。艾本内泽的一只手又放在了艾泽基尔的膝盖上，而后者也再一次轻声和艾米说："求求你，把我们也带走吧。"

我想，如果他们果真和父母住在一起，为什么还要如此坚决地抱定和我们一起离开的决心？一定得为他们做点什么。我把小乔治叫了过来。"把他们带到别的什么地方，"我说，"打听一下实情。我们想知道村长有没有说谎，他们是不是真的和父母住在一起。"

小乔治没有犹豫，他故作随便地示意艾泽基尔跟着他，走到小屋后面的一片草地。过了一会儿就回来了，脸上一副忧虑的表情："他们说并不是和父母住在一起，几年前他们就被卖到这里干活了，我相信他们说的是实话。"

乔治正在和阿尔伯特忙着为科比和雷吉娜填写文件，我悄悄地走到他们身边。"乔治,"我说,"关于艾泽基尔和艾本内泽的事,我觉得村长没有和我们说实话。我知道你和安娜有太多孩子需要抚养,已经超过了你们的极限,但一定会找到办法的。我想,我们一定得做点什么,帮帮这两个孩子。"

乔治看了一眼他的儿子,他赞同地向父亲点了点头,乔治立刻展开了行动。他走到村长跟前,带着爽朗的笑容,用手指着那两个孩子,大声地说着话。我让阿尔伯特帮忙翻译一下。"他告诉村长,这两个孩子眼睛受到了感染,我们想带他们到镇上治疗一下,然后留下他们,像别的孩子一样送进学校读书。"

乔治当然是在撒谎,因为这两个孩子根本就没有眼部感染。乔治这么说,就是要告诉村长,自己已经不再相信他,而且自己完全有理由把这件事做好。我渐渐明白过来,在这里与人接触,任何言辞不够激烈、不动声色的威胁,都不会被他人当做威胁。

村长沉默了。他看了看乔治,又看了看那两个在凳子上抱成一团的孩子,一丝愤怒的神色掠过他的面庞,也让我担心起来。看上去,他不太可能会同意释放他俩的要求,而且我们前脚离开,后脚等待艾泽基尔和艾本内泽的就是无情的责罚。

但是让我们颇为震惊的是,他居然点了点头,说:"好吧,他们也可以走了。"

我几乎要一下子蹦起来,一把抱住村长,送给他一个深深的舌吻。但最终我还是忍住了,跟着乔治来到两个孩子坐着的地方。"你们想和我们一起走吗?"他问。

他俩的脸激动得都快变形了,手拉着手站了起来,艾泽基尔的另一只手牵着乔治的胳膊,使劲地点了点头。

"好,"乔治说,"去收拾一下行李吧。"

艾泽基尔和艾本内泽热烈地拥抱在一起,不知是谁,兴奋地大喊了一声。伊斯瑞尔也跑了过来,和他们抱成一团。我从来没有看到这样高兴的三个男孩子。很快，他们就一起冲进茅屋开始打包。

到这时，距离我们来到这个村子，已经过去了近三个小时，天气闷热难当，而我也有点担心是否能够及时离开这里。我只想着怎么带着孩子上船，以免什么人临时改变主意。

有人已经给科比穿上了一条短裤和一件T恤，他一个人独自站在树下，颇有点紧张地抠着手腕上的一个伤痂。据我所知，他还没有和任何人说哪怕一句话。我向他走了过去，伸出一只手。他牵着我的手，看着我，满眼都是疑惑。

他的眼神仿佛告诉我："是时候该走了。"

"好，"我对艾米和戴夫说，"让好戏开演吧，我们还不赶快让孩子们集中起来，一起上船？"

大家都表示赞同。小乔治帮我们把特特、伊斯瑞尔、雷吉娜、艾泽基尔、艾本内泽和科比都聚在一起，每个人手里都拿着一个小塑料袋。而与此同时，大部分村子里的大人都还坐在树下纹丝未动，感觉真有那么一点怪怪的。

"你觉得会不会有人在这些孩子离开之前对他们说点什么？"我问乔治。他随即用方蒂语把这个问题转述给大家。等他说完，孩子们举起手，向村民们道别，但还是没有人有所反应。我原本以为乔治娜会对他们说点什么，但是她也默不作声，只是静静地坐在那里，摇着怀里的婴儿。最后，一个看上去七十多岁的老汉把雷吉娜叫到身边。她羞怯地走了过去，老汉一边抓着她的手腕，一边在她耳边轻轻地说了几句话。等他说完，雷吉纳看了看地面，点了点头，抽出自己的胳膊，回到了孩子们当中，把她的手放进了我的手里。

仅此而已。

我们开始步行向船的方向走去。雷吉娜由始至终没有松开手，特特则牵着我的另一只手。小乔治将科比抱在怀里，艾米抱着伊斯瑞尔。来时看到的那些孩子仍然坐在独木舟里缝补渔网。伊斯瑞尔和特特冲出队伍，向那些男孩子们走去。他们指了指"克拉奇女王"号，我敢说，他们正在告诉伙伴们，他们将随我们一起离开这里。一个大一点的男孩从船里站起身来，向伊斯瑞尔伸出手，两个人的手紧紧握在一起，足足有一分钟才最后松开。

布莱特把每个孩子抱到船沿边，戴夫和我跟在后面上了船。当我们把零食和袋子里装好的水递给他们时，突然发现艾本内泽和艾泽基尔并没有和我们一起上船。

他们去哪儿了？

我回头望了望村子的方向，然后向站在岸上的艾米喊话，"还有两个孩子呢？"

"我不知道，"她担心地说，"他们应该跟乔治在一起吧。"等待的时候，我和戴夫在凳子上坐了下来，科比走过来，站在我的前面，接着自己爬上了我的大腿。我从保温包里拿出水喂给他喝。他喝了一大口，然后把头靠在我的胸口。短短几分钟，他就睡着了。雷吉娜也坐在戴夫旁边的凳子上，头靠在他的肩膀上。

我们终于看到乔治一个人沿着那条小路向湖边走来。在沙滩和绿草交界的地方，艾米迎了过去。

"艾本内泽和艾泽基尔呢？"她问。

乔治沉默了一会儿，说："很抱歉，他们来不了了。"

"来不了是什么意思？"

"村长改变了主意，他说这两个孩子需要留在村子里，也许过一段时间才能放了他们，但不是今天。"

我惊呆了。他们已经打点好了行装，站在了队伍当中，和大家挥手道别，而且我们也答应了带他们一起走。

"我不明白，"艾米说，"那么你有没有告诉他俩，不能和我们一起走了？"

"有。"乔治回答说，低沉的声音里带着几分伤感。

"他们怎么说？"

"我很难描述，"他一边说，一边用手帕擦去双臂上的汗珠，"他们失望极了，艾泽基尔瘫倒在地，一直哭个不停，我怎么劝都不管用。"他顿了一下接着说："改天我们一定要回来，不管用什么方法，都要带走他们。"

我看着他，简直不敢相信我的耳朵。

"很抱歉，"他说，"我明白你的意思。"

乔治转身准备上船。当他踏进水里的时候，艾米说："等等，我总感觉有些不对劲。这算怎么回事？怎么能任由村长出尔反尔？我们已经向这两个孩子作出了承诺，就必须实现我们的诺言。"

乔治再次沉默了几分钟。"请听我说，"他说，"我也想带走这两个孩子，但是我不想显得很不尊重村长。我们还需要和他继续合作，以便解救这个村子里的其他孩子。不过现在，我们暂时还没有足够的资源和空间接纳他俩。当务之急就是尽快把"生命村"建好，这样就能让更多的孩子得到解救了。"

难道就这样算了？哪怕我们有足够的钱为他们买粮食和衣服，让他们上学，也不行吗？我们没有那么多钱，为了孩子，乔治和安娜也已经作出了巨大的牺牲。

"我明白，"艾米说，"我能够理解，但是就这样丢弃他们，我们实在于心不忍。如果能让他们脱离苦海，我敢肯定一定能找到人抚养他们，我们也一定能够筹到足够的钱。"

乔治看了看我，我朝他点点头，尽管一言未发，但他已经能明显感觉到我的恳求。"当然，"他说，"我们能够做到，我们能带走这些孩子，很抱歉，我不会再让你们失望了。"

说完，他向跟着他走到沙滩边的几个人走去，和他们说了点什么。其中一个人转回身，又重新向村里走去。

我们当中没有人说话，只是静静地等着，眼睛却一直死死地盯着那条小路。过了几分钟，什么都没有出现，耳边只能听到酣睡中的科比沉重的呼吸声。我能感到汗水正在从我的脖子和后背往下流淌。乔治在沙滩上来回踱着步子，偶尔停下脚步，抬头朝村子的方向张望着。

我们几乎同时看到了他们：艾本内泽和艾泽基尔蹦蹦跳跳地从山上走来，胳膊甩得老高，手里抓着他们的小袋子，直接朝我们冲了过来。艾米向他俩迎了过去，两个孩子一下子就扑进她的怀里，力量太大了，差点把她撞倒。接着她放开他们，三个人手牵着手向船这边走了过来。

几分钟后，布莱特驾驶着"克拉奇女王"号返航了。乔治在孩子们面前单膝跪下，说了点什么，逗得他们开怀大笑。艾本内泽和艾泽基尔坐在我的两边，他们的身子紧紧地靠着我。我最后看了一眼岸边，那里还有一个男孩，孤零零地坐在一个大圆石头上。我站起身，走到船尾，想要看个究竟。

那个穿着蓝汗衫的男孩子，我们前几天在特特的船上见到过。我挥了挥手，尽管我知道他看到了我，但没有回应。他只是跳下那块石头，头也不回地独自向村子走去。

我们的船行驶了短短二十分钟，天就黑了，而且下起雨来。我们看到很多乘着独木舟的孩子，心急火燎地挥着桨，奋力地想把船划到那些小岛上，水面上的船横七竖八，乱作一团。"克拉奇女王"号尽管比那些独木舟更大更沉，但也还是在风浪中颠簸摇曳，水也从船沿灌了进来。一声惊雷，将沉睡中的科比惊醒，他从睡觉的地方爬了起来，再一次坐到了我的腿上。

这场雨来得实在是太不巧了，因为我们刚刚行驶到有着几百棵树的湖面。

布莱特只得关掉马达，默罕默德则站在船头，用一根竹竿撑船，以免让船底挂到那些树干。但是竹竿不够长，撑不到湖底。一个大浪打过来，船重重地撞在一根树干上，巨大的冲击力让特特和艾本内泽摔倒在船的甲板上。他们挣扎着爬起来，找了个位子坐下，紧紧地抓住了船沿。

另一个浪头接踵而至，"克拉奇女王"号又一次被冲力撞在一根树干上。穆罕默德拿着的竹竿卡在了树与船的中间。只听噼啪一声脆响，那根竹竿断成了两截，接着从穆罕默德的手里滑了出去，落在了汹涌的湖水中，瞬间就不见了踪影。他看了一眼布莱特，脸上写满了忧虑。

乔治、阿尔伯特、戴夫和穆罕默德争先恐后地扑向船沿，用双手推开那些树干。当船第三次被浪抛向另一棵树的时候，我们听到了巨大的咔嚓声，"克拉奇女王"号裂了！裂口很大，位于船尾，我们无助地看着水慢慢渗了进来，直到浸湿了我们的鞋子。

乔治大声地向每个人喊着口令，特别是告诉阿尔伯特一定找到什么东西包住他的手机，如果船沉了，也不要被水浸湿。布莱特和穆罕默德则还在用尽全身力气把船推离那片树林。孩子们则紧紧地相互拥抱，在凳子上挤作一团，一只只手都缠在一起。

詹特森死后，我从来就没有因为死亡而感到恐惧。事实上，为了再见到他，我甚至经常期待着死亡的到来。但是在那个时候，我被吓坏了。因为我没有好好地保护这些孩子，所以我默默地向上帝祈祷，千万别让我们就这样离开人世。

接下来的二十分钟里，我和艾米坐在甲板上，把孩子们抱在怀中，其他人则竭尽全力地将船从那些树干旁推开。科比胆子最小，一直把头埋在我的怀里。艾泽基尔是孩子们当中最年长的，他抚摸着科比的后背，对他小声说着安慰的话。我鼓起全部的勇气，也想和艾泽基尔一样让大家镇定下来。我冲着雷吉娜笑了笑，她正看着我，就像在说"我们都会没事的"。但我觉得这样的信号似乎没有什么说服力，因为在那个时候，我自己也不知道大家会不会安然无恙。船里的水位还在不断上涨，每次船被大浪掀到一棵树上，我都打起精神，准备着"克拉奇女王"号断成两截，逐渐沉没的那一刻。

就在这时，我看到了一只鹰。

不知为何，自从詹特森死后，每当我看到一只鹰优雅地翱翔在头顶的天空，我就感到他和我之间的距离很近，正在天上注视着我。也许这个想法很疯狂，但我觉得没什么大不了的，至少还能让我感到舒服。坐在冰冷的湖水里，望着船底的水不断地翻涌上来，一道道闪电照亮了孩子们充满恐惧的眼睛，我看到了那只鹰，我知道我们最终还是会转危为安。

半小时后，基特·克拉奇那边的湖岸终于进入了视线，释然顿时充盈了我的躯体。穆罕默德掌着舵，把船开到了岸边浅浅的水域，我们也把孩子们一个个抱下了"克拉奇女王"号。我知道如果要在"望远镜"咖啡屋搞个庆祝派对，喝上一瓶冰啤酒，没有比现在更合适的时间了。我们坐在"保留餐桌"前，为孩子们点了几份软饮料。他们用吸管喝着可乐和橘汁苏打水，来来往往地把冷饮的瓶子传来传去，每个人都吸上几口。当他们喝完，我们又各自点了些喝的东西。

登上小山，返回乔治家的路上，孩子们突然唱起歌来。科比紧紧地握着我的手，但其他孩子跑到了前头，在灰土路面上蹦蹦跳跳，不时踢着石块。艾瑞卡煮好了一大锅班库，正在等着我们。当她看到我们，从门前的车道上一路小跑，和父亲、弟弟热烈拥抱在一起。接着她用两根长板凳架起一口锅继续煮饭，孩子们则各自找到一个座位，直接用手挖出一块块黏黏的班库，然后放进一碗辣油调料中。大一点的孩子们吃完晚饭，在乔治家后院的一个室外莲蓬头下面洗了个澡。之后过了很久，科比还在吃，一直不停地吃。当他好容易吃完，肚皮撑得不能再撑时，才跑去寻找他的伙伴。

一连好几个小时，他们都不想睡觉，一些极其普通的事情都能让他们兴奋异常：电虽然停了，但灯笼却赶走了黑暗；一卷卫生纸，他们一片一片地撕了下来，在彼此之间传来传去。他们还拿着艾米的相机，互相拍着照，发现自己的形象出现在相机屏幕上时，一个个笑得前仰后合。最后，睡觉的时间到了。乔治把自己原来的书房改造成一间舒适的卧房，地上铺着垫子和枕头。在熄灯之前，我们和孩子们跪在地上，一起向上帝祷告。

感谢上帝赐予我们的一切。

第二天一早，我们就得离开了，但是没有人想走。孩子们五点钟就醒了。半小时后，当我拖着行李箱走到门廊处，他们纷纷放下手里的面包和奶酪，一一和我拥抱告别。他们看上去已经焕然一新了。

我总是痛恨离别，所以和乔治、阿尔伯特、艾瑞卡、安妮和孩子们都拥抱了一遍之后，戴夫、艾米和我头也不回地登上一辆面包车，一路向南，开始了一整天的颠簸之旅。回程的路上，我们几乎都没有说话。真希望能和孩子们多相处一段时间啊，但是我知道他们已经得到了很好的照顾。今天，安娜会带他们去买新衣服和新鞋子。他们都吃得饱饱的，一定也很安全。最美妙的是，多年来，他们第一次不用一起床就直奔沃尔特湖干活，也不再是奴隶。他们只有一个身份，那就是孩子。

午夜时分，我们回到了"希望村"。第二天是个周六，所以当我们早上醒来，孩子们没有上课，我端着咖啡，走到了门廊上。马克正在等我，"帕姆妈妈！"他叫道，跑过来抱住了我的大腿。我闻到了他身上的味道：洗衣服的肥皂香。

"你好吗？"我问道。

"我很好，谢谢，你呢？"他用带着口音的英语回答。接着告诉我为什么这么充满期待地等着我的原因。"你给我带足球鞋了吗？"他咯咯地笑着说。我笑了，紧紧地抱住了他。

"也许今天我会去看看是不是能给你买到点什么。"

艾米也来了，和我们一起聊天，直到莱迪西亚大声喊着"早饭准备好了"。马克和我们一起坐在餐桌前，我端给他一盘鸡蛋，但他摇了摇头。

"谢谢，"他说，"但是我不饿。"

他不饿。这恐怕是我听到过的最美妙的话了。

早饭过后，其他孩子也来到了我们的旅馆。我们坐在门廊的地板上，孩子们喝着软饮料，吃着饼干，用我买的水彩笔画画。我让约翰·亚瑟走近一点，打开了艾米的笔记本电脑，翻看着我们给特特、伊斯瑞尔、雷吉娜、艾本内泽、艾泽基尔和科比拍的照片。

"我真为他们感到高兴。"他说，眼睛里噙满了泪水。对于这个坚忍克己的小男孩来说，这可并不容易。

"你会把他们的故事写下来吗？"他抹了抹眼睛问道。

"是的，"我说，"还有你的故事。"

"当大家了解了我们的经历，看到还有很多孩子依然在湖上工作，他们会不会做点什么帮助他们？"他问。

"我不知道，"我说，"但我希望是这样。"

"是的，"他回答说，"我也希望如此。"

在回家之前，我们还有一件事没有做。第二天即将出发去机场时，我们雇了一位司机拉着我们去了趟海边。埃尔米娜城堡坐落在加纳西部海岸，距离"希望村"大约两小时车程。这是一个巨大的要塞，把车开上去，整个建筑就像是在一片杂乱不堪的城镇周围拔地而起的一座海市蜃楼。这座由葡萄牙人于1482年建起的城堡，最早被当作一个黄金交易站，葡萄牙人通过黄金交易赚得盆满钵满，这也引起了其他欧洲国家的商人的关注。一场围绕这座城堡控制权的争斗随即开始。1637年，在经历了两次失败的尝试之后，荷兰人占领了埃尔米娜城堡，在后来的274年里，他们一直保持着城堡的控制权，直到1872年被迫割让给英国人。到了这个时候，这里已经变成了另一项更加有利可图的交易场所，那就是奴隶买卖。

在18世纪之前，大约有三万名被卖为奴的非洲人，从埃尔米娜城堡被带走。他们来自撒哈拉沙漠以南的各个国家，被抓之后被迫行进上千英里来到这里。这段艰苦的旅行让一半的奴隶倒在了路上，活下来的则被关了起来，直到有船抵达，他们被用来交换枪支、刀具、亚麻、丝绸和玻璃珠。登船之后，他们要长途跋涉，一直到达美洲。奴隶生活，从那里开始，也在那里结束。

　　这里已经被加纳政府翻新改造成了一座博物馆。漫步在这座巨大的要塞之中，心中不由得产生一种悲凉的感觉。一位导游带着我们走过一个个狭小的格子间，当年被抓来的奴隶就曾被关在这里。这些格子间都在地下，又小又黑，没有窗户。每一小间里，曾经关着二百多个奴隶，甚至连躺下的空间都没有。穿过沙漠，已经将他们的身体摧残得孱弱不堪，但在这里还要经受毒打和饥饿的折磨，以便在戴着镣铐走出这道"不归之门"等待着运输船只时，没有气力反抗。很多人因为饥饿和疾病死在这里。格子间里没有厕所，奴隶们只得被迫站在自己的粪便当中，几乎没有机会洗澡。由于几个世纪以来污秽与粪便的堆积，这些地牢的地面比城堡始建之初高出了几英寸。当导游关上门，向我们展示了当时奴隶们所经历的一切时，一种惊恐万分的感觉从我的内心油然而生，就好像我们在这里被活活埋葬了一样。

　　在城堡上层，欧洲人则住在豪华宽敞的套间里，每一个房间都有一个阳台，可以俯瞰下面巨大空旷的庭院。在这里，被抓来的女奴常常被迫站在太阳底下，一站就是几个小时。到了晚上，军官们则懒洋洋地在阳台上打发时间，从庭院里的女人们当中挑出一个，让她穿过一个地板上的暗门进入地下室，在那里对她进行强奸。那些不顺从的女奴将被带回庭院，用固定在地面上的金属钩子锁住，让其继续站在太阳底下炙烤，直到屈服，或被折磨致死。

　　这段旅途结束的时候，我从一个巨大的门廊走出来，俯视着整个埃尔米娜镇。人们在下面肮脏的河水中洗澡，孩子们拎着水桶爬上一块岩石构成的悬崖峭壁，回到镇上。在我的面前，大海向远处延伸，直至天际线，根本分不清哪里是水的尽头，哪里是天的开始。我站了一会儿，接着四处走了走，任凭海上吹来的静静微风拂过我的后背，最后站在了一块固定在墙上的牌匾前。

　　永远纪念我们祖先所承受的痛苦。愿逝者安息，愿归者觅其根本，愿

人类永远不再对自己犯下如此滔天罪行。

　　生者立存此誓以铭志。

　　我让这些话深深地渗入我的脑海，然后再次向大海远眺。在远处，还有十几条独木舟。一条船上，三个小男孩托起一张渔网，里面装满了鱼。几分钟后，一个孩子脱下自己的汗衫和裤子，闭上眼睛，屏住呼吸，一个猛子独自扎进了漆黑的水里。

CHAPTER END
不是尾声

最近我受克里斯塔所在大学之邀，做一次有关我在加纳展开幼奴营救工作的演讲。站在一群人面前的我，一点儿也不觉得这一次，要比当年我和佩妮第一次抱着那台幻灯机在尼欧肖的小型午餐会上对着一堆女人长篇大论要来得轻松。但是不管怎样，我还是鼓起了必要的勇气完成了那次演讲。之后，我尽量让自己不要去想我在每一句话中说了多少个"嗯"，多少个"你知道"和"就就就好像"，似乎我还只是一个十六岁的小姑娘。

在准备这次演讲的时候，我翻阅了十几本记录着所有旅行心得的剪贴簿，想要找出一张照片，让其最能准确地代表我所要讲述的故事。里面有很多马克的照片，他的皮肤闪着光，笑得很开心，正在用一支水彩笔画画。还有约翰·亚瑟，穿着帅气的J.Crew牌衣服，正在踢足球。萨拉和哈格尔在"希望村"里为室友们准备着晚餐。而小科比，和第一次见到他，也就是当那个村长把他交给我们的时候相比，已经彻底脱胎换骨了。

但是我并没有选择这些照片。相反，我选了一张我在阿提刚果姆·科普村遇到的一个男孩子的照片——他穿着一件蓝色的脏汗衫，坐在湖边的一堆乱石之中，眼睁睁地看着"克拉奇女王"号载着他的伙伴们缓缓离开。这个被我们抛下的孩子，我们甚至连他的名字都不知道。虽然不清楚之后在他身上发生了什么，但是我却常常想起他。我猜，我在写下这些话时，他还是在冰冷的湖面上坐着独木舟，或是把水舀出船外，或是把网拉上船，心里却想着何时才能吃上饭，也许还会想，当时为什么没有和我们一起逃离那里。

没人拥有准确的答案。但是据估计，在加纳，依然有约7000名孩子，尚处于被奴役的状态。数字如此庞大，要根本解决似乎是不可能的。但事实并不是这样，我们只要继续努力，竭尽所能，哪怕一次只能营救一个孩子。我真的相信，每一次积极的行动都会有一系列的后续效应，甚至还有超出我们想象的事情发生。我所做的一切，都是因为一位叫莎朗·拉弗兰尼耶尔的《纽约时报》记者，以及一位叫若奥·席尔瓦的摄影师，他们认为整个事情值得挖掘。莎朗会不会想到，在她发表了那篇报道的八个星期之后，马克就可以在阿克拉的一所寄宿学校里美美地品尝着冰激凌？而且很多其他人都已经开始行动起来，特别是在纽约长岛，就有一群十四岁的女孩在了解到有关情况后，向我问到这样一个问题：我们怎样才能从加纳的奴隶制度中营救出一个孩子？这些女孩们决定成立一个名叫"一个大于无"的组织，制作了很多手链和项链，在当地的一个购物中心设立了几个柜台售卖。这些手链和项链当中，夹着加纳国内拐卖儿童现状的信息，向人们进行宣传。短短几个月，她们就筹到了营救第一个孩子所需要的钱。从那以后，她们又成功救出了七个孩子，现在正在为资助一项营救二十五个孩子的计划而努力着。我为她们的义举感到无比骄傲。同样，我也看到一些小小的举动就能带来巨大的变化。在"克拉奇女王"号上邂逅布莱特之后，曾与我们同行负责拍摄照片的朋友戴夫，向"点亮生命"基金捐献了300美元，希望能让布莱特重新回到学校读书。作为学生，布莱特的成绩很好，我敢肯定，他将来一定会有一番大作为。

即便是在撰写这本书的时候，我们也取得了不少成绩。科比、雷吉娜、艾本内泽、艾泽基尔、特特和伊斯瑞尔现在的状况都很好。乔治在自家街对面租了一间小房子，让孩子们搬了过去，我们还雇了一个管家和他们住在一起。没过多久，大家就发现艾泽基尔、艾本内泽和科比都是天赋超群的孩子。几周后，弗雷德答应把他们带到"希望村"，在那里他们将得到当地最好的教育。再过一段时间，其他人也会加入他们的行列。马克和科比是他们当中年纪最小的孩子，他们是最好的伙伴，就像亲密无间的兄弟；约翰·亚瑟和艾泽基尔则年龄最长，总是在大家需要帮助的时候挺身而出。我们还在继续资助他们，在他们的未来中，我们将一如既往地予以支持。每月我们都会按照每人90美元的标准把钱寄给弗雷德，用于支付他们的住宿、伙食、学费以及管家的一部分工资。我们还为"希望村"额外捐献了5万美元，用于新建一座小楼。

我越来越明显地感到，我一个人已经无法应付援助加纳儿童的工作了——我要花二十分钟时间制订一份针对某个孩子的计划，却往往到头来无果而终。幸运的是，2007年秋天，我们的朋友巴德·里德成了我们的第一个雇员。他并没有从"点亮生命"基金领取什么薪水，但是我和兰迪决定，以个人名义向他支付薪水。这么做出于两点原因：在买了一栋小一号的房子之后，我们节省了一笔钱；另外，我们需要让向"点亮生命"捐钱的好心人明白，他们的钱被直接用来帮助那些孩子，而没有用作他途，这一点很重要。但糟糕的是，几个月后，兰迪意外丢了工作，我们再也付不起巴德的薪水了。但是我知道，总归会有解决的办法，所以没有再让他留下。

巴德作为"点亮生命"雇员的第一份差事，是在2007年8月亲赴非洲一个月，帮助完成建立"生命村"的计划，当时这项工程已经开工了。按照计划，第一座小屋可供二十名孩子和两名管理员居住，将在2008年夏天，也就是这本书完成之后的几个星期内完工。按照乔治的建议，我们决定，"生命村"将主要功能定位成为那些从湖上解救出来的孩子提供一处避难所和职业培训学校。乔治父子将和当地人合作，邀请他们抽出时间在这里传授手艺。除了学习技能，这些住在"生命村"里的孩子将与乔治和其他Pacodep的工作人员一道，向当地村庄里的居民宣传《反拐卖人口法》，让更多的孩子脱离苦海。

这项计划既让人兴奋，又充满挑战。第一阶段的工程建设预计要花费3万美元。全部计划完工，造价总额更是要达到10万。我们低估了基础设施所需要的花费，因为要通电，还得挖口井。小乔治和他的妻子丽贝卡以及他们的女儿都同意全天搬到"生命村"居住，他们最近打电话告诉我，未来几周，准备在已经开垦出来的花园里种上番薯和大白菜。他们已经做好蜂箱，以便收集蜂蜜，还有计划利用附近步行即可到达的小河，用笼子捕鱼。

今年八月，我和兰迪带着范和塔图姆一起来到加纳。我们的朋友梅朗，之前在洛杉矶建立了一所儿童艺术村，而且在"希望村"组织了一个为期一周的艺术夏令营。我们觉得，孩子们已经九岁了，应该踏上自己人生的第一次重要的长途旅行。范和塔图姆过得很开心，和那些被营救出来的孩子们结下了深厚的友谊。我相信，这种情谊将会与他们相伴一生。那次旅行当中，我几乎没怎么看到他俩——范通常会和科乔、理查德以及其他年纪相仿的孩子们打篮球或者踢足球，塔图姆则是和萨拉、哈格尔、雷吉娜手拉手一起玩耍，神神秘秘地牵着手，教对方唱歌。看着他们在一起的样子，不管是孩子们学习怎么吹长笛的午后即兴演奏会上，还是我把马克抱在大腿上坐在一棵芒果树下，听着当地音乐家们拍着手鼓的时候，我都由衷地为此感到高兴。

那一周时间里，我最开心的一刻发生在此行第一天。范和一群男孩子刚要走开，我叫着他的名字，但是他这样一个唯一的亚洲男孩，竟然和新朋友们打成一片，压根儿没有听到我的呼喊。哈格尔想要找他，就在他们后面追着，而塔图姆则在她后面大声喊道："哈格尔，他就是那个穿着红衣服的家伙。"这个瞬间实在太美好了。我为自己的女儿充满自豪，因为虽然她只有九岁，但对肤色没有丝毫的在意。

就在旅行即将结束的时候，范和塔图姆谁都不愿离开，范甚至恳求我们再多待六天。打包收拾行李的时候，他跑进我们的房间，问是否可以把他那件圣路易斯红雀队（美国职业棒球大联盟的一支球队）的T恤送给伊施梅尔——他在"希望村"里新结交的最好的朋友。对于我的儿子而言，这可不是一件小事，要知道他可是我认识的人当中最狂热的红雀队球迷之一。我告诉他这是个好主意。之后我找到他时，他拿出了一堆最喜欢的T恤和短裤，那件红雀队的T恤放在最上面。他想全部留下，送给他的朋友们。

我们在越南的工作规模也在不断扩大，目前正在受到我们照料的孩子达到二百二十四名。在他们当中，有七十五人住在我们管理运营的六所孤儿院里，其他一些则通过授权的方式由别人照顾，而我们则资助他们的学费、日常开销和伙食，另外一些年纪大一点的学生则在从事职业培训。在柬埔寨，我的朋友玛丽已经将她那个"援救之地"的计划，变成了十六个饱受艾滋病困扰家庭的避难所。她的孤儿院里，住着近百个孩子。"奶奶之家"里，还赡养着十一位老太太。这些工作，大部分都是由她自己和出色的团队完成的，全部都要归功于他们，我自己没有出什么力。

我们的救援工作，能有今天的规模和成绩，当然来之不易。今年秋天，我在柬埔寨就遇到了前所未有的挑战。十月的时候，我和艾米一同前往金边拜访玛丽，以便更好地了解柬埔寨国内拐卖儿童问题的现状。抵达那里之后，我们参观了西瓦帕克区的一家以前的雏妓妓院。走过那些监狱一样的房间，想到那些年轻的女孩曾经在那里为客人们提供性服务的场景，我们的心里感到万分痛心。上到二楼，一个水泥房间被漆成了粉色，这里曾是妓院老板强迫小姑娘们拍摄色情电影的地方。对于那些购买这种电影的人来说，我要用怎样的语言才能表达内心的厌恶之情呢？

我们还花了一个下午的时间，和两个被父母卖掉从事性服务的年轻女孩待在一起。她们一开始根本不敢和我们说话，也拒绝告诉我们她俩的名字。她们当中，一个二十一岁，另一个称自己十八岁，但看上去绝对不会超过十五岁。她俩做妓女已经有好几年的时间了，就在我们会面的前一天晚上，她们每个人还曾为十个不同的男人提供了性服务。每个客人，只付给他们大约相当于三美元，其中一半还得付给妓院老板，剩下的一半则是寄给家人。

这些年轻姑娘的内心充满恐惧，情感方面也已经被透支殆尽，多年的卖淫生活所承受的精神创伤在她们的脸上尽显无余。年长的女孩已经因吸食海洛因上了瘾，这并不奇怪。很多妓院老板刻意地让手下的妓女吸食毒品，以便对他们产生依赖，好好干活。她们讲述的这些身世，让我们心痛欲绝。女孩们并不总能劝服客人们戴上安全套，她俩都很害怕因此感染上病毒。当谈起每天早上内心感到多么堕落羞耻的时候，她俩都放声痛哭，但是当我们提出将她们立即送往安全的妓女收容所时，她俩都拒绝了。年长一些的不想去，因为她知道在那里得不到毒品，仅这一点就让她感到很害怕。年轻一点的说如果不是她每周往家里寄钱，她的家人就得挨饿。

看着她俩走出我们的酒店房间，眼睛都哭得又红又肿，娇弱的身躯因为劳累而佝偻着，这无疑是我从事"点亮生命"基金工作以来，最难以回忆的经历之一。

我明白，人们总是自然而然地将这些女孩定性为无助的"亚洲妓女"，但对我来说却不是这样。她们害怕，她们伤心，她们看不到未来的哪怕一点希望。我有时候会想，如果我抑制不住自己，想当然地评判某人某事的话，我的生活将会变成怎样——假如我只是把在那架飞机上看到的梅朗视为一个普通亚洲妇女，根本不可能和我有任何交集；假如我只是把乔治当作一个来自贫困乡村的寻常黑人，绝对不能相信他，并把钱寄给他；再假如我只是把非洲一块我根本没有任何理由去了解熟悉的大陆和文化领地……我现在明白，如果我那样做的话，我绝不仅仅是唯一损失惨重的人，还有范和塔图姆，以及海文、途安、马克、科菲、萨拉、哈格尔、约翰·亚瑟、科乔、艾泽基尔、艾本内泽、雷吉娜、科比、特特和伊斯瑞尔。同样，所有参加我家泳池派对的三十多个被领养的孩子、他们的爸爸妈妈、叔叔阿姨的命运也都将走上另一条轨道。所以，千万不要因为我们有所不同而轻易地做出判断，要看到我们的共通之处——对我来说，这就是真正来自上天的恩惠。

我从未想过詹特森之死能让我的灵魂得以升华，而我也希望与我有着相似经历的人们也能像我一样走出困境，获得新生。哪怕是在写这本书的时候，我都感到自己与詹特森之间的距离又拉近了一大步。如果能多一个人，对他能有多一点的了解，确实会让我感到开心，但事实上，我之所以能够把他的逝去平静地写出来，而不是趴在床上，一连几个星期都深陷悲伤无法自拔，正是在于我找到了更有意义的心灵寄托。当然，从很多方面上来讲，我为自己能从失去儿子的痛楚中走出来而感到由衷高兴，但也提醒着我，自己与詹特森依然阴阳两隔，想起来依然痛心不已。

我总是想起，詹特森死后几个星期的那个夜晚，我的大伯子麦克曾经说的一句话：你的一生注定将会与伤感为伴，但也将比以往更加丰富和充实。当时我根本无法相信这句话，现在我终于明白，当最能代表人生价值的东西被无情夺走时，我们就不得不重新考虑一下自己"真实"的身份究竟是怎样。我失去的绝不仅仅是我的儿子，而是自我，还有我的担心，以及我给自己贴上的角色标签：发型师和相夫教子的家庭妇女。没错，这些都是我的身份，但我的错误就在于，我相信，这就是我生命的全部。只有当我被迫放弃这些身份，以及放开我给自己施加的限制时，我才找到了一种安宁感和使命感。这在以往，是绝对不可能发生的事。

当然，正如克里斯塔所说的那样，这并不意味着我要"闲"下来。我仍然在面对各种挑战：抚养两个年幼的孩子，投入"点亮生命"基金的各项工作。我依然还在与自己渴望满足别人的习惯作斗争。我时不时还会拼命抑制着詹特森死前我沉溺于表面浮华的陋习。我正在进行詹妮·克雷格（雀巢公司旗下著名的减肥机构）减肥计划，可以大喊大叫——在美国文化浮躁的这一面，对于压力难道还有更好的释放方式吗？不过克里斯塔上个月结婚了，新郎是可爱的扎克。而我也成功地让自己穿进了好不容易找到的那条裙子。

我也在不断犯着错误。最近，我接到一位妇女的电话，她想要捐一笔钱给"点亮生命"基金，并借此纪念一位她所深爱的人。对此，我当然非常感谢，但是竟然忘了寄给她一封感谢信，以确认她的捐赠。她很生气，这一点我很理解。当她打来电话，用委屈而又愤怒的嗓音，把事情告诉我，我才明白过来。挂上电话，我感到一种无尽的挫败感，而这种感觉也伴随着我度过了好几天。我觉得自己把一切都搞砸了，让这位妇女失望，真想就这么撒手不干了——因为我觉得自己没有足够的智慧管理好这个非营利组织。我不知道自己该怎么做，也许是到了该放手的时候了，应该每天洗洗衣服，好好照顾范和塔图姆，尽到一个有着两个九岁孩子的母亲应该尽到的所有责任。

但是几天以后，我收到了一封来自汤米·德里宁的信，他是"希望村"的一名雇员。他写这封信的目的，是要告诉我一个名叫萨拉马图的女孩的故事。自从成为孤儿之后，她就来到了"希望村"，现在上二年级。正如汤米所说，她是那种藏不住任何内心情感的女孩，一旦有什么好事发生在她的身上，她就会兴奋地蹦蹦跳跳。她最近收到一份来自于一对美国夫妇的礼物，里面有几张贴纸。就为这事，她高兴地拍着手，在操场上跑来跑去，见到谁都要秀一下这份礼物。她想给这对夫妇回一封感谢信，当她写完之后，她把收到的每一张贴纸都贴在了信纸上，换句话说，她放弃了这份礼物。

回头想想我的一生，以及失去詹特森之后我所面对的一切。我渐渐明白，也许萨拉马图可以给我们每个人都上一堂课。或许，在感到悲伤失落的时候，最好的办法就是像她做的那样——当每个人都在说"你疯啦！已经够了，别再给了"的时候依然带着激情，且不计得失地继续奉献。所以我们坚持了下来，坚守着这份事业。我坚信这样的慷慨——当连最后一块贴纸都奉献出去的时候——会让你随时都能得到生命中最不同寻常的馈赠。

我并不觉得在我开始自我怀疑的同时，刚好收到汤米来信是一种巧合。如果一定要说这是巧合，那么最近我又经历了一次类似的事情。十二年来，我一直都在用卡尔文·克莱因出产的"迷情"系列香水。除此之外，我什么别的香水都没用过，因为我非常喜欢这个系列，甚至成了我自己的一部分，我就是被它"迷"住了。但在新年到来的前几周，我觉得是不是该换一种新的香水了。这个想法我没有告诉任何人，但是到了新年的那一天，兰迪递给我一个包裹，里面装着一瓶名叫"欣悦"的香水。

我想，对此我完全可以"欣"然接受。

如想了解更多有关"点亮生命"基金的信息，敬请访问 www.touchalifekids.org

致 谢

ACKONWLEDGMENT

　　写书确实是个集思广益的活计。此书付梓之功，我绝不敢独享。如果没有艾米·莫洛伊精诚协作的精神和创意无穷的大脑，这本书恐怕连一半都无法完成。不仅仅因为我万分幸运地拥有这样一位妙笔生花的执笔者，也因为从胡志明市街头到西非乡间小路的这段旅程，她是我唯一愿意与之分享的人。

　　詹米·拉布，感谢你愿意将我的故事出版成册，并对手稿进行编辑。有了你的才能和天赋，此书的表达恰到好处，而你也督促着我们每个人共同为它付诸心血，永远使我为之骄傲。感谢你，丹尼斯，在你的私人生活陷入危机时依然没有影响你的妻子为本书出版贡献力量。詹米，你的的确确是代表勇气和坚忍的绝佳例证。

　　我同样还要向ICM的希瑟尔·施罗德表示谢意，某个早晨你在火车上看到了《纽约时报》的一则报道，随即凭着一股直觉就立即付诸行动。是你让这一切成为现实，并为这本你所信任的书而奋斗。

　　来自《纽约时报》的记者莎朗·拉弗兰尼埃尔和若奥·席尔瓦，我要向你们的杰出工作脱帽致敬，感谢你们爬进沃尔特湖上的那条刻出来的独木舟，为那些无声呐喊的孩子们伸张正义。加纳，乃至全世界孩子们的生活，将因为你们的新闻报道和图片而发生永久转变。

　　感谢深爱祖国并信仰加纳的乔治·阿奇布拉和弗雷德·阿萨尔。此二人执着于教育并日复一日、为了满足我们哪怕一丁点儿的需要而不辞劳苦，为那些孤儿们敞开自己的家门。如何才能拯救孩子们于水火之中，他们就是鲜活的表率。

我还要谢谢戴安娜和玛丽莲·丹尼尔斯，在一开始的日子里，他们每月一度的支持，让我们得到了在继续前行过程中必不可少的鼓舞。

我没法不向我出色的丈夫兰迪表示谢意。我如今已经成为一位自我觉醒的女性，但是如果没有你，我恐怕早已半途而废。我至爱你之处，在于你的父爱之心如此浓厚，每一个孩子都被你强烈的爱心层层叠叠地笼罩其中。谢谢你没有放弃我。

最后，我要感谢造物主和神圣的上帝。谢谢你，在我的生命陷入一片黑暗无望的境地时，依然支持鼓励着我，从未停下前进的脚步。

——帕姆·柯普

任何一个作者都不可能找到恰如其分的词汇，以表达我对帕姆的谢意，她毫无保留地将这个故事对我倾囊而出，并在此过程中对我帮助良多。我同样要感谢兰迪，谢谢他与我"分享"了他的妻子、他的洞察力、他的支持，还有他令人惊叹的幽默感。

感谢詹米·拉布，将一个伟大的故事变成铅字成书，感谢萨拉·维斯和劳拉·乔尔斯泰德的专注和勤奋。我还要特别致谢ICM的克里斯·达尔，正是她将这个写书的计划推荐给我，并给予我极大的帮助。

感谢帕特里克、艾比、莱恩、布里吉德、玛丽、凯文还有一位我们尚未谋面的神秘人物，正是他们不断提醒着我为何要用这样的方式讲述这样的故事；感谢马克、梅甘在我写书过程中给予我的各方各面的支持；鲍勃，还有莫尔拉，感谢你们与我一道长途跋涉到世界另一头，共同分享这段旅程；当然，我还要谢谢我的父母，是你们的谆谆教导，让我明白了回家的真正含义。

——艾米·莫洛伊

附录

Appendix

帕姆妈妈的非凡旅程

"你的一生注定将会与伤感为伴，但也将比以往更加丰富和充实。"

十三年时间，帕姆从詹特森突然离世的阴影中逐渐走出，一次一小步，一次一个孩子，足迹遍布越南、柬埔寨、海地、加纳，在她眼里，每一个受到资助的孩子，都像是詹特森生命的延续。

✈ 美国：

1999年6月16日，痛失爱子詹特森。在悲痛中无法自拔。

1999年感恩节越南之行，那些被称为"地球之尘"的流浪孩子，让帕姆决定以詹特森的名义帮助他们，将葬礼礼金命名为"点亮生命"基金，点亮流浪孩子晦暗的人生。

从此帕姆和爱子詹特森一起，启动崭新生活。

✈ 越南：

1999年感恩节，越南之行后，"点亮生命"基金10000美元，捐给卡罗尔和马尔文的孤儿领养项目，用于帮助那些孩子们找到充满爱心的家庭。

2000年，"点亮生命"基金出资15000美元，租用一间公寓，完成首批收养15名流浪孩子的心愿。每年2500美元可以支付包括15个孩子的食物、住宿、学费、购置衣服和药品，以及管理员的薪水。次年达到30名。成书前受到"点亮生命"基金照顾的孩子已达224名。

2003年秋天，"点亮生命"基金资助彼得创建第一家收容所，并把它取名为"仁爱小屋"。用于收容身患残疾的孩子。

✈ 柬埔寨：

2001年，"点亮生命"基金出资15000美元，资助玛丽开办一家康复中心。在那里，艾滋病人可以舒舒服服地与家人住在一座座小屋之中，同时还能接受医学治疗。如果一位父母最终还是因病去世，他/她的孩子也可以永远地在这里生活。

✈ 加纳：

2006年，"点亮生命"基金出资3600美元，营救沃尔特湖上的七名幼奴：马克·科瓦德沃（6岁）、科菲（11岁）、哈格尔（9岁）、约翰·亚瑟（12岁）、萨拉、理查德和科乔。将他们带到"希望村"生活读书，"点亮生命"基金按月支付他们的生活开销。

2007年，决定建立"生命村"。沃尔特湖幼奴第二次营救：特特（10岁）、伊斯瑞尔（10岁）、雷吉娜（12岁）、艾泽基尔（10岁）、艾本内泽（10岁）和科比（4岁）。"点亮生命"基金每月每人提供90美元生活费用。还为"希望村"额外捐献了5万美元，用于新建一座小楼。

2008年，"生命村"将主要功能定位成为那些从沃尔特湖上解救出来的孩子提供一处避难所和职业培训学校。首期建设费用3万美元，全部计划完工，造价总额预计达到10万美元。

帕姆妈妈领养的孩子们：

荣天（范·阿兰·柯普）

1999年出生在越南。五个月时因母亲无力抚养被送到孤儿院。1999年感恩节，首次越南之行，一种无可置疑的认知感，让帕姆一家爱上了他。失去的恐惧与寻回的责任反复较量，历经十个月完成领养手续，成为帕姆家的第三个孩子。本书出版时九岁。

荣杜（梅莉亚）

柬埔寨。出生仅仅几天，她就被人装进一个盒子，遗弃在磅士卑一家医院的地上。被送到卡罗当时刚刚开办的孤儿院。2001年，一岁多，历经三个月，由佩妮夫妇领养。

香香（塔图姆·戴安娜·柯普）

越南。早产儿，被母亲遗弃。两岁开始有脑中风的迹象，走路的时候跛得很厉害，上半身也曾有肌无力的病情出现。帕姆决定为其医治，2001年10月领养为自己的第四个孩子。

👤 彭双杜（海文）

越南。婚外情出生子女，父母自杀时奇迹般存活，双膝以下的小腿都被炸没。当地医疗条件有限，严重感染会导致死亡。点亮生命基金为她申请医疗签证，联系美国医生及支付赴美就医之行费用的美国家庭。2004年10月，接彭双杜到美国医治。使用义肢站立，喜欢跑步，并成为啦啦队队员，谢莉家的第七个孩子。

👤 克莱拉

越南。先天性心脏病，不接受手术将无法成活。帕姆为她找到了救治的医生团队，在美国进行了开放性心脏手术，身体恢复很好。由卡格斯医生夫妇收养。

👤 俊

越南。四岁跌断了腿，因为无法负担昂贵的手术费用，被遗弃在孤儿院。伤口常年流脓，痛苦不堪。三次拒签，一年半时间，点亮生命基金历经无尽的困难、挫败和恼怒，通过"人道主义特许入境"救助成功。三年后经过多次手术，他不但可以彻底甩掉拐杖独立行走，而且还能骑自行车、踢足球、围着其他九岁大的男孩子们奔跑转圈。成为克莱拉的哥哥。

1999-2006年，点亮生命基金筹集善款，为孩子们申请医疗签证、帮助希望领养孩子的家庭收集文件材料。尼欧肖这座小镇以及周边社区的众多家庭已经领养了超过三十名孩子，他们来自全球各地，有来自中国的尼安·威勒和内森·杰克逊；越南的科比·马布尔和凯·凯尔索；柬埔寨的麦迪逊和卡尔森·麦凯利以及戴维、达文、塞思、克塞和查塔尔·本兹；危地马拉的加比·布拉德肖；海地的马克思和马库斯·邓肯、伊万森·圣克莱尔和卡本·怀特；台湾的格雷西和卡勒布·怀特；哈萨克斯坦的卡塔亚·若埃尔夫瑟玛、尼加拉瓜的巴雷特·弗里德和马特奥·凯姆普菲以及塞米·库克。

　　"点亮生命"基金对于这些孩子们的资助，并不会因为他们长到一定年纪，或者学校毕业就会自然中止，只要他们需要，帮助就会继续，哪怕直至终生。

　　帕姆为此卖掉了自己的结婚钻戒，置换了一个小的房子，通过演讲募集等一切可能的方式，坚持救助这些远在地球另一方的孩子们。

　　从一个美国普通家庭妇女到成功救助1000名儿童的平民慈善家，帕姆寻找到了安宁感与使命感，这份事业就是生命中最不同寻常的馈赠。

帕姆·柯普
（Pam Cope）

美国普通妈妈，平民慈善家。
2000年，她成立了"点亮生命"基金，
将点亮流浪孩子晦暗人生作为毕生事业，
十年时间她已成功救助1000名儿童。

艾米·莫洛伊
（Aimee Molloy）

自由记者
曾与参议员约翰·克里和特里莎·海因茨·克里合著了
《地球上的这一时刻：今天的新环境主义者以及他们眼中的未来》

"点亮生命"基金网站：http://www.touchalifekids.org

我的1000个孩子：帕姆妈妈的故事

责任编辑｜张璐　特约编辑｜孙雯

装帧设计｜朱君君　后期制作｜顾利军　责任印制｜梁拥军

策划总监｜赵海萍　出品人｜吴畏

著作权合同登记号：图字02-2014-126号

图书在版编目（CIP）数据

我的1000个孩子：帕姆妈妈的故事 / (美) 柯普，
(美) 莫洛伊著；谢泽畅译. －－ 天津：天津人民出版社，
2014.5
ISBN 978-7-201-08701-6

Ⅰ.①我… Ⅱ.①柯… ②莫… ③谢… Ⅲ.①长篇小
说－美国－现代 Ⅳ.①I712.45

中国版本图书馆CIP数据核字(2014)第083511号

天津人民出版社出版
出版人：黄沛
（天津市西康路35号 邮政编码：300051）
邮购部电话：（022）23332469
网址：http://www.tjrmcbs.com.cn
电子信箱：tjrmcbs@126.com
北京鑫瑞兴印刷有限公司印刷 新华书店经销

2014年5月第1版 2014年5月第1次印刷
880×1230毫米 32开本 8.75印张
字数：240千字
定价：25.00元

如发现印装质量问题，影响阅读，请联系021-64386496调换。